汪 堂 家 文 集

著 述 卷

The World
Made By Heart

心造的世界

——汪堂家散论集

汪堂家 著

上海三联书店

图书在版编目(CIP)数据

心造的世界:汪堂家散论集/汪堂家著.—上海:上海三联书店,2019.5
(汪堂家文集)
ISBN 978-7-5426-6509-6

Ⅰ.①心… Ⅱ.①汪… Ⅲ.①散文集-中国-当代
Ⅳ.①I267

中国版本图书馆 CIP 数据核字(2018)第 227362 号

心造的世界——汪堂家散论集

著　　者 / 汪堂家

责任编辑 / 徐建新
装帧设计 / 黄胜锦
监　　制 / 姚　军
责任校对 / 张大伟

出版发行 / 上海三联书店
　　　　　(200030)中国上海市漕溪北路 331 号 A 座 6 楼
邮购电话 / 021-22895540
印　　刷 / 上海展强印刷有限公司

版　　次 / 2019 年 5 月第 1 版
印　　次 / 2019 年 5 月第 1 次印刷
开　　本 / 640×960　1/16
字　　数 / 260 千字
印　　张 / 20.25
书　　号 / ISBN 978-7-5426-6509-6/I·1461
定　　价 / 88.00 元

敬启读者,如发现本书有印装质量问题,请与印刷厂联系 021-66510725

《汪堂家文集》编纂组

郝春鹏　　黄　韬　　李之喆
孙　宁　　石永泽　　吴　猛
王卓娅　　叶　子　　张奇峰
曾誉铭

《心造的世界——汪堂家散论集》编校组

吴　猛　　王卓娅

《汪堂家文集》编者前言

汪堂家先生是我国当代著名哲学学者,在近现代欧陆哲学、美国实用主义哲学、生命-医学伦理学等领域卓有建树。同时,先生还是一位卓越的学术翻译家,迻译了包括德里达的《论文字学》、利科的《活的隐喻》在内的大量学术作品。此外,先生还是一位优秀的哲学教育家,通过在大学的授课和言传身教影响了众多青年学子的思想和人生道路。

1962 年 5 月 21 日,先生出生于安徽省太湖县。先生早年毕业于安徽大学,后就读于复旦大学并获得哲学博士学位,生前担任复旦大学哲学学院教授、西方哲学史教研室主任,并兼任复旦大学杜威研究中心副主任和《杜威全集》中文版编辑委员会常务副主编。先生因病于 2014 年 4 月 23 日去世,享年 52 岁。

先生一生笔耕不辍,虽天不假年,却在身后为世人留下总计约 400 万字的著述和译作,这些作品记录着一位当代中国学者苦心孤诣的思考历程。为缅怀先生对当代学术与思想所作的贡献,全面呈现先生一生的工作和成就,我们谨编纂《汪堂家文集》,作为对先生的纪念。

从内容上说,《汪堂家文集》(以下简称《文集》)包括两部分,一部分是先生的著述,另一部分是先生的译作。无论是著述部分还是译作部分,都既包括先生生前发表过的作品,也包括先生的遗著中相对完整者。

先生生前发表的著述包括著作和文章。著作中有独著和合著,文章也有一部分已汇成文集出版。先生的独著有《死与思》(完成于 20 世纪 80 年代的遗著)、《自我的觉悟——论笛卡尔与胡塞尔的自我学说》(1995年)和《汪堂家讲德里达》(2008年),合著有《心灵的秩序》(1997年)、《人生哲学》(2005年)、《17世纪形而上学》(2006年);先生的文集有两部:论文集《哲学的追问——哲学概念清淤录之一》(2012年)和散文集《思路心语——生活世界的哲思》(2011年)。我们将尽可能完整地收录先生的这些著述和文章,不过一些作品的呈现方式会有所变化,读者会见到一些在先生生前未曾出现过的书名,原因在于:其一,有不少著述需要从不同地方(合著或期刊)汇集到一起;其二,先生的著述中有不少是未曾发表过的遗稿;其三,先生临终前有过比较明确的系统整理自己著述的想法,并设计好了相应的书名。我们根据先生的遗愿确定了相应作品的书名。具体说来:《文集》将全文发表《死与思》;我们还将《自我的觉悟——论笛卡尔与胡塞尔的自我学说》与先生的多篇"应用现象学"研究论文合为一册,名为《现象学的展开——〈自我的觉悟〉及其他》;同时,《文集》将先生关于伦理学的著述汇作《生命的关怀——汪堂家伦理学文集》;另外,《文集》将先生的学术随笔和其他散文、时评等收入《心造的世界——汪堂家散论集》。除此之外,《文集》将没有收入上述各书的文章以及比较完整的遗稿一起收入《哲学思问录》一书。

先生留下的翻译作品共约180万字。除了他最有影响力的译作《论文字学》(1999年)和《活的隐喻》(2004年)之外,先生还翻译了《乱世奇文——辜鸿铭化外文录》(2002年)、《无赖》(合译,2010年)、《承认的过程》(合译,2011年)、《杜威全集》中期15卷(合译,2012年)等。《文集》将以最大努力呈现先生的这些工作。除此之外,我们将先生的译文遗作汇为《汪堂家遗译集》,其中特别收入先生早年译的福柯《知识考古学》(残篇)。

《文集》的主要编纂工作是汪堂家先生的学生们戮力同心完成的。这部《文集》寄托了我们的期盼:愿先生的生命在他留下的文字中延续。尽管我们在整理先生的文稿过程中尽了最大努力,然囿于识见,相信仍会有不少错讹之处.敬祈诸位师友斧正。

《文集》的出版,若非得到众多师长、同仁和朋友的鼎力襄助,是不可能实现的。在此我们要特别感谢上海三联书店总编辑黄韬先生,正是他的倾力帮助,使本《文集》得以顺利出版。同时我们还要感谢孙向晨先生、袁新先生、邵强进先生、林晖先生、孙晶女士、陈军先生、金光耀先生、汪行福先生、张双利女士、丁耘先生、赵荔红女士、杨书澜女士、杨宗元女士和师母廖英女士的热情支持。本文集的出版,得到了复旦大学哲学学院和复旦大学亚洲研究中心的支持,特此鸣谢。最后,特别要说明的是,由于所涉作品版权等原因,本《文集》的出版采取了多家出版社联合出版的形式,在此我们谨向参与《文集》出版的各家出版社致谢!感谢上海三联书店牵头组织了本《文集》的出版,并感谢复旦大学出版社、上海译文出版社、中国人民大学出版社、上海人民出版社和北京大学出版社在《文集》的整个出版过程中给予的大力支持和帮助。还有其他帮助过我们的朋友和机构,恕不一一,谨致谢忱。

《汪堂家文集》编纂组

2018 年 4 月

目 录

学 人

读 书

概　念

哲　学

天 下

身　体

"手"的述说

随着我手指受伤的经历渐成淡淡的印象,随着母亲送我远行时那双拭泪的手在我心中定格,随着父亲在寒冷的冬日里将我的小手放在他的心窝渐成温馨的回忆,随着姐姐为我缝衣时那飞针走线的手不时浮现在我的脑海,手虽偶尔激起我心中的隐痛,但多半唤起我对美好事物的遐想。从上大学的时候开始,手就一直是我思考的主题。我惊叹手的神奇并且不断追问:手对我究竟意味着什么?

这是一个不易回答的问题,但又是一个不断袭上心头并逼我回答的问题。按通常的理解,手意味着劳作,意味着艰辛,意味着亲情,意味着收获,但对我来说手更意味着个性与思想。德国哲学家海德格尔甚至说,不是思想决定手,而是手决定思想。如果我们了解手对于劳动的重要性,我们就不难理解"手决定思想"的精义。海德格尔说:"手提供与接收,但不限于物,手伸向他人并被他人所接收,手保持,手搬运,手画符号,手显示,这也许是因为人本身就是符号"。① 手是人固有的器官,也是人特有的器官。手不仅显示人的性别,而且成就了人的开放性本质。手打破旧世界并创造新世界。手几乎关联着人的社会性的一切方面。手不仅让我们做事与行事成为可能,而且参与我们对自然和人生的诉说与倾听。实际上,手上有乾坤,手里有世界,手里有生活的万千波澜,手里有人之为人的深层意义。正因如此,我们应当并且能够从"手"入手展开我们的思想。

---

① Matin Hidegger,*Unterwegs zur Sprache*. Pfullingen:Neske,1959,S. 51.

有趣的是,法国思想家德里达一辈子都在关注海德格尔的手。他不但关注海德格尔的手稿或手迹,而且搜集了海德格尔的各种照片,研究海德格尔的手势,分析他手上发生的细微变化,连手纹也不放过。他甚至举办过题为"海德格尔之手"的照片展览并写过以此为题的长文。① 那么,他为何如此关注海德格尔的手呢? 答案也许在于,手代表着海德格尔的生活,一种靠手来展开的有思想的生活。然而,更加重要的是,"手"与"思""言""听"一起成了海德格尔思想的主轴。在众多哲学家中,尼采是最早拥有打字机的人,但他几乎不用;海德格尔也拥有打字机,但自己很少使用。其用意只有一个:在我们的手正遭到危害的时代里,他们想以此提示尽力保护手的自由的必要性。

手在何种意义上正在丧失自由呢? 我想,问题恰恰在于人类正无节制地使用自己的手。今天,通过千万双手,我们正亲手把自己带入信息化的时代,这个时代使我们的生活越来越便利,也使我们越来越富足,与此同时,它也使一些贪婪的、看不见的手悄悄地伸向世界的每一个角落,伸向个人生活的每一个方面。但从本质上讲,这个时代仍是本雅明所说的机械复制的时代,是一个人们不由自主地失"手"的时代,甚至是一个"钱用人"而非人用钱的时代。在这个时代里,一方面是机械的"手化",另一方面是手的机械化。机器本是手的附属品,现在,手反倒成了机器的附属品。于是,触目所见,是被各种机器抓住的手,是在流水线上单调操作的手,是在键盘上不停敲击的手,是被手机牵引着的手,是被老虎机咬住的手,还有在麻将桌上不断舞动的手。就连可怜的孩子们也被手边那表面上好玩,实质上会消磨其意志的"电子手"所操控。对此,我们不能不问,如何保护这些儿童的手呢? 人类为什么在新技术的挑战面前一再失手或束手无策呢?

一种合理的解释是,我们缺乏自由自在的手,缺乏作为反思对象的手,缺乏让我们理智地与世界打交道的手。一句话,我们没有以合理的方式去运用自己的手。手是新技术的见证,但新技术并非总是得

① J. Derrida, "La main de Heidegger", in *De l'esprit*: *Heidegger et la Question*, Paris: Flammarion, 1990, pp. 145 – 172.

心应手。新技术的发展只有注入人性的因素并服从合理的定向才能有益于人的福祉。这时并且只有这时,手才能真正作为自主的手而出现。在工业化的过程中,手使标准化成为可能,但它也在这种标准化的过程中标准化了自身。只要我们的工业化不能实现由标准化向个性化的转变,我们的手就将停留于机械状态。在这种状态中,千篇一律成了我们这个时代的标志,追求同质性成了很多人不自觉的诉求并且被"狡猾的理性"名之为时尚。与此相应,本可显示人的个性的手写活动被敲击键盘的刻板动作所代替,写字对于长期使用电脑的人来说越来越成为一种苦事,提笔忘字越来越成为一种普遍现象,传统意义上的写信如果说没有消失,至少是越发稀少了。因此,每当我收到朋友们手写的短笺,我总是感到亲切与温暖,因为它让我感到手的存在、心的真切、情的激扬。我把它看作"手写时代"的恋歌和"键盘时代"的警示。

键盘时代向我们警示什么呢?它不是让每个人一显身手吗?的确如此。它在推动人类的进步时也警示我们:它让遥远的人变近,也让邻近的人变远;它不断让人由牵手走向分手;它通过不断地煽情而造就了一双双在欲海中求救的手;它还不断通过虚拟的手来代替真实的手,但它比任何时候更让人在心中渴望援手;它让人们发泄个人的怨恨,但也通过这种发泄而制造集体的怨恨。如果说怨恨是要求解放的先声,那么,当我们对怨恨也开始怨恨时,手的叛逆便开始出现了。我们很难想象,在键盘时代我们对他人和自己的信任竟然如此之低,比如,以按手印来确保我们的承诺,以验指纹来辨别我们的身份,以看手相和星座来消除我们的不安,以大脑的"联网"来代替面对面的交谈。事实上,我们有上承悠远的历史、下启开放的未来的手。凭着这样的手,我们在危机中寻找希望,在期待中制造期待。我们期待少些第三只手,少些贪婪的手,少些肮脏的手;我们希望多些行善的手,多些积德的手,多些正义的手。

然而,说起手,我们还不能不提到手艺的失传。在机械化大生产之前,手艺一直决定着我们的生活方式和社会组织方式。尽管一些见物不见人的文化史家只关心手艺的结果,而不关心手艺的过程,以致手艺史(如,木匠史、石匠史、铁匠史)常常被排除在文化史之外,但我们必须千百次地问:没有手艺,何来宫殿?没有手艺,何来长城?没有手艺,何来广厦?没有手艺,何来器具?没有手艺,何来诗意的安居?手艺是心灵的诗篇。真正的手艺抵制复制。真正的手艺人实现了"几何学精神"与"敏感性精神"的统一。他(她)将天地的大美以个性化的方式展现出来。可今天,许多手艺已经败坏了,消失了。我们拿什么去拯救即将失传的手艺呢?答案只有一个:拯救我们的手。

"脸"的探问

对每个人来说,注视面孔是日常生活中最平常不过的事情了。无论是端详镜中的自己,还是与他人相照面,脸始终是进入我们眼帘的第一对象。婴儿的脸蛋唤起我们对生命的关爱,老人的皱纹让我们想起生活的沧桑。我们常用婴儿的小脸来比喻多变的天气,常用表情的丰富来衡量心灵的成长。从木然呆滞的脸上,我们读出的是迟钝、冷漠或严肃;从笑意盈盈的脸上,我们读出的是亲切、和善与热情。通过气色,我们判断一个人健康与否;透过眉宇,我们洞悉锁着的千愁。怒放的心花总是开在脸上,以至诗人瓦莱里把脸比喻为心灵的花园,哲人列维纳斯则把脸看作存在的开敞。

既如此,我们确有必要对"脸"分析一番。一切只因脸对我们具有非同小可的意义。不少猫科动物甚至懂得"洗脸",但世上没有一种动物像人那样爱护脸,当然也没有一种动物像人那样不要脸。一只小猫也许胆怯,但我们很少说它娇羞;一只狐狸无疑狡猾,但它肯定不懂得整容的意义。一个欲笑还羞的姑娘之所以对人有魅力,恰恰是因为那张脸展现出的深美与遥韵。真真假假、虚虚实实仿佛都写在脸上,以至我们能通过脸来窥见生活的秘密。虽然通过看面相来预测人的命运就像盛行十八世纪的西欧并受到黑格尔强烈批评的头盖骨相学一样荒唐,但它也多少透露了脸作为"窗口"的重要性。

脸因有色而为容。但脸更多的时候是为表情而存在的,它记录着生命状态的信息,也表露着无言的心情。这心情通过泛起的内在性而表现为外在性。这种外在性就是我们通常所说的表情。可表情"代

7

表"什么呢？表情是溢出的内心，人的喜怒哀乐因挂在脸上而成为表情。网络语言不就因为有表情符号而变得生动起来吗？机器人越来越具备逻辑思维能力和人脸的外在性，但要使它的表情真正成为表情还有很长的路要走。因为表情虽是通过肌肉的张弛和脸色的变化而显示出来的内在性，但这种内在性并不与外在性相区隔。在那里，"内"在"外"中，"外"是"内"的出离和逃逸。在那里，虽有"内外不一"的情形出现，但外与内的不一致性本身就是"外"的要素，是"外"的特性，是"外"对"内"的不忠。遗憾的是，这种不忠正日益成为一种难以减轻的时代重负。表情本应成为心灵的绽放，可这种绽放在很多时候被压抑着，就像含苞欲放的鲜花被人夹裹着不让开放一样。人就在这种压抑中失去了纯真和简朴。工于计算的社会是不允许纯真和简朴成为时代主流的。相反，那种取消纯真和简朴的"城府"不是大畅其道，就是被工于计算的人所赞许。喜怒不形于色常被视为有城府的表现，并且至少获得了好坏参半的评价。实际上，"城府"是脸色或表情的消隐。没有表情也是一种表情。不过可以肯定，假如人人都有城府，一个社会肯定是一个缺乏信任感和安全感的社会。"提防"就会成为那个社会的座右铭。在那个社会里，人们不大能深入体会纯真之美与素朴之美，也无法体会那种因内心的真实得到直接的表达而享有的率真的幸福。这样的社会因人们害怕真实而变得不真实起来。

脸召唤着注视。婴儿的第一声啼哭引来关切的目光，但他（她）的脸更让人心生怜爱。他（她）在睁眼的一刹那看到的多半就是人脸。从此，他（她）与世界相照面，但这种照面恰恰是通过"脸"的中介进行的。也许是出于这样的缘由，儿童心中的太阳在拟人化的思维里向我们"亮"出它的笑脸。在一定意义上说，儿童在"脸"上学习并完成了社会化的过程。当察言观色与见风使舵联系在一起的时候，"脸"甚至被赋予了道德哲学的意义。如果说儿童的脸给人以生命的气息，那么，死者的遗容除了外显逝去的生命，还通过存在的终结而诉说死者的遗爱与遗恨。遗容是存在的印记，它本身也是一首挽歌，从这首挽歌里我们能听得出生命的哀怨与沉郁。虽然世上不乏像庄子、苏格拉底、佛陀和基督那样勘生破死的人,但绝大部分人都是需要接受死亡教育的凡夫俗子。瞻仰遗容之所以在悼念的同时提供了死亡教育和生命教育的机会,就是因为它促使人们去了解生命的大限,体会死亡的经验,领悟"向死而在"的意义。

与此形成反差的莫过于人们对美容的热衷了。美容虽古已有之,但只有在今天才能随科技的进步和人们对脸的自觉而真正成为美的实践。适度的美容自然体现了对他人和自己的尊重。但过犹不及的古训并未把爱美的人们从市场煽起的狂热中拉回来,以致一些人试图借美容虚构一个全新的自己。这种虚构就像小说的虚构一样虽然不会引起不快,但它是对自然的不自然的替补。这种替补既印证了人对自身可完善性的认可,也表现了人们对幻化出另一个自己的渴望。作为对面容的"文化",过分的美容正把表情的自然流露置于危险之中,它也常常遮蔽人们对不当的生活方式的合理关切。过分的美容旨在抹去原有的面容或者说它是以"现有"来掩盖"原有"并让人淡忘那个"原有"。它既是对"原有"的抹煞,又是对"原有"的隐藏,也是对"原有"的背叛。它满足人"自欺"的需要并通过"欺人"而完成"自欺"。它是我们这个厌恶质朴的时代的标志,其中隐含了人们对"素面朝天"的不屑,也隐含了"文胜于质"的理念。它与其说显示了人与自然的隔绝,还不如说昭示了那个自在的自然的隐退。

不过,最让我诧异的是不同文化背景的人对脸被注视所产生的不同反应。许多西方人对陌生人的注视深感不安,但对熟人听自己讲话时不看着自己的眼睛同样不满。当一些朋友向我谈及他们在中国面对注视所产生的不适时,我不得不以这样的话打消他们的疑虑:绝大多数时候,我们中国人注视陌生人的脸并无恶意,相反,其中可能同时包含着好奇与关切,尽管这在他们看来很不礼貌,甚至是某种冒犯。我们最应记住的恰恰是,真正干坏事的人每每是窥探和斜视,对脸的注视的无含蓄性反倒令人放心。人大多害怕正义的威严面孔。虽然对脸的打量所体现的中西文化差异因为注视方式的不同而被放大了,但这种放大恰恰证明,脸确然是反映文化差异的镜子。

"脸"的含义简直太丰富了,丰富得连我们自己都深感吃惊。脸面的差异显示着人的差异。正因如此,清代诗人袁枚才说"面异斯为人,心异斯为文"。面子文化无疑是了解国人心灵的钥匙,有时甚至是理解个人行为和社会运作的法宝。面子经济已然成为一个庞大的产业。从"面子工程"到个人交往,无不显示出国人对颜面的重视。可在许多领域我们却要不断面对冷冰冰的脸、哭丧的脸抑或是怒目圆睁的脸。培训出来的脸虽然比木无表情的脸要好上万倍,但我们总希望从每个人的脸上看到出自内心的灿烂。实质上,只有当我们内心不失"傲骨"而又在脸上洋溢着亲善之时,我们方能获得内外一致的尊严。所以,我总对挺直腰杆并面带微笑的清洁工多几分敬意,因为他们在以尊严的方式为我们"洗脸"。我也总免不了告诉外国的俗人,你们一定要给我们中国人面子,但我从来要补充一句:你们也要给我们中国人"里子"。面子并不等于尊严。失去"里子"的面子就像没有灵魂的躯壳。死要面子当然比死不要脸要好,因为它反映出一个人尚有一点荣誉感和廉耻心,但死要面子既妨碍我们与他人进行沟通,又妨碍我们坦然承认自己的错误,也引诱我们虚耗资源,甚至以打肿脸充胖子的方式赢了面子却输了"里子"。更可怕的是,它导致虚骄自恣并愚弄他人对事实的真诚态度,直至造成一种鼓励撒谎的文化。死要面子与撒谎几乎是同时发生的,我甚至把它视为无声的谎言本身。

当我们对脸进行探问之时,是否应该牢记这一点呢?

"足"的行吟

对"足",我们有着别样的感情。它对我们来说远不只是人的肢体,它还是我们扎根大地、遗世独立、躬行实践和追求自由的支点。当古人以"足下"称呼朋友,当今人以手足关系来形容兄弟之情时,"足"已然让我们置身于情感之中了。在我们的地球正变得百孔千疮以至令后来者感到手足无措的时代里,难找立足之地越来越成为一种普遍的感受。这种感受虽然未必让人裹足不前,但它在人们心中激起的无着落感和无根基感已经表现在生活的方方面面。为此,我们不能不寻思"立足"的真正意义。

"立足"是顶天立地的前提,因为"足"是我们在大地获得稳靠性的保证。它撑起的不单单是作为我们活动源点的身躯,它撑起的还有人之为人的尊严。它撑起的也不单单是使人得以安居的家国,它撑起的还有神性远隐的天穹。它既负荷着安身立命的智慧,也负荷着一个时代的苦痛。所以我们有理由说,凭借"足"我们才得以安立,凭借"足"我们才生根于大地并实现了天地人神的四重统一。

"足"开示着路。从本源的意义上讲,路是走出来的并因常走而常新。但路本身无所谓远近,是人的目的性界划了道路的起点和尽头。路预示着重复,因为出发"等待着"回归。如果说人地因有路而成为世界,那么,路就是世界的纹理。林中小道是路,田边小径是路,公路、铁路是路,航道、航线也是路,一切电子媒介又何尝不是路呢?从比喻的意义上说,我们的心路,我们的思想之路不也是路吗?如果说交通工具是我们双脚的延伸,我们就不妨说我们是把飞机、汽车、火车和轮船

11

"穿"在脚上实现着我们的远行。我们的道路越修越多,我们的思想之路却越走越窄,其原因也许在于,我们经常在用"脚"思考,因而使思考失去了深度。就像"文"字在古代表示"鸟兽之迹"一样,各式各样的路不过是人留在大地上的足迹而已。如果我们坚持"文"字的古义,我们就只能说过去的世界是靠脚来"文化"的。

"足"引领着行,因而"足"的意义也体现在"行"中,确切地说,体现在行走、行事和行动中。按照马克思的看法,直立行走是猿向人进化的关键一步。这一步开阔了猿的眼界,这一步是脚对"手"的解放,在手帮脚制造出各种交通工具之后,脚得以减轻行路的劳苦。于是,便有了手对脚的解放。人的进化正是得益于这种双重的解放。但脚真的解放了吗?远远没有。随着纤夫的号子的回响,脚依然在感受碎石的刺痛;随着从事肩挑背负的"棒棒军"的行进,脚依然在感受货物的重压和走路的艰辛;以车代步的人们则在天天忍受堵车之苦以及行走能力的退化;眼下,捏脚服务的无处不在似乎表明人们更重视脚的保养了,但这也何尝不是我们"无路可走"的结果。"脚"在我们的历史上曾经深深地牵涉着政治与伦理,没有一个民族的女性像汉族的女性那样曾经深受"脚上的压迫"。裹脚的陋习虽然远去,高跟鞋又在以另一种方式呼唤着束缚的归来。今天,更骇人的是断足增高现象居然日渐增多,它虽然是矮个子们自己加诸自己的痛楚,但其残忍程度有过之而无不及。假如社会不存在对矮个子的歧视,断足增高又有何必要呢?可有谁想过,假如十几亿人平均身高达到 2.3 米,我们有多少东西需要重新设计和制造,我们的资源还够用吗?由此足见,我们仍需要"脚上的启蒙",我们仍需要"对脚的再一次解放"。只有经历这样的解放,我们才能摆脱自由的幻觉。

但脚的确寄寓着我们的自由。卢梭说:"人生来就是自由的,但无所不在枷锁之中。"我则要说:"人生来就在枷锁之中,但无所不在地向往自由。"如果说对自由的向往让我们的心飘然远引,那么,实现自由则要求我们的心收归于脚上。就因为这种心的收归,我们才深深扎根于大地之中并避免自己被外在的风雨连根拔起。当柳宗元吟出"春风无限潇湘意，欲采蘋花不自由"时，一种自由意识的自觉已油然而起。然而，对自由的消极理解依然让我们的自由停留于内心之中，这种自由仍不过是运思中的自由。与此相反，积极的自由则是靠脚去实现的。换言之，自由之路是走出来的。

我们且不说碍手碍脚、缩手缩脚或束手束脚如何表征着不自由的状态，也不说黑格尔所讥讽的"从逃遁中求解放"如何表征着虚假的自由，更不要说"戴着镣铐跳舞"如何表征着自由的沉重，我们只想追问，我们是否需要以自由的方式对待自由？自由有着多重的意义：它可以是理念，可以是心境，可以是思维方式，可以是生活方式，也可以是自我保证的制度，还可以是行为方式。对个人而言，自由意味着自主选择的可能性。假如只有一种可能性，这种可能性就是铁的必然性，因而谈不上选择。自由度是与选择的可能性成正比的。可一旦我们不知如何选择或像晚上看电视时整晚都在换频道那样进行选择，我们的自由也就消失在单纯的选择过程中了。

艺术是自由意识的最好表达。但在众多的艺术门类中，没有一种艺术像形体艺术那样展现形神合一的自由。正是在这种形神合一里，以双脚为立轴的形体把自由表现为有归属感的生命本身。艺术是生命的无滞无碍的外展。即便是"半身艺术"也使我隐然体会到来自双脚的力量和大地的意义。尽管我们不时看到单纯以手、脸、眼睛和耳朵为题材的艺术，而较少看到单纯表现双脚的艺术，但我们已从足球、舞蹈和时装表演中看到了"脚"的艺术表现力。足球比赛当然不单单是一种集体游戏，它是要求遵循文明规则的"脚上的战争"。它所体现的力感，它给人的悬念与期待，使我们看到"脚上的艺术"如何唤起生命的激情。而舞蹈是以双脚来引领的身体各个部分的合唱，它的步调、它的动作的轻盈或滞缓代表着生活的色彩和节奏，显耀着生命无声的内美与尊严。时装表演的魅力则恰恰在于它是"走出来的艺术"，因为在时装表演中，"走"成了制造韵味的根本。我们能想象没有走动的时装表演吗？模特摆动的身姿，模特的每一个顾盼和每一个回眸，都通过艺术化的"走"而灵动起来并因此富有乐感。如果说模特为时装赋予灵魂和动感,那么,走的姿态就通过使形体活泼起来并展现其生命的内容。在这一过程中,服饰在应和形体的韵律中成了流动的风景。

如此看来,"脚下生根"的生活与脚上的艺术化生活应该并且能够成就自由的生活和生活的自由。

家·乡

寺 前 云 水

　　提起家乡,我总忘不了西岭的竹海,梅河的红叶,九龙湾的飞瀑和花亭湖的烟波。然而,最让我牵念的还是西风洞的禅音和寺前河的云水。

　　寺前既是河名,又是镇名,它作为地名已经沿用 1300 多年了。禅宗六祖慧能曾云游至此,因深爱此地的绝佳风景,遂建廨元寺,寺前的一条大河被命名为寺前河。寺前镇就坐落在群山耸秀、如诗如画的花亭湖边。远处,直刺云天的天华山白雾缭缭,宛如仙境;近处,黑瓦粉墙掩映在茂林修竹之中。湖上,水鸟嬉戏,游船织浪;湖边,山花烂漫,草木森森。真可谓,平湖百里,推金涌雪;十里寺前,一路果香。如果说奇峰怪石,飞瀑流泉,高林唱鸟,碧水翔鱼,绘就了寺前河的天然画卷,那么,赵朴初先生为家乡题写的"千重山色,万顷波光"就更是花亭湖的壮美写照了。

　　三十多年前,我在寺前上高中,校舍依山临水,颇有气势,我曾用"承九天浩气,拥一湖灵秀"来描述我热爱的母校。如今,母校因拆并而不复存在了,这不免让人心生几分伤感。但离校舍不远,新添了一道我们都应当记住的人文景观——一代文心、佛学大家和社会活动家赵朴初先生的墓苑(灵骨树葬处)和文化公园。寺前河口曾有一代名相狄仁杰的墓地和碑亭,相传狄公南巡,暴病西归,埋骨于此。于今,就有一个新建的狄公亭供人凭吊。

　　但是,赵朴初先生以这块处于安徽省安庆市太湖县城以西、大别山南麓的地方作为灵魂归依之处,不仅仅因为他魂归故里可以了落叶归根之夙愿，也不仅仅因为这里风景幽美，适宜参禅悟道，而且因为寺前河远承天竺（印度）佛教之鸿源，近引禅心慧性之新流。她谱写了1600 多年前中印文化交流的篇章，也开启了我国禅宗发展的新页。

319 年，印度高僧佛图澄历尽艰辛来到后人所说的寺前河的大尖山（即今天的佛图山），开山建寺，修行弘法。此寺即是意义非同一般的佛图寺。据《太湖县志》记载，此寺一度规模宏伟，盛极一时，单是屋宇就达一百多间。这是江淮大地有文字可考的最早的一座佛教寺庙，也是今天能够确认的、由佛图澄开建并延续下来的一座寺庙（据说他在中土建有近九百个寺庙）。对佛图澄阐述的佛理我所知不多，但大凡对佛教源流稍有了解的人都知道他常在斋日把自己的肠子拿出来清洗的故事。

有趣的是，以佛图寺为中心，方圆五十公里范围内的地域恰恰是中国化的佛教——禅宗的重要发祥地。这一带留有禅宗二祖慧可、三祖僧璨、四祖道信、五祖弘忍和六祖慧能的云踪，他们在安徽太湖、岳西、潜山和湖北黄梅、孝感开设的道场大致上呈扇形分布并且相距不远。禅宗二祖慧可在离寺前河不远的牛镇狮子山修行三十余年。"禅衣破处裁云补，冷腹饥时饮露充。物与民胞共寒暑，调和风雨万邦同。"这诗句就出自慧可之口，从中，我们既能体会他心念苍生的慈悲，也能显见他涵天盖地的高怀。他断臂立雪的故事即便是不通佛理之人，也会为之震撼并受其坚强意志的激励。以写 146 句《信心铭》而名世的三祖僧璨不仅承慧可的衣钵，而且开禅宗著字之新风，他驻锡的天柱山乾元禅寺与寺前地域不过一山之隔。四祖道信受衣法于僧璨，驻锡于毗邻的湖北省黄梅县双子山。对他们的云踪事迹，《历代法宝记》《佛祖历代通载》《续高僧传》和其他高僧传多有细说，兹不赘言。

五祖弘忍与寺前河亦可谓缘分深深。从寺前河东望，有座山势雄奇、景色万千的凤凰山，此山与二祖祖庭所在的司空山和三祖祖庭所在的天柱山遥遥相望。山上有个天然大洞，洞名西风，弘忍长期在此打坐参禅。千年古刹西风禅寺在此依山而建，在此修禅悟道的高僧人数众多，四季香客络绎于途，李太白、黄庭坚、王守仁、罗汝芳、赵朴初等众多文人贤哲亦留迹于此。据说弘忍来西风洞之前曾在邻县宿松修行，因不忍水中鱼腥，便改到西风洞参禅。这也从一个侧面显示了水对禅宗的重要性。

寺前与禅宗有山缘、水缘、云缘，更有佛缘。对禅宗而言，它们不就是同一种缘吗？云中水意，水中云影，人心佛照，草木禅机，在这里圆融如一。佛图山的"披云石"是它的象征，寺前河的常流水是它的见证。因为佛图澄，寺前河西引东济，开江淮大地佛教传播之先声；因禅宗诸祖在这一带对佛教的创造性转化，西域佛学实现了真正意义上的中国化，进而惠及中华并影响世界。

这不就是我为禅意盎然的寺前河感到骄傲的最好理由吗？

19

竹 林 心 影

　　家乡老宅边有片不大不小的竹林。它为家乡平添了几分秀美，也为儿时的我们提供了一个难得的玩乐场所。竹林在一个斜坡之上，远远望去，高低有致，山风乍起，绿浪翻涌，显出几分壮观。大的竹子有碗口那么粗，高达七八米，甚至十来米，小的也有三四米。竹林浓荫蔽日，即便大雨，地面仍然看不到多少积水。地上铺满竹叶，软软的，就像草甸。不问哪个季节，我们总能在那里找到无穷的乐趣。

　　春天的竹林是一个生机勃勃的世界。各种鸟儿来这里筑巢，清晨和黄昏，鸟语盈林，提示着一天的起止。有时，待鸟儿出去觅食，我们就爬上竹子去偷鸟蛋。遭到大人臭骂之后，我们对鸟窝的好奇心依然不减，但不敢再偷鸟蛋了，而是改为观看鸟的孵化过程。但在偷鸟蛋时，我们发现了一个小小的秘密：鸟儿也会数数。如果鸟窝里有五枚鸟蛋，我们拿走一枚，鸟儿似乎不会察觉；如果只有三枚鸟蛋，我们拿走一枚后，鸟儿就不再回来了，因为它们显然意识到了危险。

　　春雨过后，竹林里会长出各种蘑菇，有毒的、无毒的，满地都是。春笋从竹林里破土而出，带着泥土的余香，也带着成才的希望。竞长的竹笋，裹着外黑里白的软壳，家乡人把它叫笋衣。随着竹笋长大，笋衣脱落，大人们把它们捡回去做鞋底和垫子。我们则每天好奇地关注着带着绿色尖嘴的竹笋的成长。立夏时，家乡人有吃夏糊的习俗，它通常以春笋、腊肠、麦粉、豆粉等原料制成，味道极为鲜美。但大竹林的笋子通常是不允许吃的，因为少了一棵竹笋意味着少了一根大竹子。于是，人们就到山上采些鲜嫩的苦竹、斑竹或水竹的笋子作原料，这些竹笋细嫩而没有大竹笋的涩味,是地道的鲜品。

春末夏初,脱壳后的竹笋渐渐长出嫩绿的枝条,在微风中摇曳,待枝条上的芽苞悄悄绽放,带着露珠的一片片新叶,又宣告了一次生命的轮回。竹子属于春,更属于夏,因为是夏天见证了它的成熟。烈日炎炎的夏日,竹林里凉风习习,是避暑的好去处。中午,我们常在那里下棋、看书,只可惜蚊子较多。后来我们找到了驱蚊方法。烧片樟木,蚊子就飞得远远的。在没有空调的年代,在竹林里摆个竹床睡个午觉,别提有多美了。

秋叶正红的季节,天不冷不热,我们常到竹林里玩追逐的游戏,有时也玩些危险性极高的游戏。比如,像猴子那样从一棵竹子跳到另一棵竹子,由于竹子间的距离很近,我们倒平安无事。最危险的当然要算把自己弹到天空的游戏了。由于竹子有极强的韧性,我往往爬到竹子的上半部分,身子悬空,慢慢将竹子弯到地面,此时的竹子像一根弹弓,由其他小伙伴拉住竹枝,我用一根绳子一头绑在腰上,另一头系在竹子的中间偏上的部分,拉住竹枝的小朋友突然一齐松手,我瞬间被弹离地面,颇有几分刺激。有一次,用的草绳突然断了,我被重重地摔在地上。幸好屁股先着地,且地面上有一层松软的竹叶,这才没有大碍。自己摔得很痛,但只能忍着,不敢告诉家人,因为怕骂。虽有此教训,我很长一段时间仍不改玩性,只是不再用草绳,而是用麻绳来做弹射游戏了。

冬天,万木萧瑟,可那片竹林依然葱绿。腊月,一个我熟悉的老者常在竹林里转悠。他能分辨竹子的公母并根据竹梢垂下的方向精准地判断哪里可以挖到冬笋。用鲜笋、木耳和猪的里脊肉烧汤,加点香葱,可谓汤中一绝。而将刚挖出的冬笋与土猪或土鸡的精肉在大火中爆炒,配以青葱和香芹,再撒上炒熟的芝麻和枸杞,是健脾益肾的佳品。此菜鲜香扑鼻,色泽养眼,让人回味无穷。

在我眼里,最美的景致要算雪后的竹林了。大雪把竹枝压得像垂柳一般。白雪裹着竹叶,妖娆清丽,凸显冷艳与生机。天气很冷时,低垂的竹枝会挂上晶莹剔透的冰凌,在初晴的阳光里闪闪发光。十二月左右,大人们总要把竹林里的老竹子砍掉一些,做各种家具,也好为新竹腾出空间。孩子们则缠着大人用竹子做玩具,比如,做水枪和刀剑之类。有雅兴的文艺青年还用粗大的竹子做琴筒,用檀木做琴柱,再买来琴弦和琴弓,外加自备的蛇皮,一把音质不错的二胡就可以制成。有人还用细长的竹子做笛子,用竹子内的白膜贴在挖好的孔上,其音质常常不输乐器厂造的笛子。大一点的孩子则用竹子做说快板书用的快板,自编自演,倒也乐在其中。

竹林是我四季的乐园。古往今来,多少文人墨客对竹子的品格极尽赞美。然而,任何外在的赞美远不足以显示竹子对我生活的本真意义,因为竹子让我感悟,更助我成就了快乐的童年。不知现在的孩子还有没有这样的幸运?

听　松

　　家乡多松,无论人走到哪里,看得最多的树就是松了。家乡的松,千姿百态,或傲立于湖边谷底,或孤悬于危崖之上,或畅茂于绵延的峻岭,浸染着四季的山色。

　　我喜欢看松,只因为我欣赏松的挺拔,松的高洁,松的顽强,以及它凌霜傲雪的风姿。看惯了群松争劲的我,实在不忍心观看作为盆景的孤松,因为那样的松,就像脆弱的生命和被缚的灵魂,让人心生怜悯,乃至悲切。

　　我喜欢看松,更喜欢听松,因为松声是自然界灵动的语言,当人带着通天入圣的心境静心倾听这种语言,仿佛能飞升高天的灵境,也能触知大地的律动。当千重麦浪在春风中翻滚,松林里传来松枝一丝丝摩挲般的声音,细细的、轻轻的,犹如恋人的絮语。地处湖边的山岚,在细雨绵绵的季节,常常淹没在苍茫的雾霭之中,偶尔有几株松树从雾海里探出头来,就像云帆满挂的桅杆。这时的松能让你体会到什么是真正的静美,从这种美中,你能听见大地无声的召唤。

　　我喜欢雷雨中的松,因为在雷雨中,傲立的松树不仅显得愈发挺拔,而且显示出狂野中的动美。风声、雨声,打断了松枝的细语,这时,很少低头的松树不得不左摇右晃起来,检验着自身柔性的极限。随着风声的起落,自涌自息的松涛,仿佛是相依相偎的棵棵松树的阵阵怒吼。呼呼的风声和哗哗的雨声罩住了整片的松林,向我昭示着沐风浴雨的涵义。当春天的炸雷压住了风声、雨声,相伴的闪电划破了乌云密布的天穹,侧映着松树顶天立地的身影,此景此情向我隐喻着生命的坚韧和人性的尊严。风雨甫歇,似乎还在微微颤动的松针,抖落一颗颗晶莹的雨珠,尽显着自身的轻盈和丝丝的绿意。这时,我把自己想象成欣赏松乐的小虫,而把松针想象成正优雅弹奏的无数手指。

竹子拔节了,松树与竹子的共生构成了刚柔相济的佳配。我喜欢欣赏它们在晚风中的和鸣。在和煦的晚风里,松枝的低语与竹枝的击节相应和,传递着"有风传雅韵,无雪试幽姿"(李商隐)的真意。清晨,带着露珠的新叶在和风中有如一个个跳动的音符,绽出新生命华美的乐章。此时,采几片新叶放在玻璃杯里,再放几朵赤芍,冲入沸腾的泉水,你不但能欣赏绿瘦红肥的韵味,而且能闻到淡淡的清香。

然而,在我的心目中,松并不总是与美好的东西联系在一起。夏天的松总让我有些本能的恐惧,只因为小时候我常常看到松枝上不断掉下令人心怵的毛毛虫来,皮肤接触毛毛虫时的奇痒是我一辈子挥之不去的印象,以致有一年我在意大利佛罗伦萨附近的一个小城看到这个城市居然是以松树作为行道树时,心中吃惊不小。

晚秋,寒冬,与阿炳的二胡曲《听松》部分地表达了我听松时的心境……我仿佛听见声息。

就像单个音符不能组成和谐的乐章,孤松虽可以观,但不可以听。孤松就像孤独的灵魂。

松也有脆弱的一面。我记得 2009 年 5 月 8 日,一场风暴,也许,恰恰是那片松林保住了许多人住的房屋吧。没有松的牺牲,我说不定遭了风的劫难。

在家里"出家"

记得上个世纪八十年代我教过一个尼姑班与和尚班。当然,这里说的尼姑班不是指现在我们的大学里只有女同学没有男同学的班级,这里和尚班也不是指只有男同学没有女同学的班级。那时的尼姑班与和尚班是由真正的出家人组成的。在学期间,他们必须住在复旦学生宿舍,既在大学学习,又在大学修行。一时间,他们也就成了大学里一道难得的风景。他们总给人以超尘脱俗的感觉,因此或多或少能让人想起净心净性的境界。

有一天,我郑重其事地问一位尼姑:"你怎么想到要出家呢?"虽然我问得有点唐突,甚至有点失礼,但那位同学还是很坦诚地告诉我,她过去爱上了她的表哥,而按法律规定近亲是不可结婚的,于是她一气之下选择了出家。我随后有点后悔问这样的问题,心想:"我是否在给她的伤口上撒盐呢?"但我看她显得很平静,反而顺便补充了一句:"与表哥结婚不仅在法律上不允许,在生物学的意义上也不可取,社会人伦都无法接受啊。"她点点头,脸上没什么表情。看得出她现在已经心静如水了。于是,我又问她:"你有没有后悔过出家呢?"她说:"一开始是有过动摇,但后来坚定了决心,彻底断绝了尘俗之想。"我进一步问:"你在大学学习和修行过程中有什么收获?"她说:"收获的确有一些,但最重要的是学会了用虚淡的眼光看世界。"

"用虚淡的眼光看世界",这句话虽然听上去很平常,但不是随便什么人都能说得出来的,即便能说出来,它在不同人心里也有着很不相同的涵义。黑格尔不是说过吗,"一句格言从老人嘴里说出来与从儿童嘴里说出来有着绝然不同的意味"？我想，我的学生说的这句话算得上一个修行者对自己人生的简练总结，是一个人经历深邃痛苦后的大彻大悟，是浓缩了她内心的真切感受的智识与慧见。对我的那位学生来说，浮尘已经远去，剩下的只有明净澄澈的心灵。我禁不住赞赏了一句："看来你的慧根不浅啊。"她默然，冲我淡淡地一笑。

八年以后，我们在另一个场合再次相见。她一眼认出了我，不紧不慢地说道："老师，你怎么没变啊！"我说："因为我记住了你八年前给我讲过的一句话并试图按它去做。""我说过什么啊？竟然能让老师照着去做？"她半信半疑地说。"用虚淡的眼光看世界，"我脱口而出。不过，我随即说道："变化是肯定有的，唯一不变的就是变化本身。"她瞪大眼睛好奇地看了我一眼。"老师，就凭你这句话，你已经有资格出家啊！干嘛不像我们一样出家呢？"

我当时没有反应过来，一下子竟被她问得语塞。过后一想，这句话在出家人心里不也是某种程度的赞美吗？因为出家在他们（她们）眼里是人生最好的归宿。但我后来补充说："正因为我记住了你八年前讲的那句话并照它去做，出家与不出家对我没有太大区别。我当然没有你们的修为，但选择在家里出家也很不错啊！"她听懂了我的意思，但什么都没说，又是朝我淡淡地一笑。

我后来竟有点自恋地经常回味"在家里出家"这句话来。也许，我过去讲的时候只是把它作为一时的俏皮话，并没有给它赋予什么实质性的生活内容。随着年岁的增长，它会向我显示不同的内涵，换言之，我可以给它不断赋予新的意义。我们都是凡夫俗子，常被生活的琐事所牵累，如果不能追求某种无滞无碍的境界，生活也许太沉重了。所以，保持某种"在家里出家"的心境还是必要的。"以出世之精神干入世之事业"，难道就不需要以此为前提吗？

旧韵新声黄梅调

又是一个生机竞发的五月,我受邀再访美国东海岸的大西洋城。那是一个细雨蒙蒙的下午,主人驱车将我从机场直接接到海边的一家宾馆。等一切安顿好,已是华灯初上了。推开窗户,外面是暮色苍茫的大海,探照灯打在细浪轻拍的海滩上,海风徐来,带着些许腥味,轻拂着阳台上的两株小花。此情此景,不禁让人心生"自在飞花轻似梦,无边丝雨细如愁"的慨叹。

突然间,我隐隐听到熟悉而又久违的黄梅调。惊喜之余,我想我一定是遇到老乡了。我循声轻敲别人的房门,出乎意料的是,开门的竟是一位高挑的白人姑娘。待我说明来意,她略显兴奋并改用不太流利的中文告诉我,她研究昆曲,常去中国,中文名字叫"茹昆"。

看茹昆正在欣赏黄梅戏,我不无自豪地告诉她,黄梅戏的故乡就是我的故乡,我自小常看姐姐排演,对其曲调比较熟悉。繁星灿烂的夏夜,大人们在外纳凉,我则躲到楼上练琴,初练的曲子就是黄梅调,后来加入一个乐队,排练之余仍不忘演奏黄梅调。茹昆读懂了我的心思。她说,如果我喜欢,马上可以把她的碟片拿去欣赏。

看到碟片,我赶忙回屋打开电脑。碟片里收录的是孙娟、张小萍、潘文格和刘国平等主演的黄梅戏选段。论演唱,他们与我熟悉的老一代演员相去不远。是他们的演唱给我带来了满耳的乡音、满眼的乡景、满心的乡思和满怀的乡愁。

黄梅戏就像越剧和昆曲一样属于最适合抒情的剧种,婉转与柔美的唱腔构成了黄梅戏最富魅力的因素。道不尽的情与爱始终是其歌唱的主题，也是它深深打动千万人的所在。它唱悲情，唱愁绪，直唱出一腔凄美；唱离情，唱别恨，直唱得人泪水连襟。这是我听"雉鸣啼破五更天"一曲时得到的感受。歌中唱道："云霞淡淡，残月弯弯，窗外隐隐马行疾，夫君又隔几重山？谁能赐我千里目，看郎君可添罗衫御风寒？谁能赐我顺风耳，听郎君心底声声唤妻言？"这几句不乏诗意的歌词出自词作家金芝之手，它们以简洁而巧妙的方式道出了妻子在五更残夜对远行的夫君如何牵肠挂肚。其情其思，感人肺腑。吴美莲则以温婉软润、清丽瑶澄的演唱将陈庆华先生配曲的这段歌词演绎到了妙境。过去，我坚信"只有伟大的剧作家，没有伟大的演员"，如今我则宁愿相信，词、曲和演唱对戏剧来说是三位一体的关系。

黄梅戏是随着《天仙配》《牛郎织女》《女驸马》和《龙女》这类作品而家喻户晓的。它通过唤起人心中最敏感、最精微的情思唱出了人性中的至柔与至美。它歌颂劳动与爱情，赞美诚实与质朴。然而，在它相对广泛的题材里，仙女与俗人的爱情给人留下的印象最为深刻。人与仙的相爱，既减少了神爱的缥缈，又给人爱赋予神性，从而赋予爱以更为圣洁的深美。它能起到希腊人所说的 cathesis，即净化或陶冶的作用。可以说，从黄梅戏里，我们能从朴实中感悟高华，从凡音里听出仙响。

近几十年来，主张黄梅戏改革的呼声不断，更有甚者，希望黄梅戏朝通俗歌曲看齐。我则认为，拓宽戏路、广取题材、凝炼唱词、微改曲调方为上策。加入新元素固然必要，但过分改曲会丧失黄梅调的内核和灵魂。一味迎合通俗的要求只能适得其反，因为黄梅戏本来就是通俗得不能再通俗的剧种。实际上，黄梅戏不仅为 20 世纪六七十年代的港台电台的发展做出过贡献，而且部分地影响过港台通俗歌曲的风格。比如，曾立志要唱醒中国的邓丽君以其清纯、甜美而富有感染力的歌声打开过千万人的心扉，滋润过一颗颗干涸的灵魂，但并非很多人知道，邓丽君从八岁开始就一直练唱黄梅戏。我们不难发现，她显然把黄梅调的婉约、幽远而缠绵的韵味带入了通俗歌曲的演唱。

我不知那晚是什么时候听着黄梅调进入梦乡的。第二天，我一觉醒来已是红日当空。打开房门，见到的是茹昆给我留下的字条："我今天去纽约。那两盘碟片你就留着慢慢欣赏吧，那里有你美丽的乡音、乡情和乡景。再见。"真不愧是研究昆曲的，连字条也写得那么有韵味。我自是一阵激动和感念，但心中暗问，归期尚远，这听不尽的乡韵真能带走那化不开的乡愁？

游　历

二 月 的 牵 念

二月的北方还是冰天雪地,美国南部的新奥尔良已经春暖花开了。浩瀚的密西西比河从市区奔涌而过,河面上缓缓驶过的轮船,河岸边绵延数里的港口,直指蓝天的教堂尖顶和一声声悠扬的钟声,还有供游人乘坐的木质观光小火车,以及在河面上翱翔的海鸥,织就了新奥尔良那动静相宜的画境。温暖湿润的气候,法国和其他欧洲移民在此留下的文化印记,使四季流青、花木扶疏的新奥尔良,处处透着法兰西南部的风情,偶尔也显出几分西班牙文化的韵致。

新奥尔良是爵士乐的故乡。她与芝加哥和孟菲斯一起并称美国的音乐之都;汇聚了来自全美各地乃至其他国家的优秀歌手与乐手,他们常年以各种音乐会吸引八方来客,也使这座城市的居民饱享音乐的盛宴。

除了爵士乐,这个城市给人留下印象最深的莫过于狂欢节了。每年二月中旬到三月上旬,这个城市简直成了热力四射的舞台,她每天向从世界各地蜂拥而来的游客尽情展示她的活力、热情、浪漫与好客。2009年2月我去的时候正赶上花车游行。只见沿街居民敞开大门,很多人在家门口或在大厅里摆上啤酒、糕点供游人享用。几个青年还邀请我一家进去喝啤酒。随着游行队伍的到来,人群中爆发出阵阵欢呼。游行者有的戴着面具,载歌载舞、吹吹打打,从我们面前缓缓走过,尽情挥洒着他们的热情,展现着这个城市奔放的品格。游行的高潮是花车上的人向道路两旁的观众抛撒糖果和礼物,随着一串串珍珠项链撒向人群,欢呼声再次响起。每有糖果抛下,孩子们更是乐得手舞足蹈。就连平时板着面孔的警察也显得特别放松，不过，我知道他们心里也许是紧张的，因为2009年狂欢节期间还发生过枪击事件。

可是，新奥尔良给许多人留下的深刻印象既不是那里享誉世界的爵士乐，也不是那里一年一度的狂欢节，而是那场造成1400多人死亡的飓风和洪水以及人们对当年的布什政府救灾不力的潮水般批评。在我最初的印象里，"新奥尔良"这个地名是与哀鸿遍野的灾区联系在一起的。

应我的要求，新奥尔良罗耀拉大学的两位教授带我特别参观了当年的溃坝处以及被洪水淹过的街区。原来的溃堤已经修复，而那些被洪水淹过的街区依然留有浸泡过的痕迹。许多小楼上写有建造的年份，但已经人去楼空。有些房屋只留下一个架子，有些房屋已经垮塌，有些已被拆毁，剩下的是残墙和劲长的野草。偶尔有几条小狗在街区溜达，给那里带来些许生命的气息。我还去看了一位友人被水淹过的房屋。幸好当年发生洪水时，他们在飞往中国的航班上，躲过一劫。

在一位教授的引导下，我再去看了看横跨密西西比河的大桥，心想，当年发生洪水时警察怎么能向逃难的人群开枪呢？那位教授告诉我，当时的实际情况是人们纷纷涌向大桥，警察害怕桥梁垮塌以免很多人掉入河中，只能开枪警告。看来媒体的渲染常常扭曲事实的真相，有时容易把善意贬为恶行。

去新奥尔良之前，我报名参加了志愿者，帮助灾民建房。在工地上，我看到一些来自不同地方的志愿者。一块标牌上写着"吉米·卡特计划"。联想到我国汶川大地震后，卡特先生在四川也有类似的善举，我的钦佩之情油然而生。我从一个教授那里得知，除卡特计划外，一些著名人士也纷纷资助灾民建造房屋。政府、保险公司和灾民自己也分担一部分建房资金。已经建好的小楼形状就像集装箱，不算漂亮，但很实用，里面的所有生活设施一应俱全。

我先接受了简短的培训。我佩服许多志愿者做事的精细和认真。有位年长一点的志愿者向我交代要做的事项以及做每件事应当注意的问题。他让我先观摩，然后自己演练。我的工作是用约八寸长的钉子把建房用的木头连在一起。当我精准地将钉子贯穿两块木头时,我耳边响起了鼓励的掌声。

在新奥尔良,我体会到了作为志愿者的劳累与快乐,也带来了远方的中国人对这里的关切。多年过去了,听说那里的灾区重建依然缓慢,心中有莫名的惆怅。也许,那些灾民早就搬到了其他城市;也许,他们不愿回到这个曾经让他们感到哀伤的地方;也许,他们在观望和等待;也许,他们在编制新的梦想。二月底的新奥尔良又进入狂欢季节了。可有多少人想到那狂欢背后的伤感,那伤感背后的挣扎呢?

我心底一直牵念着我参与建造的那幢房屋,心想着哪一天再回到那儿看看它的主人。当然,我也不会忘记那狂欢节的喧嚣和亢奋,还有那火红的木棉花以及像木棉花一样热情的新奥尔良人。

知狗与识人

——从餐桌上的辩论谈起

与外国人谈吃，中国人每每眉飞色舞。且不说遍布世界各个角落的中餐馆，也不说五花八门的烹饪方法和数不胜数的菜肴名称，单是我们吃的动物种类就够吓人的。天上飞的，地下爬的，水中游的，只要是活物似乎都逃脱不了国人之口。珍禽异兽越是列入保护名录，似乎越发引起食客的兴趣。在吃上，我们的确太不讲禁忌了。不过你请外国朋友吃饭还真得多长个心眼。如果你请西方人吃蛇肉和狗肉，有些人准会晕过去；如果你请一些人吃甲鱼和青蛙，他们很可能会难过半天；如果你请一些人吃野鸭，别人未必乐得起来。碰到环保意识特强的人你虽不会受到训斥，但免不了要听一堂环保课。

围绕吃狗肉的问题我和我的师母曾有过一场辩论。一个周末我如约来到德国导师家中吃饭，刚一落座，师母便滔滔不绝地谈起她的上海见闻，从外滩的夜景如何漂亮到江边的垃圾如何恶心，从上海老街如何有趣到老街周围如何肮脏，从自行车流如何壮观到司机开车如何莽撞（指不等行人先过马路），从淮海路的小店如何雅致到街上的行人如何争吵。

她觉得最不可思议的是上海竟然有饭店出售狗肉和蛇肉。吃蛇肉倒也罢了，因为那无非意味着多些老鼠，反正中国粮多。吃狗肉未免太残忍了，连人类的朋友——狗——都可以吃，还有什么不可以吃呢？一个澳洲学者率先跟进说，我们中国人的食谱太过丰富，丰富得破坏了生物多样性，并说肉类食品的多样性与环境危机成正比。一个荷兰学生甚至武断地说,吃狗肉的人通常比较残忍。饭局上你一言,他一语,把我当成了"审判"的对象。我一时语塞,除声明自己不吃狗肉外,竟然找不出半句可以辩护的理由。也许怕我尴尬,一个韩国学生出来打圆场说,吃狗肉只是少数地方的风俗,与残忍没什么关系,因为韩国人也爱吃狗肉,越南人到了春节几乎家家都吃狗肉哩。虽然这位韩国同学为吃狗肉做了一些辩护,但我总觉得那丝毫不能说明吃狗肉是合理的。为此我竟一直隐隐然有些"罪恶感"。与两位中国朋友谈及此事,他们直说我傻得可爱,吃狗肉何罪之有?

过了三周,我们一伙人照例在导师家相聚。师母连连向我道歉,说上次的谈话一定令我不快。这次既然她旧事重提,我也不能不回应一二。于是我调动每一根神经,脑海中浮现出一个个从别人那里批发来的故事,回忆起从各种辞典上搜罗来的与狗相关的成语,居然面不改色地为吃狗肉做起辩护来。

"中国人吃狗肉与残忍没有什么关系。一种动物是否被吃取决于它与人的情感的远近,在一个国家与人情感密切的动物在另一个国家却未必如此。狗在中国大部分地方不是作为宠物来饲养的,而是作为看家护院的工具。今天养宠物狗的中国人渐渐多起来。不过,主人们像德国人一样绝不忍心吃它们。但如果你们像我小时候那样被看家护院的狗咬伤,你们会恨不得食其肉而寝其皮。吃这样的狗肉与吃猪肉没什么差别。从一些中国农民的眼光看,德国人吃那么多的牛肉实属不该,牛曾为我们辛苦劳作,现在你们居然要吃它,于心何忍?"我振振有词。

师母说:"我们德国的牛可没有用来耕田。"

"它们的祖辈可是耕田的,"我答道,"况且,西方人历史上也并非不吃狗肉,譬如说,英国方言里至今仍将肉质不好的菜牛称为'狗'。你们吃冷狗还嫌不过瘾,还要天天吃'热狗'(hot dog)。"此言一出,满桌喷饭。

众所周知"热狗"并非狗肉,而不过是中间夹了熏红肠和佐料的面包而已。"汪还真有些幽默,"导师插话道,"但你并没有证明西方人吃狗肉呀。"

"对,对。"师母仍穷追不舍。

我说:"吃有两种,一是口吃,一是意吃。有些人只是口吃而非意吃,比如一个人吃了一块肉但不知是什么肉,他究竟吃了狗肉还是牛肉都没什么差别,另一些人则是意吃而非口吃,比如,西方人吃'热狗'就属意吃。"

"你倒让我想起维特根斯坦的一句话,'语言是世界的图画',说不定'热狗'在起源时还真的与狗肉有关哩。"导师开玩笑说。

"那是美国人、英国人的事,反正与我们德国人无关。"师母忙打断说。

"不过有件事德国人也难逃干系。一方面你们对狗宠爱有加,另一方面又将狗骂得一塌糊涂。无论是在英语、法语里,还是在德语里,狗总是与'坏蛋''懒汉''低劣'联系在一起。在中文里狗也往往与不好的东西相联系。什么'狗东西''狗头军师''狗仗人势''痛打落水狗'等等。人家那么忠诚,我们却偏偏把忠诚视为下贱,这算什么价值观呢?"

"你讲的部分是事实,但我们德国人毕竟不吃狗肉啊。"好强的师母争辩说。

平心而论,我并不赞同吃狗肉。至少自己不愿吃,也奉劝我们的饭店酒楼不要向客人推荐狗肉。如果我们了解狗在西方人生活中的地位,自然会了解西方人对狗的感情。狗不仅丰富我们的语言,而且丰富我们的生活。在德国,狗几乎是家庭生活的一部分,遛狗、给狗洗澡、梳毛、打扫狗舍是许多家庭成员必修的功课。狗甚至带动一个产业。在所有超市里,你都能买到狗食,在一些专门商店里你甚至能买到狗的饰品如帽子、项圈、披肩、染毛剂以及驯狗用具之类。给狗看病的兽医也可发发狗财。

其实,人在史前时期就开始养狗。狼很可能是狗的祖先,养狗最早是为了守卫、打猎、拉雪橇。随着驯化手段的进步,人渐渐与狗建立了密切的情感联系。它被养来作伴,让人玩耍,供人逗乐。在近代,狗被用于医学研究,如果没有狗,许多疾病机理就难以揭示,一些药物的安全性也难以检验。部分原因是,狗的一些生理特性与人相近。譬如,对人的消化生理的研究曾大大得益于对狗的研究。今天,狗还被用于破案,用于搜救幸存者,甚至充当间谍,更不用说要杂技了。看来,我们还真得感谢狗的奉献,狗的牺牲。

现在人们养狗大多出于情感的需要,对狗的选择则反映了人的个性。美国历任总统几乎都有养狗的习惯,肯尼迪家甚至同时养过九条狗。狗为孤独的人作伴,为胆小的人壮胆,陪伤心的人流泪,助失意的人振奋。狗舍身救主之事时有所闻。狗是奴性的别名,更是忠诚的象征。一些西方老人很难想象没有狗的日子,因为狗寄托了他们的情感。狗病了让他们牵肠挂肚,狗死了让他们伤心落泪。笔者曾在南德的一座小山看到一排排狗的坟茔,深深懂得狗在德国人心目中的地位。难怪有些老人留下古怪的遗嘱,死后由狗继承财产,甚至还有人声明与狗结婚。

在德国生活的日子,我每天傍晚沿固定的路线慢跑,每次都能看到几位面熟的老者在林间遛狗,用功之勤不下对小孩的关爱。攀谈之中,我得知一个个好听的狗名,听到一个个狗的故事,看到夕阳下那狗戏人乐的情景,心中也分享了一份快乐。

一个晴好的夏日,我夹着一本书坐在美丽的博登湖边,看鱼翔浅底,望鹰击长空,我为眼前的一切所陶醉:远处风帆点点,近处天鹅争食,绿树红瓦,云山如画。狗的出现立即使稍显宁静的画面生动起来。湖边的别墅里走出一位五十多岁的先生,一手牵狗,一手拿着一根木棒到达湖边,他将木棒一次次扔进湖里,狗一次次将木棒叼上岸来。随着扑通扑通的水声,戏水的野鸭振翅而起,掠过水面,留下一串串呱呱的叫声。喂野鸭的孩子们正疑惑间,翔集的鱼鸥翩翩而至,抢走散落湖面的面包屑。红日西沉,彩霞满天,狗儿抖落晶莹的水珠,舔舔主人的手背,在霞光里昂然唱晚。至此,我对狗多了一份感情,对人性也多了一点理解。

为了沉痛的纪念

　　6月下旬，美国南部和中西部的许多地方已经是炎炎夏日，而享有花园美誉的南新泽西依然和煦如春。晚风夕照里，站在海边，你几能听到海涛与林涛的和鸣与对答。金色的沙滩、低翔的海鸟、如茵的草地、烂漫的鲜花，还有那无际的森林以及点缀其中的一幢幢风格迥异的别墅，为地处东海岸的南新泽西勾画出美丽而祥和的胜景。

　　然而，正是在这样一个风景如画的地方，有一个大屠杀资料中心不断向你诉说着人间的苦难。

　　它坐落在大西洋城边上的泊莫纳（Pomona），确切地说，坐落在素有"花园学院"之称的斯托克顿学院（Richard Stockton College）校园内。论规模和藏品，它自然无法与洛杉矶的文深塔尔中心（Simon Wiesenthal Center）和迈阿密纪念馆相比，更无法与华盛顿的美国大屠杀纪念馆（The United States Holocaust Memorial Museum）相比。但它那独具匠心的设计、丰富的音像资料和书刊，以及由大屠杀幸存者们捐献的珍贵文物，足以让你领略它的特色所在。

　　进人正门，是一个半月形的门厅，右边的墙上刻着包括孔子和亚里士多德在内的许多大思想家、科学家的名字和大屠杀的幸存者、抵抗者和拯救者的名字，左边的橱窗里则陈列着死难者留下的遗物和其他有纪念价值的东西。每样东西的摆设似乎都经过精心的安排，它们的背后都有一个血与泪的故事。给我留下深刻印象的有三件东西：一件是当年被囚禁在纳粹集中营的犹太受难者留下的带有血迹的衬衣，它向我们昭示的是受难者脆弱的躯体下那不屈的冤魂；另一件是

40

集中营里纳粹用来锁住并折磨反抗者的铁环，铁环虽锈，但仿佛铭刻着人世间最大的罪恶；还有一件是小提琴，据说这把琴的主人在走向死亡之前还不忘演奏他心爱的曲子。如果说前两件文物表征着苦难与死亡，后一件文物则表征着犹太人对生活的眷恋与热爱。

体现一个时代的苦难与希望是中心设计者布鲁姆伯格（Martin Blumberg）先生试图表达的理念。它也的确让人感到，天堂和地狱只有一步之遥。与其他大屠杀纪念馆不同，这个纪念馆并没有在门口摆上让人感到压抑的火车车厢（当年的纳粹就是用火车将犹太人运到集中营，将杀害后的犹太人像运木材一样运去烧掉并用德文的"狗屎"去称呼它们。无独有偶，当年的侵华日军在东北拿中国人做细菌试验或进行活体解剖时曾将他们称为"圆木"。正如列维那斯所言，罪人对待人体乃至尸体的方式都惊人地相似），而是几经周折从波兰（按史学家Michael Hayse 的研究，二战前，波兰的犹太人最多，达三百万人，德国有五十万人①）运来了纳粹占领期间用的铁轨并把它们架在门的上方。据设计者说，这种安排象征着那个时代的绝望。中心的另一面与教室相通，教室外墙通透，光线仿佛从外面涌了进来并充满动感。这样的布局意味着"通过教育展现未来的希望"。

在热情的校长沙特坎普教授的陪同下，我见到了中心主任罗森塔尔（Gail Rosenthal）教授。我获赠了一本配有八十四位大屠杀幸存者照片和简介的精美图集。其中的每个人都有各不相同的故事。他们的亲人有的惨死于纳粹的枪杀，有的惨死于毒气室，有的累死在做苦役的现场，有的逃跑不成被活活打死。一个名叫雷舍（Max Lesser）的幸存者是在转运途中跳火车才得以逃脱的，而他的妈妈和三个姐妹都被送进了毒气室。1938 年 11 月，纳粹发动了一场大屠杀和抓捕犹太儿童的运动。在屠杀现场，一个孩子是藏在死人堆里才得以活命的。另一个在集中营的孩子多亏机智的父母把他与土豆装在一起运走才逃过魔掌。而他们都是我得到的那本图集的主人公。从他们写满沧

---

① 见 Maryann McLoughlin（ed.），*Portraits of Resilience*，New Jersy，2008，viii。

桑的脸上,我读出的不止是心酸,还有生命的坚韧。

当中心的工作人员得知我来自上海,不禁"啊"了一声。有些人知道,二战期间,前后有 5 万犹太人在上海避难,二战结束后,许多犹太人从上海辗转到了美国,其中不少人就定居在新泽西。他们对上海,对中国,对中国人常常怀有一种特别的感情。有些人虽然年事已高,但仍常去上海,为的是缅怀那段艰难的生命之旅,为的是重温那份刻在心中的不朽记忆。女作家格勒本西科福(Betty Kohn Grebenschikoff)就是其中之一。她两个月前才去过上海。工作人员拨通了她的电话,但没有找到她。第二天,沙特坎普校长转发来一封邮件,告诉我,她会将一本她亲笔签名的回忆录《我的旧名叫萨拉》(Once My Name Was Sara,1992)寄给我。一周以后,我果真收到了那本在 15 年内印了八次的回忆录,其中有几章专门写她在上海的避难经历。她写的《上海犹太人聚居区》(Shanghai Ghetto)及同名文献纪录片赢得了广泛的赞誉。

南新泽西是犹太人的聚居地,对饱受磨难的大屠杀幸存者来说,那里代表着他们对和平与温馨的向往。正因如此,那里的许多犹太家庭都非常重视孩子们的历史教育,他们有钱的出钱,无钱的出力,组织各种宣传活动与纪念活动。但他们并没有陷入狭隘的民族意识,他们也关心其他民族中遭到种族迫害、屠杀的幸存者的命运。比如,他们试图与南京大屠杀的幸存者及其后代建立联系,共同为捍卫人类的正义、尊严和良知而四处奔走。按新泽西的法律,中小学生必须接受有关大屠杀的教育。上百所学校除开设专门的课程外还组织志愿者到处搜集资料,访问大屠杀的幸存者、解救者,办杂志,演戏剧,拍互动式电视节目。随着大屠杀幸存者纷纷过世,南新泽西人更感到时间紧迫。他们不断请犹太老人们回忆他们的苦难经历,试图以口述史的形式不仅表达对死难者的那份遥远的思念,而且希望将过去带给世界,让过去警示未来。

由此,我也想起那些在日军侵华期间惨遭屠杀的同胞。与犹太人相比,我们对得起那些受害的人吗?一个民族只有正视历史并尊重历史,才有光明的未来。尊重历史事实,抛弃基于实用要求的历史教育观念,是我们这代人的重大责任。与新泽西的学校相比,我们的历史教育不是做得太多,而是做得太少,我甚至可以说,我们的学生受到的相关教育简直不值一提。当日本政界、学界仍有人试图否认南京大屠杀的事实时,我们应当好好向犹太人学习,学习他们那种即便搜遍天涯海角也要把隐姓埋名躲藏半个世纪的纳粹战犯找出来的精神。对极恶的宽恕只会助长更大的罪恶,只有首先实现正义,宽恕才有意义。让我们向所有捍卫社会正义和生命尊严的人致敬!

环保细节见精神

  如果你在德国生活一段时间并进行仔细观察的话,就会发现德国人的环保意识已经深入生活的方方面面。小到信封的循环使用,大到森林和道路的管理,无不考虑到了环保要求。至于对污水的处理、对废物的利用、对空气的净化,自然更不在话下了。居民们用布袋和篮子购物已经实行几十年了。

  人们常说,只要有三个德国人的地方就一定有规则。此话绝非虚言。重要的不在于那些规则被挂在墙上,而在于被人们严格遵循。就拿垃圾的收集来说吧。我们不仅可以看到人们对有机垃圾和无机垃圾的严格分类,而且可以看到人们在处理垃圾时所表现的那份耐心与细心。我的几个邻居不但用报纸将菜叶仔细包好再放入垃圾桶内,而且将不用的废旧家具擦洗得干干净净再运到垃圾场去。人们在丢掉玻璃瓶时通常也会把它们清洗干净并根据不同的颜色放入不同的垃圾桶内。我站在阳台上仔细观察过两个星期,结果还真的没有发现违反规则的人。

  最值得我们学习的还是他们将生态科学的理念贯彻到了实际生活中。金秋时节,如果你走在一些城市的人行道上,你很可能发现,那些足以勾起你无限遐想的落叶虽然被清扫干净,但并没有被烧掉或运走,而是被收拢来放在树的根部并被网袋网住,以便作为树的肥料。中国古人早就懂得"落叶归根"的道理,早就领会到"落叶对根的情意",但在秋冬两季我们常常看到我国一些城市道路上的树叶每每被作为垃圾运走或就地烧掉了。两相对比,哪个更合理呢?

德国是汽车工业非常发达的国家,也是普及汽车最早的国家之一。全国大概有六百万人的工作直接或间接与汽车有关。但德国许多城市在普及汽车时并没有像美国和法国的许多城市那样取消自行车专用道路,而是一直保留了自行车道。这不但为人们出行提供了更多的选择,而且更符合环保的要求。今天,欧洲许多城市正在为汽车太多、尾气污染太重而苦恼,一些城市正在恢复自行车道,或干脆不许私人汽车进入城内,而要人们改乘公共交通工具。但人的行为方式和生活方式很难在短时间内改变过来。两相对比,你难道不觉得德国许多城市的做法更显示出他们的远见吗?当我国一些大城市试图取消自行车道的时候,我们难道不应当吸取别人的经验和教训吗?

另一件让我感慨的事情是,德国的环保教育早已深入人心。从幼儿园和小学开始,孩子们就要接受环保教育。老师们不仅要带孩子们亲近自然,而且将课本上的环保内容与实际生活相结合。即便是外国人上德语用的课本也有很多与环保相关的内容。大力倡导环境保护的绿党之所以在德国的政治生活中占有重要的地位,一些绿党成员甚至能担任政府要职,正是因为他们的理念获得了广泛的支持。德国在工业化过程中曾有不少田地被闲置。我曾问一个在政府出任过要职的专家,"为何不把那些田地都栽上树木呢?"他的回答让我感到有点意外。他说,"我们要为荒年留下土地。万一发生全球粮荒,田地一旦栽上了树木就很难复耕,让它长草就容易复耕。再说,森林间有些草地岂不比单一的森林更美? 我相信,在秋天,你的感受一定更加强烈"。

德国并非没有经历过环境污染,20世纪60年代莱茵河也一度污染严重,但有着强烈危机意识的德国人很快清醒过来并大力加以治理。除了严格执行环保法规,不断提高环境标准,大力发展环保技术,重视调整产业结构之外,环保意识深入人心是促使德国的环境得以不断改善的根本因素。今天,再现了青山绿水、碧草蓝天的德国的确有资格成为全球环保的典范。

学　人

思与问的人生

　　真正的学者多半欣赏思与问的人生。尽管他们也不免为柴米油盐操心，为子女上学发愁，为工作琐事奔波，但他们拥有不易改变的信念并懂得为信念而取舍。王玖兴先生就是这样一位坚守信念的学者。读罢王先生的女儿王以华教授惠寄的《王玖兴文集》①，想起与先生交往的点点滴滴，我更加坚信这一点。

　　王先生是我国著名的西方哲学研究专家，也是著名的翻译家。凡研读过他翻译的黑格尔《精神现象学》、卢卡奇《理性的毁灭》、费希特《全部知识学的基础》、雅斯贝尔斯《存在哲学》等名著的学者，无不为他的译笔和学养所折服。（另外，王先生在"文革"后期初译了康德的《纯粹理性批判》，谢地坤先生正在整理，即将出版。）王先生早年在冯友兰门下读研究生，专研中国哲学，1948 年赴欧洲求学，1957 年回国后就赶上"反右"，在此后的二十年的时间里，他也不得不像他的许多同时代学者一样忍受时代造成的苦难，"文革"期间，他的数部译稿被藏在石头底下才得以保全。作为他的弟子，我与他只见过八次面，大部分时间是我从上海赴北京向他求教，在他阜外大街的寓所里，少则呆上三小时，多则呆上一整天。从他那里，我既了解到许多学界前辈的逸闻趣事，又体会到他所代表的那代学人的心灵隐痛，也见识了他的渊博学识，儒雅风度和精深思想，更粗知了他的中西互证的阐述方式和以道观物的运思风格，甚至为他那民主笃正的家风和殷殷的文化

---

① 《王玖兴文集》，崔唯航选编，河北大学出版社 2005 年版。

情怀所感染。

我记得，他家请了一个四川保姆，初到时，这个保姆识字很少，每次写信要王先生或师母范祖珠教授代劳。范先生出身名门，英法文俱佳，在瑞士时曾问学于著名儿童心理学家皮亚杰（Piaget），回国后还翻译过他的作品。范先生聪慧贤淑，多才多艺，加之见多识广，相夫教子自不必说，谈起学问亦头头是道。她决意把自家作课堂。除了分门别类教保姆多种手艺之外，还教保姆穿衣打扮和待人接物，但重头戏仍是教保姆读书识字。隔了一年，范先生不无自豪地向我宣布，她家保姆已能自己写信了。王先生在一旁助阵，坚信教育可以改变人生。当得知保姆家里困难，他不仅慷慨相助，而且主动叫保姆到外兼职，一方面将范先生教的技艺发扬光大，另一方面让她多点收入，而自己给她的薪水不降反升。

关于学与用，王先生还有一套理论。他不仅主张学以致用，在用中学，而且提出了"演示的知识"的概念。依我之见，他所说的"演示的知识"与波兰尼的"默会知识"有几分相似，但又不完全相同。按他的解释，"演示的知识"就是根据形象和动作而学到的知识，儿童看大人下棋，徒弟看师傅操作，演员跟老师学戏，士兵看军官示范等等，都与这类知识有关，他认为把知识简单地分为理论知识与实践知识弊端不少。且不说亚里士多德早就正确地把理论知识作为实践的一个重要环节，现在，由于脑力劳动与体力劳动的分工在现代社会中越来越模糊，通过书本之外的途径获取的知识反而更重要了。他多次提到现代教育的畸形（比如审美教育等同于上美学课），主张扩大"知识"的外延，把知识教育上升到能力教育，而不是时下人们津津乐道的素质教育。能力教育比素质教育更高一层，按我的体会，前者包括学习能力、思考能力、判断能力、批判能力、探索能力、洞察能力、审美能力、行善能力和坚持能力，后者似乎隐含着把人视为与自然物无异的东西并有将目的与手段脱节的嫌疑。

对于素质，王先生与他的儿子还有过一场辩论。有一年，他儿子以平大哥从巴黎回京探亲，上街买东西时一不留意，放在车后的东西就被小偷拿走了。回家后他颇为沮丧和气愤，就跟她母亲讲起此事，并说中国人的素质确有问题，我正好当时在场，王先生接过话茬与他儿子辩论起来，大意是说，中国只是教育不够普及，人的素质高低与当小偷没有必然联系。论气势，以平大哥似乎占上风，王先生讲话慢条斯理，但条理清晰，论证周密。这是我第一次见识王先生的说理技巧与雄辩才能。后来我问王先生是不是受过专门的辩论训练，王先生说没有，自己不过是善抓逻辑漏洞而已。这次我读《王玖兴文集》，方知王先生的确用心研究过逻辑，他在 1945 年写的"论必然命题"一文即使在今天仍很有学术价值。他说："我个人一向觉得逻辑的势力伸张于一切知识之内而为一切知识的骨干，逻辑不研究任何现实事物却不能逃其规范，既叹服其权威，又惊讶惶惑其权威所自来。"①联想到逻辑训练在今日教育界的困局，心中不免要问：不重逻辑训练，学术创新从何谈起呢？

对中国哲学，王先生总是那么一往情深。1988 年秋，王先生跟我提到在英国长大且 30 岁才开始学国学的辜鸿铭如何具有中国人的文化情怀。当时，我并未在意，直到 1990 年受朱维铮先生之命翻译《辜鸿铭文集》（后以《乱世奇文》为书名在上海人民出版社出版）方知王先生所言非虚，且钦佩朱先生在选题上的过人之处，因为辜鸿铭早在一个世纪前就已经触及了当今学界讨论的许多重大文化问题。王先生每次与我论学，均从中国哲学谈起，尤其好谈孟子和陆王心学。他常说中国文化中其实不乏人本观念，并认为同情心的培养是道德教育的基础，也是文明的活力源泉所在，因为其中蕴含着对生命的尊重，而尊重生命及其尊严对一个社会及其文明是第一位的。他特别提到了一件令人心痛的往事。他本有四个孩子，其中有一个在瑞士不幸夭折。一天深夜，他孩子突发急病，他们去请瑞士一个平时较熟且当医生的邻居给孩子看病，并言明时值月末先交一部分钱，余下部分下月初奉上，这个医生竟然拒绝为其孩子治疗。此事对他们的打击实在太大，以致终身都留下了痛苦的记忆。至于他们的小女以然大姐到美国学

---

① 《王玖兴文集》，第 31 页。

医是否由此触动,我不得而知。但想想孟子的教导,想想我的一个熟人三十年前星夜为仇家治病的情景,再想想现在时有所闻的见死不救现象,我深深理解王先生的那份痛楚,也深深感到他的一些见解其实凝聚着生命的体验。

然而,先生给我印象最深的莫过于他对思与问的执著。王先生经常引述孔子"学而不思则罔,思而不学则殆"的教导,强调思是人的形而上学本性。尽管有思就有怀疑,有思就有迷惘,有思就有困惑,有思就有痛苦,但只有能体验大痛苦者方能体验真幸福。思是智的进阶。哲学之思在于思到思的尽处。哲学的致思方式的特殊之处在于,它是穷根究底的思,是通观全体的思,是崇尚批评的思。读了王先生于1946—1948年间在清华大学开设哲学概论课的讲稿,我们会隐隐看出这类想法。《王玖兴文集》的编者崔唯航先生将王先生亲笔题写的条幅——"道通天地有形外,思入风云变化中",作为此书的扉页,的确是一件匠心独具的安排。

王先生坚信,说得清楚的人肯定想得清楚,想不清楚的人肯定说不清楚。因此,他即便写文章介绍西方大哲的思想也总是力求解释清楚,表达准确,并在评论中将他人想过的东西再想一遍,其文字仿佛是从他心里流淌出来的江河。与此相关,他崇尚简洁明快的文风,认为能用50个字讲清的事就不要用51个字。我有时写信向他讨教,他回信虽晚,但有问必答,文辞洗炼,斐然如诗。

先生多思而善思,好问且深问。在他眼里,思是问之源,问是思之助。为了思的事业,他以全部心力谱写发问的人生。我们也许会时常发问,问邈远太空,问苍茫大地,问巍巍高山,问悠悠长水,问四时运演,问历史流迁,但只有像他这样的哲人才会就"问"本身发问,也只有像他这样的哲人才会"问到在者之外去"(海德格尔语)。叶秀山先生在《王玖兴文集》的序言中说:"对于王玖兴先生,我感到最为遗憾的,是他没有为我们留下系统的哲学思想,他是有的,可惜他带走了。"但眼前的文集可以弥补些许遗憾,因为它像一滴水珠反映太阳的光辉一样向我们吐露出被他带走的系统的哲学思想的信息。

史家的情怀

——记朱维铮先生二三事

　　我与朱维铮先生相识是在上个世纪八十年代中期。就像许多人一样,我一开始只知道朱先生学识渊博,对学生严厉得几近苛刻,严谨得让人心生敬畏。住在复旦第五宿舍时,我与他是多年的隔壁邻居,常去他那里借书。他出国讲学时还让我给他看了两次家。1990年,他又命我编译辜鸿铭先生的文集。随着了解的增多,我心目中的朱先生就不仅仅是一个不苟言笑的史学家,而且是一个懂得美并热爱美的人,是一个富有生活情趣的人,是一个很有爱心的人,是一个在学术上比我想象的还要严格的人。总之,是一个可敬可爱的人。

　　朱先生热爱生活并懂得生活,你甚至可以说,他很新潮,新潮得就像研究高深的理论而又穿戴时髦的德国大哲学家康德。朱先生不仅仪表堂堂,而且总是衣装得体。他不仅很早就有国外的驾照,而且在九十年代初许多单位还没有用复印机的时候他就在卧室兼书房里摆着复印机。在很多人家还没有多少家用电器的时候,他的家用电器已经很齐备了。他不仅能烧一手好菜,而且活出了几分洒脱。

　　1990年的夏天,一场暴雨过后,我与朱先生住的复旦第五宿舍的那栋日式小楼的底层都淹了。朱先生急召我前去将东西搬到楼上。搬完东西已经到了中午,外面的雨还是下个不停。朱先生说:"我们吃饭吧!"我心里直嘀咕,外面一片汪洋,厨房也淹了,我们上哪里吃饭?朱先生从冰箱里拿出牛肉说:"我们就在浸水的厨房里烧饭。"于是,我在一旁当看客,他则站在近膝盖深的水中烧了好几道色、香、味俱佳的菜肴。中间他居然还不忘给我讲解烧菜的要领！这是我这辈子吃过的最难忘的一顿午饭了。

我记得，在朱先生家的茶几上，你总能看到鲜花与绿意，他甚至为自家院子里长草找出了很有趣的理由。有一年，朱先生出国讲学，在他回国之前我把他家院子里的草统统铲光了。等他回来，我说："我把你院子里的草铲光了不会有意见吧？"可他笑道："我倒希望它们继续长下去。城里难得有几分绿色，野草生命力旺盛，又不需要人照看，留着它有什么不好呢？况且，野菜和家菜、野草和家草原本没有分别，只是后来人选择的结果。"我想，看来我是好心办坏事了。不过，我立即争辩说："再继续长草的话，你这里就要成虫窝了。你知道，美国许多州法律规定，不修剪房前的草坪是要罚款的。"朱先生说："我知道。他罚他的款，我养我的草。"他又补充说："草拔掉了，客厅明亮多了。谢谢！"这就是朱先生，一个思路特别而又非常有趣的朱先生。

我也记得，朱先生有一次请两个外宾吃饭，邀我同往。席间，大家谈起学习外语的困难。朱先生说，对外国人来说，汉语的量词很难掌握。比如，我们通常说"一头牛""两只苍蝇"，而福建一个地方的人却说"两头苍蝇""一只牛"。话音刚落，一个人笑得几乎噎着了。我说："德语和法语的名词太烦人，还要有性和数的变化。汉语简单多了。"可朱先生说："汉语名词的性对外国人来说也未必好掌握。比如，有个美国人刚在上海学了几个月的汉语，对公母、雌雄、男女分不清楚。一天他在饭店跟服务员说，他想吃'nan 鸡'，服务员以为他想吃南方的鸡。这个美国人摆摆手，拿出纸笔，写出'男鸡'二字并捏着鼻子做出公鸡叫的样子。"众人莫不大笑。这就是朱先生，一个严肃中不乏幽默感的朱先生。

我还记得，住在复旦第五宿舍时，朱先生家门前有一棵不大不小的桑葚树，每到果实开始成熟的时节，总有一群左邻右舍的孩子在树下转悠。一天，我正要出门，看见朱先生手拿竹竿敲打着墙壁，几个年龄小的孩子吓得飞跑，几个年龄大的正在听朱先生训话。原来，那几个孩子想爬到树上采摘果实。朱先生说，现在果实没有成熟是不能摘的,万一你们爬到树上掉下来可就要头破血流了。我心想,朱先生也许以前不太爬树吧,他是不是有些多虑了,我小时候就常常爬树,倒没什么危险啊。但我看了看用水泥板铺成的路面,心中顿生凉意:谁能保证这群小家伙不会掉下来呢?过了一些日子,我又看到几个孩子拿着塑料袋站在树下,抬头一望,一根长长的竹竿从朱先生家那边伸到了树上,竹竿顶端还绑着一个剪刀。原来是朱先生在帮孩子们摘桑葚!朱先生说,现在果实成熟了,干脆把它们统统摘掉,免得这群小家伙爬树让人胆颤心惊。这就是朱先生,一个威严的外表下有着一颗仁爱之心的朱先生,一个满腹学问而不乏童心的朱先生。

我更记得,朱先生是一个心细如发且对自己要求极高的人,这不仅体现在生活中,而且体现在学术上。他在一次出国讲学前曾细细告诉我,他的一些工具该放在什么位置,每样电器需要注意哪些安全事项。我每次借书他都欣然应允,但有一个条件:记得将借的书放回原处,以免打乱。他的水电费和煤气费账单总是按时间顺序理得井井有条。他如果觉得自己写成的稿子不够满意,就将它撕毁。所以,他常常撕了再写,写了再撕。我甚至多次看到他在门外烧掉自己的手稿。他对自己的苛求由此可见一斑。为应朱先生之命翻译辜鸿铭的几部作品,我花了两年的时间来了解晚清的历史,特别是晚清学术史和中西文化交流史,我每有问题向他请教,他总是不厌其烦地予以解答,对他没有把握的事就建议我去查找资料或请教别人。稿子完成后,他审读非常细致,凡有疑问处他就打一个问号,直到我给出满意的解释为止。小到一个标点,大到一个繁体字的写法,他都不放过。不急于下结论是我们要向他学习的一种审慎的学术态度。他写字方方正正,我从未见他写过潦草字。"字如其人"用在他身上是再恰当不过了。他对学生很严是出了名的。我虽不是他的学生,但从他的精神里受惠良多。大家都知道,他几乎从不当面表扬自己的学生,但在我问起他的一些学生的学术工作时,他如数家珍,言语间没有夸耀,但免不了流露一点自豪,这就像一个严厉的父亲看到自己的子女在外取得了成绩自己躲在门后偷笑。这就是朱先生,一个不仅对别人严格,而且对自己严上加严的朱先生，一个以学术为生命、以育人为志业的朱先生。

我写到这里，漓漓泪眼已经很难睁开了。我脑海中不断浮现的是朱先生拿着笔记本出门的身影，是朱先生手指间夹着香烟在台灯下写作的身影，是朱先生 76 岁重病时仍在教室里给本科生上课的身影。他卓然独立的学术品格一如他苍松般挺拔的身姿。他的音容笑貌、学术理想和文化情怀，他对学生的拳拳爱心和对后学的绵绵惠泽永远留在了复旦园的三尺讲台，留在了中华文化的漫漫长廊，留在了这桃花泣血、细雨哀诉的季节，也留在了我们这些受惠者的心间。

"论学"之识

"读史使人明智，读诗使人灵秀，数学使人精密，格物之学使人深沉，道德哲学使人庄重，逻辑与修辞使人善辩。"培根的这段名言早为我国读者所知。最近，我重读培根的原著，虽感这段名言的中文妙译足以再现培根的宏远心思和智识慧见，但仍觉得有进一步阐述的必要。

这段文字出自培根的"论学"（Of Studies），原文如下：

Histories make man wise, poets witty, thematics subtle, natural philosophy deep, moral grave, logic and rhetoric able to contend.

培根对历史素来重视，他本人就写过《亨利八世史》以及《大不列颠史大纲》。这些作品所显示的史识也使他有资格进入史家的行列。因此，"读史使人明智"这句话可以看作他本人的治史心得。然而，我们不应该仅仅出于个人功利性动机去读史。从客观上讲，历史不但给我们提供殷鉴，而且承载着文化的基因。甚至那些嘲笑历史考据的人也应该重视考据的历史效应：在谎言盛行的年代，我们多亏了考据才维持着知识阶层的求真意志和求真能力。鄙人推重乾嘉学派，首要原因就在这里。

"读诗使人灵秀"这句话大概不会遭到多少人的反对，但在我们这个鄙视诗人的社会里，重提这句话却有着非常重要的意义。海德格尔有言："哪里有贫乏，哪里就有诗性。"有诗性，未必能产生诗人，但有诗人就能保有诗性。诗人是人格化的诗性。他们比常人更为敏感，因而更能体认一个时代的痛苦与危机。我们甚至可以说,他们是法国哲学家帕斯卡尔所说的"敏感性精神"的真正代表。但是,诗不但是文学的源头,而且是微缩的文学。诗的凋敝映照出文学的衰落,因为我们通过诗来涵养灵性,滋润心田,培养并提升一个民族的想象能力。我们很难设想,轻视想象力的文学还配称为真正意义上的文学。

数学一直被视为一切科学的皇冠。马克思甚至说:"一门科学只有成功地运用数学时才能成为真正的科学。""数学"一词在古希腊早就有了,但在培根生活的时代这个词的外延很广,那时人们常用的一个词是"普遍数学",乐理研究、天文和土地测量都算在广义的数学之列。直到 17 世纪末,"数学"一词才大致获得我们今天所了解的那种意义。以几何学为样板的数学此后渐渐成为"精密科学"的代名词和一切科学试图运用的基本工具,在长达几个世纪的时间里,人们都相信数学的基础是绝对稳固的,直到 20 世纪出现"逻辑主义""直觉主义"和"形式主义"三大数学流派的争论,人们才发现原有的观念需要重新审视。培根的慧见在于,他不单单把数学作为科学的工具,而且发现数学具有修身养性的作用。他认为研究数学的一个间接好处是,使心志不专的人变得心志专一。上大学时,我曾怀着将哲学数学化的梦想去旁听了三年数学系的课程。20 多年过去了,自己的梦想未能成真并且不可能成真,但研习数学对于收敛我狂野的心灵,培养精细的习惯确有好处。培根虽不是数学家,但他对数学的高论很值得我们玩味。

"格物之学"的英文原文是 natural philosophy,直译为"自然哲学",在近代它指研究自然界的最一般原理的学问,与今人所说的"自然哲学"有些不同。我们今天所说的"物理学""生物学""化学"等基础学科都属于近代的"自然科学"之列。因此,水天同先生在译《培根论说文集》时将此词译为"博物"。这种译法大致可以接受,但考虑到培根旨在突出这门学问的哲理性质,也考虑到人们常用 natural history 去表示我们通常所说的"博物学",还考虑到我国先哲讲"格物致知"之学,我姑且将"博物"改为"格物",以凸显其"究物穷理"的特征。

至于培根所说的"道德",我们应当看到它与"伦理"的差异与联系。黑格尔曾对"道德"与"伦理"作了分疏,大意是说,道德是就个人修养而言,伦理是就社会风尚而言。用今天的话讲,伦理是道德的外显,道德是伦理的内化。Moral 一词在英文中还有"精神"之义,在词源上与拉丁文的 mos 即"习惯"有关,也与"心情"有关。"伦理"一词在古希腊本指"风尚"或"风俗",到亚里士多德写《尼各马可伦理学》时,它已与"德性"真正地勾连起来。现在,我们常将"伦理"与"道德"连用,这倒也切近我国古人对道德的解释:外得于人,内得于己。

培根在此处所说的"逻辑"仍然指传统的亚里士多德的逻辑,确切地说,是指三段论逻辑。在 18 世纪之前,它与修辞学乃是所有学生的必修科目。但在莱布尼茨和弗雷格等人创立的符号逻辑以及由培根开其端的归纳逻辑获得接受之前,逻辑的确像培根所言还只是"善辩"的工具。今天,逻辑学获得了空前的发展,国外的许多大学非常重视学生的逻辑训练。反观我国,学术创新的口号响彻云天,逻辑研究的队伍却日见其萎,逻辑教学亦不受重视,岂不悲乎!

培根也很重视修辞学,他的作品达到了思想与修辞技巧的完美统一。但到 17 世纪修辞学在西方已开始走下坡路。霍布斯、洛克和莱布尼茨等人对修辞学大加讥评,到 18 世纪末,修辞学已接近衰亡。尼采后来讲修辞学时只有两个学生听课,他干脆把课堂开到家里,边喝啤酒边讲课。此情此景恐怕是修辞学的创立者高尔吉亚或提西亚斯(Tissias)未曾想到的。"修辞"一词在希腊的古义本指"流水滔滔",想不到这滔滔流水竟然断流了一个多世纪,直到新修辞学诞生才有新流涌现。这与古典修辞学自绝于语言学、诗学和哲学的发展有关,也与它把自己局限于修辞格的研究有关,结果,修辞学沦落到了有术无学的地步。

培根的"论学"不乏卓见,为学亦可谓硕果累累。他的美文既是他为学的体会,也是他为学的指南。他既注意到学问可以增长才干,也注意到学问可以锻炼天性;他既注意到学问可以变化气质,也注意到学问可以补救精神缺陷。他的学问写在纸上,更写在他辉煌的人生里。

卢梭的洞见

——"自由"与"进步"的反思

"人生而自由,却无往不在枷锁之中。"《社会契约论》向我们展现了卢梭什么样的自由观念?

"自由"一词,早在《汉书》和《三国志》里就已出现。但当时更多的是恣意妄为等消极的含义。近代西方"自由"之风吹入中国,1872 年晚清学者志刚第一次将"自由"与"freedom"和"liberty"对应起来。1901 年严复在翻译约翰·穆勒的《群己权界论》(On Liberty)时将其对应为"自繇"。"初义但云不为外物拘牵而已,无胜义亦无劣义也。夫人而自繇,固不必须以为恶,即欲为善,亦须自繇。"严复的对应更具积极意义,可能更贴近西文的原意。但因其繁复,后人少有采纳。后来黄遵宪在介绍美国的政治制度的时候也运用了"自由"一词。正是当时这批学者将西方"freedom"或"liberty"的观念介绍到中国来,压抑汉语词"自由"消极负面的意义,逐渐增加其褒义倾向。我们现在讲"自由"是一种观念,一种理想,一种制度,一种生活方式,"自由"的意义已大为改观。这正说明"五四"以来,国人的思想发生剧变,逐步完成了赋予外来观念本土语境的进程。一部卢梭的中国接受史就是众多学者和翻译家努力对卢梭的"自由"进行中国化诠释的历史。

卢梭的自由观对国人自由观念形成起了很大作用。卢梭的自由观主要体现在他《社会契约论》里。他强调人不可避免地从自然自由过渡到契约自由,也即自然人让渡部分权力,以达到契约的实现,使利益更大化。人是社会性动物,尤其在现代社会中,人已经不能维持孤岛式的自然存在,而是必须在人和社会间建立良性的关系。

在西方很多思想家都对自由做出过不同的解释。卢梭的自由观吸取了霍布斯、洛克等人的观点。不过,霍布斯虽然提到社会契约,但更多是在为王权合法化提供理论支持。而卢梭则是从人性的深处出发阐述自由观念。卢梭在《社会契约论》中谈道:"这种人所共有的自由,乃是人性的产物。"但这种自由却不能任意行使,因此我们需要一种新的虽然受限但却可操作的自由。例如黑格尔说自由就是自己规定自己,只有在自律的基础上才有自由,自由实现的基础恰恰就是其规定性,所以自由也不是没有限制的,不是主观地为所欲为。斯宾诺莎也说:"思想自由,行为守法。"所以自由这个词的内涵有不同的维度,这道古今难题,不同时代的哲学家尝试着给出自己的答案,直到今天我们还在讨论。例如当代的思想家以赛亚·柏林,他区分了消极自由和积极自由。在现代社会中,卢梭的自由观念,即契约理性,而非单纯天然情感的维系,依然构成了我们政治和伦理实践的基础,其自身固有的弹性和辩证性,更值得我们深思。后来的美国的《独立宣言》、法国的《人权宣言》也都受其直接影响。

卢梭的自由观念还体现为顺遂人的天性。人类总有部分天性是共存的,比如小孩的贪玩。在《爱弥尔》中,卢梭按照人的天性,将教育划分为不同阶段,分别进行体育、智育、德育、爱情等方面的教育,在当时引起巨大震动。这其中一个很重要的原因是,在当时的社会,依然流行从中世纪经院教育中演化出的权威式教育,这种教育不分年级,更不会依据人的天性来进行针对性的培养,教育的内容更多的是一种知识的灌输和规则的训练,更充斥着体罚。但卢梭恰恰相反,将教育作为把人还原为人的过程。同时,他还特别提倡体育教育,这也是对人天性的顺遂。卢梭认为,教育者的理性工具是有限的,所以应当实行服从永恒的自然法则的教育,听任人的身心的自由发展,从而激发受教育者自身的理性。让孩子从生活和实践的切身体验中,通过感官感受去获得他所需的知识,尽早地养成支配自我自由和体力的能力,保持自然的习惯。卢梭的《爱弥尔》后来深深影响了康德。

　　启蒙时代的口号之一便是"理性的自由"，卢梭却说："我们以一种危险的怀疑主义代替了受人轻视的愚昧无知。"卢梭是怎样看待这种"理性"的呢？

　　"理性的自由"实际上源自欧洲一个重要概念，即"自然之光"。启蒙运动前期的法国哲人普遍认为人的理性分为两种，一种是"自然之光"，属于人的；另一种是"神灵之光"，和权威模式下的宗教神学的统领有关。"启蒙"一词来自于法语的"les lumières"，即是英文的"enlightenment"，本义"光明"。从柏拉图的时代起，"光"就已经有了追求真理、解除蒙昧的隐喻。亚里士多德将心灵的认识比作光照，并且认为精神使事物可被认识，就如同光线使万物可见。普罗丁在糅合了柏拉图和亚里士多德思想的基础上使用"自然之光"这一概念，既指对理念的恍然大悟，也指光亮世界。之后，在奥古斯丁和托马斯·阿奎那等人的阐释下，"自然之光"作为与"神圣之光"完全区别的"理性之光"有了自己独立的语域。接下来，笛卡尔又将上帝理性与人的理性完全分开来，从而将理性作为独立的文明之源。如此，启蒙运动才能高喊"理性的自由"，才能够彰显、使用理性。同时，用"自然之光"来表达理性，也显示了理性是人天生而有的特质。

　　相比启蒙时代其他崇尚理性的思想家，卢梭更偏爱尚武淳朴的斯巴达人，而对艺术科学相对繁荣的雅典则颇有微词。狄德罗等人要在日内瓦建设剧院，卢梭在《致达朗贝尔的信》的注脚中回应："过去有一位严厉而又明白事理的阿里斯塔库斯，但现在没有了，而且以后也不会再有了。"从此和狄德罗断交。与法国浓厚的戏剧气氛不同，卢梭认为日内瓦人民应当欢庆自己的节日，将公共场合的体育竞赛当作最好的游戏。在短短的论文《论科学与艺术》中，卢梭用大量篇幅来描述科学和艺术对军队战斗力的危害，可见其对公众意志训练和集体安全荣誉的重视。

　　卢梭在第戎学院的征文"科学与艺术是否能够敦风化俗"中曾对科学与艺术的社会教化作用进行无情批判，但同时他自己却对莫里哀等人的《厌世者》等戏剧也颇有好评，甚至自己也进行戏剧创作。

这看似矛盾,但卢梭实际上是将对戏剧的批判与欣赏进行了统一。卢梭严厉批判科学与艺术的社会效应有其时代特殊性。启蒙时代的欧洲社会崇尚科学与艺术,相信进步和发展。而卢梭作为一个伟大的思想家,并不是看不到科学与艺术有利的方面,而只是更强调其危险性。艺术着重表现的是人的情感与自然性,而卢梭更多是站在社会的角度,关注它的社会效应与技术实用性。他关注科学的消极部分,认为科学可能会刺激人的欲望,而艺术则不能起到道德教化的作用,人若沉溺于声色,处理不当就会跌入深渊。正如康德说的:"每个人都具有理性,但不是每个人都能运用理性。"卢梭对科学与艺术的社会效应的批判指向了一种独特的历史观。卢梭同时代的启蒙学者们,比如狄德罗,更多注重的是科学的进步意义。相对于这种进步的历史观,卢梭更向往过去的黄金时代:斯巴达的朴素风尚,汉尼拔的坚毅意志,及更近于自然状态的高贵的野蛮人,因此他对当时普遍受赞的高速发展的科学,一些当时已经出现但在卢梭看来违背人性的机械的发展,提出了更多的警惕。卢梭敏锐地预感到这样单向发展将产生负面效应。历史证实了他的预感。

事实上英文中"progress"这个词并不一直是正面的。它源自拉丁文的"Progressus",这个词最先由西塞罗使用,用来表示个人能力的长进或疾病的发展,并没有表述社会或文明"进步"这样的含义,也就是说在西方,"progress"这个词作为"进步",作为对于人类有益无害这个意义,很大程度上改变了它原来的意旨,经历了一个由客观甚至偏贬义向褒义发展的过程。卢梭在启蒙运动的一片对进步的赞美声中,保持了清醒,认识到由"理性"保证所谓科学与艺术的进步方向并不是无可怀疑的,这种穿透了整个启蒙时代的锐利见解,使得卢梭思想的意义保持其开放性,远超他自己的时代和国度。这种对当时如火如荼的科学和艺术过度发展的警惕,对现代性的冷静分析,使他和同代的思想家分歧明显。

卢梭当时得不到其他思想家的承认,也有其个人原因。总体来说,虽然卢梭一度在巴黎沙龙圈中有过活动,但他仍属于社会底层。

同时，他也被指言行不一。他自己写《爱弥尔》，却将自己的孩子送给育婴院，尽管卢梭说自己无法完美地顺遂天性地教育他的孩子，难道育婴院就可以吗？当然，卢梭也许可以回答：斯巴达人也正是用社会教育取代家庭教育的。而且他和很多女人的关系也扑朔迷离，比如他既将华伦夫人作为性追求的对象，又尊她为母亲。

卢梭的思想虽然在当时并不受到普遍的认可，但在法国大革命中，罗伯斯庇尔将对他的崇拜融汇为建设共和国的热情。卢梭思想的重新流行源于他的思想能为革命提供理论基础。卢梭的思想能够煽动革命者的激情，就自然成了革命家的宠儿。比如卢梭说如果统治阶级施行暴政，则公民有权以起义的方式推翻政府。他是平民中的一员，对革命主体的广大平民来说更有说服力，激发他们的革命决心。"革命需要理性，更需要激情。"相对于同时代的思想家，卢梭是很有激情的一位，虽然他强调理性和道德，但他也是浪漫主义的先驱之一。当然，后来革命者强调的内容也许背离了他的初衷，但卢梭的思想对后来的革命和解放运动的影响和感染力是不可忽视的。

罗素的中国情缘

　　"对真理的热爱，对爱情的追求，对人民生活苦难的深深同情主宰着我的一生。"这是著名哲学家、数学家、逻辑学家、政治家、散文作家，诺贝尔文学奖获得者贝特兰·罗素（Bertrand Russell，1872—1970）晚年的自我评价。1920 年 10 月 12 日，罗素携新结交的女友勃拉克小姐经过一个半月的海上旅行到达上海，开始了他在中国长达 10 个月的学术之旅，也实践着他后来对自己的上述评价。

　　到达上海的次日，罗素就不顾旅途劳顿，应江苏教育会、中国公学、《时事新报》等六个团体的邀请在上海大东旅社发表"中国应保存固有之国粹"的讲演，14 日下午和 16 日下午，他又分别在中国公学和江苏教育会讲"社会改造原理"和"教育的效用"。《申报》和《时事新报》等著名报纸对这些讲演均作了专题报导。据罗素后来回忆，初见上海使他感到这是一个白人的大都会，上海的生活与他习惯的生活没有两样。同时，上海又是一个繁华与落后的混合体，它的开放和对时尚的追求使它能广收博采并且保持活力，但上海的租界和破败的平民区使它显得畸形。当时的上海江南造船厂甚至给美国造了四艘万吨轮船，罗素把它视为中国民族工业走向自立的象征。

　　然而，罗素在上海的经历并不全是愉快的。一方面，他感受到中国主人的彬彬有礼和热情好客，感受到中国学人对新知识的热情。中国主人安排他在沪讲学期间赴杭州旅游，使他感受到了湖山之胜，人情之醇，园林之奇，音乐之美，宗教之盛，并将他在沪杭的所见所闻、所思所感写成游记发表在《祖国》杂志上。另一方面，由于同情社会主义并公开声称英国的繁荣源于它对弱小国家的掠夺,罗素到上海后一直受到英国当局的监视,差一点遭到拘留和遣返,幸亏英国《战时条例》到 1920 年 10 月过期,否则他会遭到号称崇尚言论自由的英国当局的逮捕。

罗素于 10 月 20 日从杭州回上海,随即取道南京赴湖南并在南京应中国科学社之邀发表了《爱因斯坦引力新说》的讲演。到湖南后,罗素与早他一年来华讲学的杜威会面,两人对中国时局有相近的看法,对中国文化怀有深深的敬意。迄今为止,他们仍是来华讲学时间最长的西方大思想家。

罗素影响了中国,也被中国所影响。他除了给中国人贡献《哲学问题》《心的分析》《物的分析》《数理逻辑》《社会结构理论》这五大讲演之外,还以浅近的语言就中国时局、经济、文化、科学、教育等问题发表看法,为中国的新文化运动推波助澜。中国的自然景物、风土人情、文化艺术和道德传统使他看到了中国温馨、和谐、柔美的一面;中国的积贫积弱、军阀混战和强敌环伺又使他看到了中国危险的一面。

从某种意义上讲,罗素也参与了中国的新文化运动。当他说中国为了普及教育和推行民主有必要改革文字时,他实际上比一些中国本土的学者更能鼓动中国人支持拼音文字改革。他四处宣扬五四运动的好处,认为它代表了中华民族的新希望并给参加者们取了一个好听的名字——"青年中国"(Young China)。

实际上,在到达上海开始中国学术之旅以前,罗素就搜罗了不少有关中国的英文资料并对中西文化作了比较研究。他在上海期间发表的三次讲演也证明了这一点。回到英国后,他在《泰晤士报》等报刊发表文章描述他对中国的观感并于 1922 年出版题为《中国问题》(*The Problem of China*)的著作。他既回顾了中国的历史,又揭示了中国的种种问题,也分析了中国与西方列强,尤其是与日本的关系,还比较了中西文明的得失,更指出了中国的前途所在。43 年之后,已经 83 岁的罗素仍惦记着远方的中国,他在给《中国问题》的再版前言中满怀深情地写道:"中国人曾历尽磨难,但他们的英雄主义拯救了他们,他们应该成功。愿成功是他们的!"①

罗素是 20 世纪为数不多的百科全书式的学者。他是伟大的科学家,但不乏人文关怀。他强调科学技术的重要但否认科学技术的万能。他把中国问题归结为经济、政治和文化三个方面,认为"无论对于中国还是对于世界,文化问题最为重要"。他虽然肯定缺乏科学是中国文化的一个缺点并断言儒家学说中的孝道和族权观念有碍公共精神的形成,但他认为中国作为文明古国而延续至今全赖其灿烂的文化。他把古老中国看作一个充满艺术情调、充满生活乐趣、尊崇美德智慧的国度,声称即便是从中国的苦力身上也可以发现那种下意识的美感,正是这种美的冲动创造了在清教徒时代就流传在我们之间的民间歌谣,这些歌谣至今仍传唱在木屋与花园之中。他鼓励中国青年发展那些由中国古典文化所塑造的品格,即文雅、谦让、正直与和气。他把精研西方文化的中国人分为两类:二流的中国人只知模仿西方并且蔑视自己的文化传统;一流的中国人则是批判性地汲收西方文化,"他们虽然接受了西方自由思想,但为人处世却是中国式的。他们心胸坦荡,相信道德感召的力量"②。

罗素要我们警惕两种极端的危险:一是全盘西化,二是强烈排外的保守主义。前者会将中国变成一个浮躁好斗、智力发达的工业化和军事化的另一个西方;后者会使中国渐渐丧失发展的活力。中国的前途不仅有赖于发达的工业、繁荣的科学、普及的教育和强大的政府,而且有赖于中国人以敢于怀疑和发问的精神创造与其鼎盛时期的旧文化相媲美的新文化。罗素也敏锐地看到,虚弱的中国需要爱国主义,但在中国走向强大的过程中必须以和平主义精神予以引导和规约。

为了防止人人变成经济动物,甚至变成食肉动物,我们的确必须牢记罗素的上述忠告。罗素也许算不上中国问题专家,虽然他对有关

---

① 罗素:《中国问题》,秦悦译,学林出版社,1996 年,第 1 页。
② 同上书,第 60 页。

中国的材料的掌握因语言障碍而很有限,虽然他在中国只呆了 10 个月的时间并且深入接触的人仅限于接受新式教育的知识分子,但他对中国时局的观察,对中国问题的揭示,对中国前途的展望,对中国文化的批判性欣赏,直到今天仍有许多值得我们珍视的地方。

海德格尔的精神遗产

　　2006 年是德国著名哲学家海德格尔逝世 30 周年。30 年来,他的著作被译成 50 余种文字,影响遍及哲学、文学、艺术、政治学、宗教学、社会学、教育学、语言学乃至建筑理论等领域,他的成名作《存在与时间》仅在日本就有七个译本。一些术语甚至变成了日常语言的词汇并给许多人带来了思想的启迪与灵感。在我国,早在半个世纪前就有人译介他的作品,从 20 世纪 80 年代开始,人们对他的兴趣一直持续不衰。

　　海德格尔被公认为 20 世纪最伟大的思想家之一。尽管他因在二战期间参加过纳粹党并在 1933 年出任弗莱堡大学校长而受到人们的指责,尽管他在战后对纳粹的所作所为长期保持沉默而广受批评,尽管他的著作晦涩难懂并且数量惊人(他的全集可出一百多卷,在哲学史上只有莱布尼茨能与他媲美),但是,这些似乎没有妨碍人们对其思想的热情,这是因为海德格尔以独特的语言道出了一个时代的痛苦,以思辨的方式洞悉了西方文明的症结,以虔敬的态度守护着神圣的思想,以审美的眼光去关照人类的生活以及人类所生活的世界。

　　海德格尔兼有哲学家和诗人的气质。虽然他一辈子都保持着农人的质朴,但他始终关注着工业文明的后果。他在早期著作中表达了对烦恼、无聊、痛苦和死亡的深刻体悟与感受并因此获得了存在主义哲学家的称号。在他眼里,西方文明在很大程度上走错了道路,因为它遗忘了作为意义根源的人的"存在"。人与自然的分裂和独立是西方主体主义思维方式造成的直接后果;它表现了人与世界的一体性在片面的技术统治下土崩瓦解，人在现代世界普遍感到没有依持和归属。人的物质欲望被全面煽动起来之后失去了合理的规约和导向，以致我们的世界变成了物欲横流的世界。在这样的世界里，人必然在制造工具时也把自己变成了工具，在制造和操作机器时也把自己变成了机器。这样，许多人不仅不爱思想，而且蔑视思想。当我们发现文明的地球已是百孔千疮的矿场和毒害生命的垃圾场时，我们才真正意识到我们已无家可归；当我们陶醉于技术文明时代的成果而失去思想能力时，才发现守护思想其实是摆脱浮泛无根的生活必不可少的条件。海德格尔对技术文明的批评也许不能为一些人所接受，但他提出的问题却是极其深刻的并且需要这些身处发展中国家的人认真对待，因为西方社会曾经出现的问题已经成为或正在成为我们的问题，而且有些问题提早出现在我们的社会里，使我们来不及准备和应对。环境问题、资源问题以及与此相关的人口问题，人的精神空虚、信仰缺失和迷乱、道德沦丧问题，人的尊严、身心健康在资本与技术的联合统治下受到严重损害的问题，等等，是我们现在不得不认真思考和应对的问题。海德格尔深刻地指出，只有有思想的人才会提早意识到这些问题带来的可能后果。天、地、人、神原本是统一的。在无思想的时代，守护思想显得尤为迫切；在诗人隐退的年代，保留一点对诗意生活的向往显得特别珍贵。"思想将如明星朗照在世界的天空。"这是海德格尔的预言，也是我们的期待。

解构意味着什么？

德里达与解构主义

当代法国著名哲学家、文艺理论家德里达（Jacques Derrida）先生于今年（2004年）10月8日不幸病逝。国际学术界以不同的方式表达了对这位20世纪最受争议的哲学家的敬意与怀念。法国总统希拉克在就德里达的逝世而发表的讲话中指出：“因为他，法兰西向世界传递了一种当代最伟大的哲学思想，他是当之无愧的世界公民。”思想的价值自然不是由政治家的认定而衡量，但希拉克的声明在一定程度上表达了把许多思想家送入先贤祠的法兰西对思想和思想家的一贯尊重。

德里达向来被一些人称为“后结构主义者”“后现代主义者”“新尼采主义者”，但人们给他贴上的最流行标签莫过于“解构主义者”了，他的学说也常被称为“解构主义”。他给后人留下了50余种著作，其中，《声音与现象》《论文字学》《书写与差异》《马克思的幽灵》《撒播》《哲学的边缘》《多重立场》《多义的记忆》《尼采的风格》《友谊的政治》《论精神：海德格尔与问题》等等已为我国学人所熟知。他的著作已被译成45种语言，影响遍及哲学、文学、艺术、建筑、社会学、语言学、政治学、教育学等领域。如今，“解构”和“消解”成了许多文化人的“口头禅”，这一点恐怕是德里达本人也未曾料到的。

德里达于1930年7月15日生于阿尔及利亚的一个法籍犹太人

家庭。早在中学时代就对文学与哲学有着浓厚的兴趣。1952 年进入巴黎高等师范学校,1953 年获索邦大学文学与哲学学位。1956 年通过教师资格考试,1959 年应著名哲学家、文艺理论家保罗·利科之邀担任其助教,四年后又应著名哲学家伊波利特和阿尔都塞之邀到巴黎高师担任助教并且在此职位上干了 20 年之久。德里达成名于 20 世纪 60 年代,自 70 年代起几乎每年都赴北美讲学,对那里的文艺理论界颇有影响。1982 年,德里达受法国政府委托创办"国际哲学院",次年担任院长。此后,他不断到国外发表讲演,先后获哥伦比亚大学、卢汶大学、剑桥大学名誉博士学位,并当选美国文理学院院士。2001 年秋,德里达到北京、南京、上海、香港访问,受到广泛欢迎。

"解构"究竟意味着什么?德里达一辈子似乎都没有对"解构"做过始终一贯的规定,加之,他的著作艰涩难懂,存在这样或那样的误解也是情理之中的事情。可以说,不断遭人误解乃是德里达的不幸,也是他的宿命。在一些人看来,解构意味着对传统的批评、否定和摧毁,意味着否定中心、取消意义,甚至有人认为解构理论意味着否定一切的虚无主义和相对主义。对此,他本人做过这样的回应:"30 年来我一直在尝试清晰地和不厌倦地反对虚无主义、怀疑主义和相对主义。任何只要稍稍解读过我作品的人都知道这一点,并且能轻易发现,我完全没有破坏大学或任何研究领域的企图,相反地,我在(据我所知)我的诋毁者们从未做过的许多方面,都对大学或学术研究产生了积极的影响。"实际上,深入理解德里达的"解构"是理解他的全部工作的关键。他的学术生涯几乎都与这个词相关。由于他一辈子都不遗余力地从事思想史的解构工作,我们只有细读他的著作,参与他的解构实践才能真正领会"解构"的意义。

"解构"的来历

"解构"(deconstruction)是德里达在改造胡塞尔和海德格尔的"拆毁"(Deskruktion)概念基础上提出的阅读方式和哲学策略,

Deskruktion 在德文里本是一个很平常的词，它表示"破坏""拆除"。现象学家胡塞尔在《经验与判断》中就曾用此词说明旧的经验结构的瓦解与构造。海德格尔在此基础上提出了拆毁形而上学的计划，并把它作为《存在与时间》的第二部分的基本任务，其目标是揭示传统形而上学的基础，对它进行全面的清理和分析。海德格尔在使用此词时已给它加进了建设性的意义。

德里达在使用"解构"一词时，直接从海德格尔的"拆毁"概念中继承了两种相反相承的因素，即，既否定又肯定。由于这个词字面上首先让人想到它的否定意义，其中隐含的肯定因素往往被忽视。这正是造成误解的根本原因。德里达认为，海德格尔对传统形而上学的"拆毁"仍不够彻底，因为他在批评传统形而上学时又陷入了新的形而上学。这里所说的传统形而上学也就是我们所说的自柏拉图以来的西方哲学。这套哲学不仅塑造了西方文化的精神气质，而且培植了西方人的思维方式。按照这种思维方式，我们的世界和我们自己总是受各种二元对立的支配。比如，我们设置了主体与客体、本质与现象、必然与偶然、真理与错误、同一与差异、能指与所指、自然与文化、生与死、理性与情感等等对立。我们从孩提时代开始，就习惯于按这种二元对立的方式去看待和思考各种问题，但从不追问为什么一定要按这种方式去思考问题，也不怀疑它是否合理。更为重要的是，自柏拉图以来的西方哲学为上述各种二元对立确定了等级，对立双方不是平等的关系，而是一种从属关系，第一项每每处于统治地位，第二项则从属于第一项并且构成对第一项的限定或否定。用德里达本人的话说，"在传统的哲学对立中，并没有对立双方的和平共处，而只有一种暴力的等级制度。其中，一方（在价值上、逻辑上等等）统治着另一方，占据着支配地位。消除这种对立首先就是在某个特定的时刻颠倒那个等级关系"。德里达把制造这种二元对立的思维方式称为"逻各斯中心主义"。"逻各斯"是希腊文 logos 的音译，原指"说""道路""理性""尺度""分寸""规律"等等，有些接近老子所说的"道"。德里达之所以把上述思维方式称为"逻各斯中心主义"，正是因为这种思维方式假定世界是

73

一个合乎逻各斯的结构,假定人的意识是以理性为中心,假定我们所面对的一切有一个固定不变的法则、中心和封闭的结构。

就文本而言,逻各斯中心主义假定作品是一个封闭的体系,假定作者是作品的中心,阅读是追寻作者的原意,仿佛一个死去了的作者也可支配几十年几百年,甚至几千年后的作品。如果深入考察一下我们就会进一步发现这里隐含着另一个哲学假设,即写下的东西是说出的东西的复制或再现,而说出的东西又是思想的再现。正因如此,写作不过是以笔在"言说",我们在引用别人的文字时常常写上"某某人说""某某人写道"就属于这种情形,因为它假定了说是第一位的,写不过是说的再现而已。德里达把这种思维方式称为"语音中心主义"或"言语中心主义",并认为"语音中心主义"其实是逻各斯中心主义的特殊形式,因为如前所述"逻各斯"一词兼有"言说"与"理性"的意思。

德里达认为逻各斯中心主义忽视了思想、言说与写作之间的差异。言说不仅不同于思想,而且不同于写作。写下的东西不同于说出的东西,它比说出的东西要么多些,要么少些,但不会相等,因此,我们不能错误地认为我们读一个人的作品相当于在听一个人说话。

另外,写下的东西也不同于思想,它比思想的内容要么多些,要么少些。思想是当下的东西,当思想被写下来时它已经成了文本的一种因素,但绝不是文本的唯一因素,这一因素已与其他因素重新组合或排列,就连思想者本人也无法支配它。所以,那种到文本中去找作者原意的阅读方式是值得怀疑的。它把文本作为封闭的东西,把意义看作固定不变的东西。

在德里达看来,书不是完整的封闭体,书始终是未完成的东西,书不是由作者界定的,它在相当大的程度上是读者界定的,每个时代的读者有不同的阅读方式,并且在阅读时不可避免地带有那个时代的经验,这种经验仿佛随着阅读而进入了那个打开的文本,与其中的因素组成新的意义之网,使文本显得像新旧意义的"织体"。在文本中,存在一种散漫的力量,德里达把这种力量称为"分延"(différance)。

différance 是德里达自造的一个词,他用这个词颠覆了把"说"置于"写"之上的西方传统，而且要说明，由于文本中存在制造差异的力量，它没有固定的中心，也没有固定的意义之源，更没有恒久不变的结构，相反，它仅仅是一个未完成的无限开放的差异系统。différance 被认为有多种意义，其中有两种基本意义，即"差异"与"延缓"。前者通常是就空间而言，后者是就时间而言，德里达用"分延"表示差异体现了空间与时间的统一，即差异始终是延缓中的差异，延缓是差异中的延缓。"延缓不是同一物的无差别的保持，而是体现差异的活动。"如果用"分延"来说明文本，我们就会得出这样的结论，文本是一种在时间的流逝中展现出的差异系统。意义"撒播"在这种无尽的差异系统中，这一点表现了文本的无限开放性。

另外，德里达还力图用 différance 说明"写"比"说"更有本源性，更能体现文本是一个差异系统的事实。différance 这个德里达自造的词在法文中与 différence（差异）发音相同，仅据人们说出这两个词我们是无法将它们区分开来的，而根据字形我们很容易判断这两个词的区别。德里达根据瑞士著名的语言学家索绪尔提出的语言符号的差异原则和任意原则说明文本不是自足的，每个符号本身也不是孤立的，一个符号的意义只有相对于其他符号才会存在。写作意味着制造痕迹，制造差异，写作也意味着作者的退场。

解构：一种新的阅读策略

那么，解构究竟意味着什么呢？通俗地讲，"解构"既意味着对文本进行分解，又意味着让它"敞开排列或集合的可能性，如果你喜欢，也可以说是凝聚起来的可能性"。正因如此，"解构"绝不意味着摧毁一切，因为它在"拆散"原文的同时也涉及建构，它既有否定的因素又有肯定的因素。所以，德里达明确指出，解构并不是对原有结构的简单分解，它也涉及根基、涉及根基与根基所构成的事物的关系。他甚至说，"解构的运动首先是肯定性的运动……解构不是拆毁或破坏。"但是，解构的确要质疑权威，要向最顽固的传统挑战，要违逆霸权。

"解构一直都是对非正当的教条、权威与霸权的对抗",解构是没有终极目的的,因为它是无止境的,它只存在于特定的文化、历史和政治情境中。

德里达反复强调,解构并不是方法,解构理论也不是方法论。解构在很大程度上只是一种策略及其运用。这种策略一方面要打破原有文本的封闭结构,使原有结构的中心不再成为中心,消解传统意义上的二元对立,颠倒原有的等级体系,另一方面要将原有系统的各种因素暴露于外,使这些因素能与新的因素自由组合,使旧的因素向新的可能性敞开。这样一来,每一种经过解构的旧文本就会成为显示出无限可能性的意义空间。旧的意义不断隐退,新的意义不断补充进来,这就是所谓的意义替补逻辑。他所说的"替补"(supplement)至少包括两种相反的意义,即"代替"和"补充"。我们在解构旧文本时实际上已对旧文本进行替补,旧文本不断通过解构获得新意义或至少敞开了新意义的可能性。正因如此,德里达说,解构也是写作的另一种方式,它仿佛在创造另一种文本。

由此可见,德里达的"解构"主要是为我们指出一种新的阅读策略与写作策略,它让我们不要被固定不变的意义和僵死不动的文本所束缚,它表明了文本的非自足性和无限开放性,它也表明了意义可以无规则地"撒播"在可能的文本之间。从这种意义上说,解构理论是为了肯定而否定,为了建设而瓦解,就像用新砖瓦和从旧房子拆下来的旧材料来进行建设一样。

保罗·利科： 一书一世界，一字一文心

2005 年 5 月 20 日,法国著名思想家保罗·利科不幸在巴黎家中逝世,总理拉法兰于次日发表声明:"我们今天失去的不仅仅是一个哲学家,整个法国都在为失去这样一位人文传统的卓越阐释者而悲悼。"

在半个多世纪的学术生涯中,利科出版了 31 部著作(包括访谈录),一些著作已被译成 30 种文字。这些著作广泛涉及哲学、文艺理论、宗教学、政治学、历史学、语言学、伦理学、修辞学等领域,他在诠释学方面(亦译解释学或释义学)做出的杰出贡献更是为世人所称道。作为一代宗师,利科不仅以著作等身、知识渊博和思想深邃在法国学术界赢得了崇高的威望,而且因坚守欧洲人文传统,崇尚返本开新的精神,实现对不同传统的创造性综合而享誉世界。

利科首先是一个伟大的哲学家。他的学术生涯是从研究现象学和存在主义哲学开始的。早在大学时代他就受到马塞尔的影响。在战俘营中,他常以研究胡塞尔的现象学和雅斯贝斯的存在哲学来打发时光。1940 年,利科在法国《西部哲学团体会刊》上发表了《注意:对注意活动及其哲学联系的现象学研究》的论文。1947 年,他与后来成为著名美学家的迪夫雷纳(亦译杜夫海纳)合著了他的第一部著作《雅斯贝斯与存在哲学》,次年他又出版了《马塞尔与雅斯贝斯》一书。1950 年,他将胡塞尔的名著《观念 I》(法文译为《纯粹现象学的主导观念》)译成法文并撰写了译者导言,对现象学的基本观念进行了阐释。这是他在向法国学术界推介现象学方面所做的重要努力。1954 年,他

给布雷耶编的《德国哲学史》拟定了长篇附录,继续介绍胡塞尔、舍勒、哈特曼、雅斯贝斯和海德格尔等人的思想。然而,利科并不满足于简单地介绍和阐释源于德国的现象学。他还试图在批判地继承现象学遗产的同时创立自己的哲学理论。为此,他在 20 世纪五六十年代相继出版了《意愿与非意愿》《有限与有罪》(分为二册,即《易犯错误的人》和《恶的象征》),提出了一套被学术界称为意志哲学或意志现象学的理论,从而给现象学赋予了法国特色。

通俗地讲,利科从来就没有把自己作为"现象学的搬运工",他总是有选择地使用现象学的基本概念和方法来为自己的目的服务。他一方面重视胡塞尔等人的现象学在描述人的意识活动方面的有效性,重视"一切从头开始"的现象学精神,另一方面特别留意胡塞尔的现象学的局限性。在他看来,虽然胡塞尔通过对意识的意向性的揭示和对现象在意识中的构成问题的探讨,明确指出了人类意识活动的一个重要特征,虽然胡塞尔现象学重视现象学还原和意向分析,从而为其他科学提供了一种追求确实性的范例和值得仿效的策略和分析技巧,但是,胡塞尔的现象学过分回避,甚至排除本体论问题。胡塞尔的纯逻辑主义和纯理性主义的立场使他简单地以纯理性活动的模式来说明复杂的人类意识活动。

事实上,《意志哲学》第一卷《意愿与非意愿》反复强调要完整地看待人的意识活动,甚至认为如果脱离人的身体经验和无意识活动,我们将无法真切地了解意识活动本身。为此,利科将意识活动分为意愿与非意愿两个领域,并认为胡塞尔的现象学描述只适用于第一个领域。而他本人的意志现象学则重点描述第二个领域并力图在两个领域之间建立联系。按斯皮格伯格在《现象学运动》一书中的概括,利科把意愿行为分为三个阶段,即,作决定的阶段,行动的阶段以及对不依赖于我们的必然性做出回应的阶段。利科认为,人在作决定时既要牵涉意识的意愿方面又要涉及它的非意愿方面。因为人的动机和选择的过程总是伴随着某种快乐和痛苦,并受特定的需要所推动。即便人很理性地制定计划,人也不能不受各种情绪的干扰。所以,采用纯粹意识的描述方法仍然不足以说明作决定的过程。在行动的阶段，人的意愿方面与非意愿方面也是互相渗透的，人的身体姿态将意识活动与外在世界彼此相联。人的本能、情感和习惯本身就是推动人的行动的重要因素，而这些因素是胡塞尔的现象学描述不曾重视的。在对必然性进行回应的阶段，人实现了生命的自由。在这里，人的意愿活动与非意愿活动，适应与创造达到了统一。利科通过对非意愿领域的探讨逐渐对无意识领域发生了兴趣，并认为现象学理应关注这一领域。1965年，利科出版了《论解释——论弗洛伊德》。该书以及1969年出版的《解释的冲突》标志着利科思想的重要转向，标志着哲学诠释学进入了新的阶段，即关注无意识活动的阶段。在这一阶段，文本概念被大大扩展，象征成了文本解释的重要主题，解释学与现象学实现了比较深入的结合。

利科在20世纪六七十年代所从事的一项重要工作就是把诠释学嫁接于现象学之上，并由此提出了"诠释学的现象学"概念。对利科来说，尽管诠释学早在现象学之前就已产生，但从本体论上讲，现象学与解释学是互为条件的。过去的诠释学所谈的是局部的解释技巧，而诠释学的现象学则要讨论解释和理解的一般问题。自施莱尔马赫和狄尔泰开始，诠释学问题渐渐成了哲学问题。利科则力图在前人工作的基础上进一步确认，哲学意义上的诠释学是对解释的再解释和对理解的再理解。诠释学的现象学承认解释的目的是从明显的意义中解读隐含的意义这一事实，但它也试图把诠释学从语义学层次提高到反思层次并进一步由反思层次提高到存在论层次。换言之，它不仅把理解视为"经由理解他人而来的自我理解"，而且关注解释的存在论意义。随着诠释学对解释的理解由认识论层次上升到本体论层次，理解不仅仅被理解为一种认识方式，而且被理解为人的存在方式。人的存在通过理解来表现，也通过理解而发生。

在"诠释学的任务"一文中，利科对诠释学作过这样的定义："诠释学是关于与文本的解释相关联的理解程序的理论。"[①]但利科渐渐扩大

[①] 中译文载洪汉鼎主编：《理解与解释——诠释学经典文选》，东方出版社，2001年，第409页。

了"文本"一词的外延。在他那里,"文本"当然首先指文字符号系统,但人的行为、梦境、身体姿态、象征、仪式等用于表达意义的所有系统都可称为广义上的文本。甚至在自然界中业已存在的某些东西,只要被人赋予意义并被用于表达也应算作"文本"(如一组自然的岩画,由星星组成的图案,等等)。

然而,"文本"使用的语言的多义性不但使解释成为必要,而且使解释得以可能。解释既需要理解又帮助我们理解。理解总是与误解相伴而生的,以致我们可以说,哪里有理解哪里就有误解。作者总是为读者提供理解的可能性,但作者并不一定比读者更能理解自己,有时读者反比作者更能深入地理解作者自己。诠释学不会也不应当为随意解释张目,它在研究理解和解释的可能性条件时也要指出解释的限度,或者说,提醒我们过度解释的危害性。"解释就在于辨识出说话者将什么样的具有相对单义的信息建立在普通词汇的多义性基础上。解释的首要基本工作是产生由多义性词语组成的某种相对单义的话语,并在接收信息时确认这种单义性的意向。"①

就解释的各类文本而言,利科特别重视无意识领域和象征领域。将诠释学引向这两个领域是利科对诠释学的发展所作的重要贡献。通过对弗洛伊德的精神分析学的认识论意义和本体论意义的探讨,利科发现梦和其他无意识活动是一个远未得到重视的极有价值的意义系统,对它的解释不同于对日常语言系统的解释,但两者之间又具有密切的联系。重要的是认识到,在精神分析中总是隐含着解释的冲突。这种冲突进一步加深了理解和解释过程的神秘性。诠释学的一个重要任务就是消除这种神秘性。至于象征,它更是隐含着诠释学的全部秘密。无论是在日常生活中天天出现的梦境,还是在诗歌创作和宗教活动中,象征始终是解释的难点。它不仅开启了解释的复杂可能性,而且呈现出意识与无意识、理性与非理性的辩证统一。在指出"神话是思想的源头"的同时,利科多次明确地指出"宗教离不开象征"。

---

① 中译文载洪汉鼎主编:《理解与解释——诠释学经典文选》,东方出版社,2001 年,第 411 页。

利科之所以将解释问题引向宗教现象学领域，也正是因为他敏锐地看到，解释既是对意义的回忆，又是进行猜测或怀疑。而怀疑的反面就是相信，相信的极致则是信仰。对信仰而言，"现象学是倾听的工具，回忆的工具，恢复意义的工具。为了理解而信仰，为了信仰而理解，这便是它的箴言。它的箴言就是信仰与理解的'诠释学循环'本身"①。

通过对有关神话、象征、仪式和梦境的诠释学研究，利科进一步探讨了隐喻问题。探讨这一问题之所以重要，是因为隐喻是语言之谜的核心，也是理解和解释的核心。为此，利科在 20 世纪 70 年代起撰写了《活的隐喻》《作为认知、想象和情感的隐喻过程》《隐喻与诠释学的主要问题》等论著，对隐喻问题进行了多角度的研究。在这些研究中，利科最重视的是对隐喻进行哲学思考，因为他认为隐喻不仅具有修辞学和诗学的意义，而且具有本体论和认识论的意义。为此，他主张建立"隐喻诠释学"这样一门分支学科。

在利科看来，隐喻不仅是一种命名事件或词义替换，而且涉及语词之外的"世界"。隐喻远不只是话语的某种装饰，也远不只有情感意义，它还包含新的信息。换言之，隐喻并非与现实无关，相反，它是贴近现实的，只不过是以曲折的方式反映现实而已。隐喻陈述是有指称内容的，但它指称的东西多半不是语言自身，而是语言之外的世界。

利科将"隐喻的真理"概念引入了隐喻诠释学，并突破了古典修辞学仅从语词自身来讨论隐喻的框架。利科声称，隐喻不仅仅是亚里士多德所说的那种名称的转移，也不仅仅是现代西方许多修辞学家所说的反常命名或对名称的有意误用，而是语义的不断更新活动。隐喻实际上包含两级指称，即字面上的指称和隐含的指称。譬如，当我说"张三是一只狐狸"时，自然不是说张三变成了狐狸这种动物，而是说他是一个狡猾的人。在这里，"狐狸"是一级指称，"狡猾的人"是二级指称。二级指称隐含在一级指称的背后。一级指称是理解和解释的中介和桥梁，二级指称与它的相似性为隐喻解释提供了可能性。

---

① Paul Ricoeur, *De l'interprétation：essai sur Freud*, Paris：Seuil, 1965, p. 38.

利科认为,在隐喻陈述中,语词之间存在某种张力,它也造成了字面解释与隐喻解释之间的张力,隐喻陈述的新意义就是通过这种张力创造出来的。隐喻当然不是通过创造新词来创造新意义,而是通过违反语词的习惯用法来创造新意义。但是,隐喻对新意义的创造是在瞬间完成的。正因如此,活的隐喻只有在不断的运用中才有可能。利科说词典上的隐喻都是死的隐喻而不是活的隐喻。恰当地使用隐喻是人的天才能力的表征,它反映了人发现相似性的能力。诗人的一个重要素质就是懂得恰当地使用隐喻,世界上读诗、写诗的人很多,但真正的诗人之所以很少,正是因为只有少数人才具备创造隐喻的能力。一般人能懂得恰当地使用隐喻就已经很不错了。

实际上,不仅诗歌常常使用隐喻,哲学、宗教乃至科学本身也都使用隐喻。就像"隐喻"一词在希腊文中原本就是隐喻一样,科学中的"以太""光波""原子""克隆"等术语原本也是隐喻语词。甚至有一些心理学家指出,懂得隐喻和象征是儿童成长过程的必不可少的阶段。对哲学和诗歌来说,隐喻既是理解和解释的障碍,也是理解和解释的桥梁。哲学、诗歌与隐喻的本源性关系决定了我们的诠释学研究不能忽视语言的隐喻使用及其解释的先决条件。隐喻可以解释但无法确切翻译,因为隐喻不但体现并维持语词的张力,而且不断创造新意义。语境的不可重复性使翻译无法穷尽不确定的新意义。隐喻扩大了语词的意义空间,也扩大了人的想象空间。隐喻通过某种程度的虚构来重新描述现实并在描述现实时为语言提供形象性,从而使话语仿佛具有可见性。隐喻能动人情感、引人想象,促人认知,其秘密大概就在这里。

在《活的隐喻》一书中,利科不仅吸收了修辞学、语义学、符号学和诗学的成果对隐喻进行技术性分析,而且把这种分析上升到哲学理论的高度。隐喻诠释学就是这一努力的具体成果。它从语词、句子和话语三个层面对隐喻进行了探讨。这种探讨不仅提供了一种多角度研究问题的范式,而且重建了历史与现实的联系。

利科的思想是极其丰富的,其论著既传承了欧洲大陆的人文传统，又广泛吸收了英美分析哲学的分析技巧。他不仅在《历史与真理》《记忆、历史与遗忘》以及《法国史学对史学理论的贡献》等书中以历史哲学家的身份对历史的本性、历史事件与自然事件的区别进行了极有价值的阐释，而且在《意识形态与乌托邦》《爱与正义》《论公正》《承认的过程》等政治哲学和伦理学著作中将历史理解与现实关怀完满地结合起来。读利科的著作可以使我们感受到一种深刻的历史意识、执着的伦理追求、强烈的现实关怀和敏锐的理论眼光。让我们不断从利科的精神遗产中吸收智慧与灵感吧！

为"他者"呐喊

2006 年是法国著名思想家列维纳斯(E. Lévinas,1906—1995)诞生 100 周年,世界各地举行了许许多多有关列维纳斯的学术研讨会,仅"国际列维纳斯遗产基金会"就资助了其中一百场会议。仅此一点就足以证明列维纳斯的广泛影响以及国际学术界对他的普遍尊重。

对列维纳斯,我国读者并不陌生。我国报刊上经常出现的"他者""另类"这类词语就是他最喜欢使用的术语。早在二十多年前,他的《从生存到生存者》(最早的中文版据英文书名译为《实存与实存者》)就被译为中文,他对犹太教著名经典的评注《塔木德四讲》以及《上帝、死亡与时间》也早为我国读者所熟知。

列维纳斯 1906 年生于立陶宛,1923 年移居法国。1928 年到 1929 年在德国弗莱堡大学师从著名哲学家胡塞尔和海德格尔,1930 年以法文出版了《胡塞尔现象学中的直观理论》并获法兰西学院的奖励,次年他又与派费(Peiffer)一起翻译了胡塞尔的巴黎讲演《笛卡儿式的沉思》。对胡塞尔的评介使他成为德国现象学在法国的最早推介者和阐释者之一。二战期间,列维纳斯被纳粹军队俘虏并被送去做苦力,他的妻子和女儿在巴黎只能躲躲藏藏,而他在东欧的父母和兄弟统统被纳粹的合作者杀害。亲人的死亡像挥之不去的阴影笼罩在他的心头,以致谋杀、恐惧、焦虑成为了他的哲学的持久主题。从 1947 年发表的《从生存到生存者》中我们就能感受到这一点。他在二战期间的苦难经历及作为犹太人而遭受的厄运使他的哲学多了一份忧郁的色彩,也引发了他对哲学的伦理维度的高度关切。"第二次世界大战之后,这种关切支配了他的著作;他对伦理学的特殊贡献,使他在 20 世纪法国思想中当之无愧地占有独一无二的地位"①。可以说,20 世纪下半叶的许多法国思想家都不同程度地受惠于列维纳斯。他不仅对萨特、梅洛·庞蒂和德里达等人产生了重大影响(德里达在 1964 年发表的长篇论文《暴力与形而上学》就是详细研究列维纳斯的第一篇论文,也是国际学术界公认的研究列氏的最重要的文献之一),而且改变了法国的思想氛围和学术走向。正如戴维斯所言:"当代的哲学争论在相当大的程度上为列维纳斯的持久关切所支配;当支撑正义和责任之类词语的信念体系已然坍塌时,谈论正义或责任有什么意义? 是否可能有一种没有基础,没有律令或普遍性的伦理学?"②

谈论列维纳斯,就不能不涉及他与海德格尔的关系。尽管这种关系非常复杂,但有两点是很清楚的:一方面,列维纳斯是最早将海德格尔介绍到法国的学者之一。早在 20 世纪 30 年代,他就打算写一本专著来阐释海德格尔,但他后来只写了一些零零散散的文字。海德格尔的论题和写作风格对他具有持久的影响,直到晚年,被许多人视为反海德格尔主义者的列维纳斯在接受一位记者的采访时仍然承认,"我对海德格尔以及他的《存在与时间》着迷,我仍高度评价这本书,哲学史上只有五六本这样的书。"另一方面,就像列维纳斯研究专家珀珀泽克(Peperzak)所说的那样,"海德格尔与纳粹的合作以及他在 1933 年所作的校长就职讲演对年轻的列维纳斯是一次冲击,也是一个转折点。"从此,他与海德格尔渐行渐远。他关心的不是"存在"与"存在者"的区别,而是"生存"与"生存者"。联想到海德格尔与纳粹的合作关系以及他战后对纳粹的所作所为保持沉默,一向温和的列维纳斯后来公开表达了自己的愤怒:"许多德国人是可以原谅的,有的德国人则是难以原谅的,海德格尔就是难以原谅的。"在哲学思想上,列维纳斯也不断表现出与海德格尔的重大分歧。比如,海德格尔强调从死亡看时间,列维纳斯则说要从时间看死亡;海德格尔提出了基础本体论,列维

① Colin Davis, *Levinas: An Introduction*, Cambridge: Polity Press, 1996, p. 1.
② Ibid., p. 2.

85

纳斯则断然否认这种本体论。

列维纳斯出版了三十余本著作。1961 年,随着《总体性与无限性》的出版,他的那些创造性思想得以系统地展现在世人的面前。他的工作有两大主线:一是哲学研究,二是宗教研究。在宗教研究尤其是犹太教研究方面他用功甚勤。他至少发表了 60 篇与宗教相关的文章,这些文章被收录于《艰难的自由》《塔木德四讲》《从圣物到圣徒》《超越经文章节》《民族的时代》等著作中。由于对犹太教研究的杰出贡献,他与罗森茨威格常被并称为 20 世纪两个最伟大的犹太思想家。他不仅发掘了"犹太教"一词的三种意义(一种宗教、一种文化和一种感受),而且强调"犹太教"在为世界去魅方面的积极贡献。他甚至断言,犹太教在许多方面接近无神论。他特别注意揭示犹太教的人本主义因素并通过对犹太教重要经典《塔木德》(Talmud 字面上指"教诲"和"研习")的出色解析发展了解释的基本技巧。他写的《别于存在抑或超乎本质》是他的所有著作中最为难读的。但我们有理由把它视为 20 世纪西方哲学的重要里程碑。这既是因为它"切断和打破了一种他全然熟悉的传统"(布朗肖语),又是因为他以哲学的方式为纳粹受害者的冤魂一哭,也是因为他以此为起点对 20 世纪的种族灭绝现象进行了深刻的反思,更是因为他提出了一种关于"他者"的伦理学。他力图对主体性、责任和正义进行重新解释,用戴维斯的话说,"他也导致了整个哲学事业的重新定向:哲学文本不仅仅是谈论他者,而且致力于给他者一种声音,致力于找到一种语言,借之可以通过那种旨在让他者沉默的闲谈来听到他者。"①列维纳斯赋予"他者"以强烈的伦理动机,他对伦理学中的普遍主义进行了质疑,并提出了一个让当时的许多人吃惊的观点:受害者也要部分地为自己的受迫害负责。纳粹的土壤存在于"民众"之中。作为纳粹的直接受害者,他能率先进行这样的反思,对于人类总结历史的教训,防止悲剧重演具有重要的意义。这与著名哲学家阿伦特对极权主义的分析不无相似之处。列维纳斯

①　Colin Davis, *Levinas: An Introduction*, Cambridge: Polity Press, 1996, p. 155.

无意建立一套道德行为的规范和标准,也无意考察伦理语言的本质或幸福生活的条件,他所做的就是探询伦理事务的本性,他渴望建立一个真正的彬彬有礼的社会,一个富有仁爱心的社会,一个重视责任的社会,一个"他者性"不再受到压制的社会。他毕生的使命就是为他者呐喊。

遐 情 与 远 识

　　作为享誉世界的语言学家和哲学家,乔姆斯基在 20 世纪 80 年代就为我国学界所熟知。他的名著《句法结构》早在 1979 年就有中文译本,由莱昂斯写的传记《乔姆斯基》也在 20 年前被译成中文。他的学生卡兹(Katz)教授和徐烈炯教授曾在我国热情推介他的学说,前者在 20 世纪 80 年代来上海讲学,对乔姆斯基的"转换生成语法"理论作过详细介绍,后者则与尹大贻教授、陈雨民教授合作翻译了《乔姆斯基语言哲学文选》。经过许多学者的研究和阐释,乔姆斯基的语言学理论已在我国产生了广泛而持久的影响。

　　在哲学上,乔姆斯基是 17 世纪西方理性主义的出色捍卫者和改造者。他试图以不同于康德的方式完成康德提出的任务:在思维的理性结构与经验知识之间重新找到内在的联系。乔姆斯基对笛卡儿的理论作过许多极富新意的阐释并把它作为转换生成语法理论的哲学基础。1966 年,他出版《笛卡儿的语言学》。在此后的若干年里,乔姆斯基与美国著名学者普特南(H. Putnam)、古德曼(N. Goodman)和胡克(S. Hook)等人一起重新激起了美国学术界对天赋观念的争论,这场争论的激烈程度与 17 世纪笛卡儿、伽桑狄、洛克、莱布尼兹、马勒伯朗士等人的争论不相上下。乔姆斯基的理论对语言学、教育学、计算机与人工智能理论、脑科学乃至精神病理学发生这样或那样的影响,很大程度上得益他的哲学洞察力。

　　然而,如果我们对乔姆斯基的印象还停留在上述方面,那么,我们对他的认识仍是肤浅的,至少是不全面的。实质上,乔姆斯基不仅是一位富有理性精神的严谨的学者,而且是一位热情洋溢的政论家。借用 M. G. 拉斯金的话说:"乔姆斯基的作品是理性和激情的混合体。他述说的是我们不愿听也不愿记住的东西。然而,如果文明要延续下去,这些却是我们必须知道和不能遗忘的东西。"

那么,乔姆斯基究竟说了哪些人们不愿听也不愿记住的东西呢?

当人们津津乐道美国的自由资本主义如何体现了公平竞争的原则时,乔姆斯基却以大量的事实和细致的分析证明人们其实生活在自己制造的幻觉中。乔姆斯基敏锐地指出,美国的资本主义与其说是自由资本主义,还不如说是"军事化的国家资本主义"。这不仅是因为美国不断通过制造"热点地区"向全球贩卖武器,通过武力控制全球资源和市场,而且表现在美国的大量工业产品的开发直接或间接地源于数额惊人的军费开支。计算机、通讯卫星和互联网的开发就是明显的例子。

当人们津津乐道美国的新闻自由和言论自由时,乔姆斯基却提醒说,美国舆论徒有自由的外表而缺乏自由的精髓。美国舆论实质上被特殊利益集团操控着。无处不在的公关公司和游说活动为这种操控提供了手段。法国哲学家利奥塔(Lyotard)说过:"谁控制着媒体,谁就控制着民众的意志。"乔姆斯基以大量事例说明美国政府和特殊利益集团是如何通过"制造赞同""制造共识"来控制民众意志的。比如,伊拉克战争就是在故意散布的虚假信息引导下进行的,以致开战前美国民众普遍感到"攻打伊拉克早该进行"。

人们热衷于谈论巴以冲突并厉声谴责哈马斯时,乔姆斯基提醒人们不要忘记这一冲突背后的美国因素。在他看来,"巴以冲突"其实是巴勒斯坦一方与美国和以色列的冲突。身为犹太人,乔姆斯基并未站在狭隘的民族主义立场,一味指责巴勒斯坦人。相反,他严厉谴责美国和以色列奉行双重标准。在谈到第二次巴勒斯坦起义时,乔姆斯基就十分公正地指出:"无情压抑巴勒斯坦人、不允许他们'抬头'的命令使暴力事件的恶性循环愈演愈烈,甚至涉及了以色列国内地区。"[1]乔

---

[1] 乔姆斯基:《霸权还是生存》,张鲲译,上海译文出版社,2006 年,第 241 页。此书曾进入美国畅销书的前 10 名,委内瑞拉总统查韦斯在联大发言时极力推荐此书。

姆斯基在中东和平进程问题上不断抨击以色列和美国的外交政策,在许多方面显示出自己敏锐的眼光、独立的判断和公正的立场,并获得越来越多的有识之士的赞赏与支持。

当人们异口同声地讨伐国际恐怖主义时,乔姆斯基却提醒人们,恐怖主义固然可恨,但我们更要关注造成恐怖主义的根源,关注美国加诸其他国家的国家恐怖主义,关注美国的伪善。乔姆斯基评论里根政府的对外政策时就直言不讳地指出,里根主义的最大成就就是在萨尔瓦多组织了一场国家恐怖主义行动,它用雇佣军对尼加拉瓜发动的战争"也可称为恐怖主义行动或由国家支持的恐怖主义行动"[1]。据乔姆斯基考证,"恐怖主义"(terrorism)一词早在18世纪末就已出现,原指君主为确保国民顺从而采取的暴力行为,后来被用来指个人或团体用武力骚扰当权者的行为。乔姆斯基则把凡是威胁使用或真正使用武力去恐吓和强迫的行为都称为恐怖主义,这样一来,以色列轰炸巴勒斯坦难民营、杀害平民,美国中情局训练的准军事部队炮轰古巴宾馆、击沉渔船、对庄稼和牲畜下毒、试图暗杀卡斯特罗,等等,都属恐怖主义行为[2]。

乔姆斯基的不少著作都涉及恐怖主义问题。他以详细的资料和无可辩驳的事实说明美国其实是许多国际恐怖主义活动的支持者和直接组织者。比如,20世纪80年代发生在尼加拉瓜和萨尔瓦多的恐怖主义大屠杀就是在美国的支持和参与下进行的。乔姆斯基指出,美国是"在冠冕堂皇地从事国际恐怖主义,并且在规模上让其对手相形见绌"[3]。乔姆斯基的意思很清楚:我们在反对恐怖主义时不要受美国政府以及由它直接或间接控制的媒体的欺骗。国家恐怖主义不除,那些小恐怖主义就永无停止之日,因为后者在许多情况下是对前者作出的反应并且是对前者的模仿。比如,"以色列在1954年劫持了叙利

---

[1] 乔姆斯基:《恐怖主义文化》,张鲲、郎丽璇译,上海译文出版社,2006年,第23页。
[2] 乔姆斯基:《海盗与君主》,叶青译,上海译文出版社,2006年,第3页。
[3] 同上书,第146页。

亚的一架民航客机"①。

然而,乔姆斯基揭露国家恐怖主义的罪恶并不是为了论证其他种种小恐怖主义的合理性。相反,乔姆斯基是一位和平主义者,他渴望一个没有暴力的世界,一个人人享有和平与幸福的世界,一个人们彼此团结互助的世界。为此,他甚至严厉指责美国的教育制度在向学生灌输争强好胜的意识时忽视了友爱与同情的重要性。在学生中过分强调竞争(比如,公布小学生的考试名次),在他眼里是一种野蛮的做法。

乔姆斯基素来被称为"美国的牛虻""知识界的良知""最伟大的持不同政见者"。实际上,美国的优势不仅在于拥有强大的经济与军事实力,拥有一流的科技和吸引全球优秀人才的能力,而且在于拥有乔姆斯基这样的"牛虻"并以拥有这样的"牛虻"为荣。乔姆斯基向我们展示的是一个时代的观察者、诊断者和批判者的形象,拥有这样的批判者是一个国家的幸运,也是人类的幸运,因为这样的批判者不仅代表着文明的自觉,而且促进着社会的精神健全。

正是从这样的高度出发,我们把"乔姆斯基"不仅看作一个专名,而且看作一个社会自我反省、自我批评的表征。

---

① 乔姆斯基:《海盗与君主》,叶青译,上海译文出版社,2006年,第163页。

列日学派与新修辞学

　　与高尔吉亚、提西亚斯、亚里士多德和西塞罗这些名字联系在一起的西方古典修辞学到了近代已经沦落到有"术"而无"学"的地步,以致我们不能不同意法国学者利科的一个看法:西方古典修辞学的历史是这门学科不断萎缩的历史。其表现是,到了近代,许多修辞学者除了到一些典籍中寻找各种例子来说明修辞格之外就感到万事大吉。更为糟糕的是,对修辞格的讨论最终集中到对隐喻、换喻和提喻这三种修辞格的讨论,而对换喻和提喻的讨论又是以讨论隐喻的方式进行的。即便是对隐喻的讨论,也未能产生多少让人欣喜的建设性成果。因此,到19世纪,西方大学的修辞学教席被纷纷取消也就在情理之中了。有着强烈古典情怀的尼采虽然怀着绝学不绝的信念试图拯救几近死亡的古典修辞学,但他所在的巴塞尔大学只有两个学生修读他主讲的修辞学,这使他意识到自己在这一领域除了成为希腊式的悲剧英雄之外已经别无选择。

　　古典修辞学为什么会死亡呢? 那些抱残守缺的人不愿面对这个问题。一味以古人的思想为思想、以古人的意志为意志、以古人的方法为方法的人无法回答这个问题。在古典修辞学衰亡一个多世纪之后,西方学术界掀起了重建修辞学的运动。加入这一运动的不仅有修辞学者,而且有哲学家、符号学家、语言学家、文艺理论家和逻辑学家。有的学者,如普里托(Prieto)和穆勒(Muller),甚至将统计学方法引入了修辞学。最引人注目的事件是新修辞学的出现,法理学家柏勒曼(Perelman)是它的先驱,比利时的列日学派(又称小组)则是它的中坚力量。

列日学派的新修辞学的出现是与 20 世纪 70 年代的文艺批评和语言学的发展息息相关的。1963 年,卢卫(Ruwet)写了《隐喻与换喻》一文,试图重新唤起人们对修辞格的讨论。1964 年,罗兰·巴尔特则主张"用结构主义的方式重新思考修辞学",为了实现这一主张,巴尔特用符号学方法来解释修辞现象,特别是关注修辞现象显示的意义内涵。同年,热内特(Genette)发表《修辞学与语言空间》一文,把修辞方法看作扩大语言空间的必要途径。后来,格雷玛斯创立的结构语义学通过深层句法和表层句法的区分和转换来解释文本的叙述,但他把对修辞格的讨论还原为意义结构的讨论,甚至觉得对修辞格的讨论属于多余的事情。然而,他们的工作为列日学派的新修辞学的产生准备了条件。

列日学派因比利时列日大学的七位学者提出重建修辞学的系统主张而得名。这七位学者分别是 J. Dubois, F. Edeline, J. M. Klinkenberg, P. Minguet, F. Pire, H. Trinon 和 K. Varga。他们都对意义的表达问题感兴趣并认为结构语义学的出现使修辞学的复兴有了现实的可能性。虽然他们仍然把修辞学定义为关于修辞格的理论,但他们致力于用结构语义学的方法和概念来改造传统修辞学并提出了一些革命性的概念,比如,"修辞学零度""义素的隐匿和补充"。1970 年,列日学派出版了《一般修辞学》,阐述了新修辞的基本纲领。与热内特将修辞学分为"狭义修辞学"和"广义修辞学"相似,列日学派将修辞学分为"基础修辞学"和"一般修辞学"。一般修辞学分别从词形转换法(les Metaplasmes)、句法转换法(les Metataxes)、义素转换法(les Metasememes)和逻辑转换法(les Metalogismes)的角度对修辞格进行了深入的探讨。

然而,列日学派的新修辞学与古典修辞学的重大差异还在于,它虽然把修辞学定义为关于修辞格的理论,但并不限于讨论修辞格,它还试图将符号学、语义学、音位学、信息论和统计学的方法和概念引入修辞学,并重建了修辞学与逻辑学、哲学和诗学的联系。即便是讨论修辞格,它也不再满足于对修辞格进行简单分类和现象描述,而是在语词、句子和话语三个层面对修辞格进行分析,有一些分析甚至深入到了音素和义素的层次。

列日学派的新修辞学吸取了格雷玛斯的一些语义学成果,尤其是《结构语义学》的分析工具和分析技巧。比如,列日学派在讨论隐喻时不仅采用了"形象化表达"的概念,而且采用了"义素的补充和隐匿"的概念。他们甚至以解释提喻的方式来解释隐喻。因为在他们看来,"隐喻严格来说并不是意义的替代,而是对一个词项的语义内容的改变,这种改变源于两种基本活动——义素的补充和隐匿——的结合。换言之,隐喻是两种提喻的产物"。在他们看来,所有修辞格之所以能发挥作用,就是因为有"修辞学零度"作基准并且这些修辞格在语词、句子和话语层面不同程度地偏离了原有意义。

列日学派的新修辞学还试图用 D'(I)'A 来描述隐喻过程。这里的 D 是法文 Départ 的缩写,表示初始项;A 是 arrivée 的缩写,表示目标项;I 是 Intermédiaire 的缩写,表示中项。但中项是潜在的,它并不出现在话语中。隐喻意味着从起始项过渡到目标项。根据这一模式,隐喻可以描述为两种提喻的产物。列日学派进一步将提喻分为普遍化的提喻和特殊化的提喻,每种提喻又可进一步分为概念型提喻和指称型提喻。

虽然列日学派的修辞学理论更有技术性,但他们仍像一些古典修辞学家一样在用一种修辞格来说明另一种修辞格,所不同的是,他们力图为所有修辞格找到一种共同的基础,并采用了更为准确的概念和更为有效的方法来解释那些修辞格的内在机制。他们非常重视解释的有效性问题。即使是解释古典诗歌、浪漫主义和象征主义诗歌中的隐喻,他们也不忘寻找语言的"零度"并尽量避免印象主义和主观主义的解释。注重概念的可操作性和明晰性是新修辞学的一个重要特点。着眼于"义素的补充和隐匿"是新修辞学的另一特点。列日学派的新修辞学能比较有效地说明修辞格为何能扩大语言的空间、意义的空间。它对今天的汉语修辞学研究不无启迪意义。

读　书

"看"书时代话"读"书

我们似乎处在"读"者不"读"的时代。除在小学或者初中尚能找到"读"童外,在其他地方,你大概只能找到"看"书者了。即使是天天与书本打交道的学者也没有多少人真正配得上读者这样的称呼。在大学校园里,那些称为"读书人"的莘莘学子大都抛弃了晨读的习惯,他们看外语而不愿"读"外语,看散文而不愿"读"散文,看诗词而不愿"读"诗词。上帝赐给我们五官,但我们只用眼睛向书本"说话"。这种重看不重读的倾向,固然适应了现代人进行逻辑思考的要求,但它也使我们日益沦为文字的牺牲品。单纯的看使我们不必追问文字的读音,也不必细究字同音不同的字的含义变化,更不必考虑语气之强弱,声韵之和美,因此,与读音相关的文字功能便在单纯的"看"中丧失了。

看书者多有"得意忘象""得意忘音"的习惯,字的读音对错在不少人眼里渐渐变得无关紧要起来,由于对书本的功利性要求日盛一日,文字成了单纯的消费品,字形的美观和读音的乐感被抛在一边,字义成了读书人追求的唯一目标。随着"读"书界对"读"者主体性的强调,阅读正被视为创作的一种方式,这样一来,文字的原意是否存在似乎成了问题。这种阅读上的相对主义正在侵蚀"读"书的本性:从解释学术经典时的主观性渐渐滋长出对文献不求甚解的懒汉作风;对字形的美观、读音的韵律的漠视正在葬送中国文化的美感。

诚然,"看"书是"读"书发展到一定阶段的结果。"看"书的优点在于看者因不受自己声音的干扰而能使自己在静中入"思"。《大学》云:"定而后能静,静而后能思,思而后能虑,虑而后能得。"这段话可以用来说明"看"书的好处。但从个人的成长和人类发展看,人总是先读书,而后才学会了看书。除了天生的哑巴,读书人都得经过从"读"到"看"的学习过程。古希腊人曾发明了"牛耕式写字法",即,写字者为省时省力从左写到右,然后从右写到左,而不必每行字都从右边写起或从左边写起。与此相应,他们也习惯于进行牛耕式的大声朗读。中世纪的西方人大多不习惯默读,直到近代他们才真正实现由"读"向"看"的转变。在今天的欧洲小学里常有这样的现象:多思的儿童更习惯于看书,少思的儿童更习惯于读书。即便老师要求他们默读,他们仍要读出声来。中国素有读书的传统,老一代读书人看到优美的文字总会情不自禁地读起来,即便他们口不出声,你仍可以看出他们的嘴在动。现代生活的自由化带来了语言文字的自由化,但也丧失了传统语言的韵律美。现代汉语尤其如此。在今天的文化生活里,文字的滥用不仅耗散了我们的想象力,而且把我们引向无视语言节奏的境地。

其实,读书自有"读"书的妙用。"读"是成长的需要。"读"既包含"看",又不限于"看"。"看"书是辨字识义,"读"书则集辨字、读音、识义为一体。记字音、字义需用大脑左半球,记字形需用大脑右半球。读书则使大脑两个半球均衡发展。读书有三境:一为"动口不动心",二为"心口并用",三为"心口合一"。第一种"读"书是游戏性的读书,少儿读书多属此类,其功用是在字音与字形之间建立稳固的心理联系,以便为文字的运用奠定基础。这样的读书因为无需思虑而可以化识字的劳苦于琅琅书声之中。因此我们应把读书视为儿童的天性,就像啼哭是婴儿的天性一样。第二种读书是求知性的读书,它不仅要动口而且要动心,其目标是通过字形、字音而进入字意的境界。这种读书因太讲实用而使人劳顿。第三种读书是审美性和修养性的读书。文人吟诗,演员背台词,高僧默念经文多属此类,这种读书既是体味,又是表演,既是求知,又是审美,既是修身,又是养性。其最大特点是使语言本身成为艺术,通过言说体现身心的节奏。读书的化境乃是身心合拍,气息成歌,字字心声。常人每每以和尚念经来取笑读书人有口无心。其实和尚念的经文都是文字洗练之作,如能以澄明之心畅读,每每能收到容声化气、收心敛性的效果。

读书能让我们领略语言的乐感。譬如,一首好诗不仅应当看,而且应当读。由看可以体会意象之美,由读可知音韵之妙。只看不读是对诗的浪费。如果说古诗过多地受制于韵律的话,许多新诗则太过散漫,有些甚至散漫得不堪一读。不知是不堪一读的心思造成了不愿开口的读者,还是读者不读导致了一些现代诗人放弃了对韵律的追求,许多新诗似乎是专门写给人看的,而不是写给人读的。诗朗诵越来越引不起人们的兴趣,以致在正规的文艺演出中不得不取消。这一方面是因为只重看书而不重读书的读者渐渐丧失了对朗诵之美的感受能力,另一方面是诗人忽视了用诗的乐感去培养、引导和激发这种能力。中国有吟诗之说,西方有唱诗之论,究其底蕴,终不脱钟嵘所说的“使味之者无极,闻之者动心”的理想。要品诗就得闻诗,要闻诗就得读诗,看而不读将使我们无法领略音律之美。如果史学培养一个民族的鉴别力,那么文学,特别是神话与诗歌则培养一个民族的想象力,同时也为一个民族营造充满韵律的世界,在这个世界中,即使没有音乐,我们仍能通过读诗来感受自然的律动与生命的节奏。诗的韵律与生命的韵律是一致的,因为它是从生命中流淌出来的活的江河。

读书还可以增进身心的健康。过久的读书固然使人口干舌燥,但适量的读书特别是晨读常使人神清气爽。看书只用眼睛,时间过长,容易疲劳,读书则五官并用,并且要协调动作,这使我们的大脑、面部和肺部得到很好的锻炼。如果读书时注意调声调息,就可以促进人体的吐故纳新和血液循环。朗读古诗是锻炼身心的有效方法,因为它的韵律最符合生理的节奏,注重韵律的美的朗读宛如心中流出的音乐,它不仅是和谐之美的表征,而且是心灵秩序的反映。在现实生活中,我们既可以发现心情抑郁的青年,也可以发现喃喃自语的老人,交流和宣泄是他们的需要。如果坚持朗诵怡情冶性的好诗,他们则能化解心中的抑郁,排遣难宣的愁绪,促进心胸的豁达,获得心灵的平和。从这种意义上讲,读书既可以求知,也可以审美,还可以养性。我们的先辈读书读到酣畅处,每每摇头晃脑,心神俱醉。人生有此境界,岂不快哉?

"文化"的自觉

如何处理文化史素材乃是衡量一部文化史是否写得成功的重要尺度。但是写得成功的文化史还需要展现一种文化的独特风貌和精神气质,简言之,它必须是有血肉、有风骨、有灵魂的作品。四卷本《法国文化史》可以算得上这样的作品。

"文化史"顾名思义应该是展示文化的历史。但法语中的"文化"(culture)一词直到 16 世纪时才开始具有"开发智能"和"精神产品"的意义。《法国文化史》不仅向我们揭示了"文化"一词的丰富意义,也叙述了法国"文化"自我展开的历程。

《法国文化史》贯彻了 20 世纪新的文化观念。它的作者们显然一直在思考这样几个问题:文化史的开端究竟如何确定? 怎样写文化史才能避免将它归结为思想史、学术史和文学艺术史? 怎样写文化史才能避免将它作为建筑史、绘画史、宗教史、文学史、哲学史、工艺史等等的简单罗列或机械相加? 一个个看上去比较散乱的"部门"的背后隐含着什么样的精神联系? 尽管《法国文化史》的作者们承认他们"把书面形式的文化放在优先地位,而将艺术和物质性的文化放在比较次要的地位"①,但他们突出了人在文化史上的中心地位。我以为,不管我们如何去界定文化,人始终是文化的主体,也是文化的产物。我们甚至有理由说,人就是活生生的文化本身。人走到哪里就把其文化带到哪里,他的言谈举止、思维方式、宗教信仰、衣食住行无不是文化的

---

① 让-皮埃尔·里乌、让-弗朗索瓦·西里内利:《法国文化史》第 1 卷,杨剑译,华东师范大学出版社,2006 年,第 5 页。

缩影、折光和体现。正因如此,近代中国著名学者辜鸿铭才说,要评估一种文明的价值,主要不是看它在物质方面的成就,而是要看它塑造了什么样的人,塑造了什么样的男女。基于同样的原因,《法国文化史》的作者们花了很多篇幅来呈现不断变动的法兰西人的形象,除了第四卷外,其余各卷均用了专门章节来写历史上的法国人。从僧侣到俗人,从文人到农夫,从王族到仆人,从工匠到雅女,无不折射出法兰西人多姿多彩的鲜活品格。因为有了"人"的地位,《法国文化史》立即变得灵动起来并让我们感到亲切和温暖。

《法国文化史》不仅有灵魂而且有血肉,图文并茂是该书的一大特点。虽然法文原版中的一些插图未能全部收入中译本,因而多少有点遗憾,但中译本已经收了不少颇有价值的插图。从这些插图中我们可以看出法文书写方式的变化,法国人的体态差异(比如,16、17 世纪法国男子秃头者不像现在那样多,男男女女都比较矮胖),法国人的家具样式、建筑风格、装饰艺术乃至绘画技巧。由于有些插图出自追求精确性的工程师之手,那些描画当时的山川和湖泊的插图甚至对研究地貌变迁的历史地理学家来说也有参考价值。

文化不但表现在文字符号里,而且活化在日常生活中,活化在礼仪风俗中。《法国文化史》也注意到礼俗的文化价值。它不仅关注骑士制度与高雅礼仪的关系,而且关注农民和工人的生活方式;不仅关注宗教习俗,而且关注世俗生活场景,不仅关注公共礼仪,而且关注人们的衣食住行所透露的文化信息。分门别类地阐述文化史的各个部分并不困难,难的是避免对材料进行外在的铺排。高雅的文化不仅因通俗的文化而显出高雅,而且会通过通俗的文化而激发活力。对这两种文化都给予恰如其分的关注是《法国文化史》写得最成功的地方。

文学是青春的梦想

文学是青春的梦想。这是我在阅读德里达的《文学行动》①时得到的初步印象。德里达年轻时写过诗歌和小说，上大学时，学的专业是文学。当他深深地爱上哲学时，也没有放弃对文学的关注。即便在20世纪80年代，他依然认为他的作品既不能严格地归于文学，也不能严格地归于哲学。他终身都试图打破哲学与文学之间的壁垒，渴望在它们之间建立新型关系。

实际上，哲学和文学从来就是相互开放的，它们之间始终具有边缘地带，正是这个边缘地带显示出生机蓬勃的力量，它使哲学和文学相互借鉴，也使哲学和文学不断保持相互批评、相互激励和相互竞长的力量。哲学可以从文学中借取想象的丰富色彩、生命的本真对时代的深刻体悟。一种不断与文学沟通的哲学则比仅限于进行概念推演的哲学更能把握时代的脉搏、危机与痛苦。反过来，即便是最个性化的文学也能从哲学的洞察中吸取智慧与灵感。由于哲学常常试图把个别经验提高到普遍，它能给文学打开视野，提升境界，显示出超拔平凡的眼光和不滞于事、不碍于物的胸怀。文学常能以小见大，以小明大，哲学则能以道观物，以道证物。有人说文学是人学，哲学又何尝不是人学呢？它们只是以不同的方式显示人性、人的生活世界和精神世界而已。但是，它们也相互补充，勾画出人及人的生活的丰富图景。

然而，德里达对文学和哲学的关系的认识远远超出了我的上述看

---

① 雅克·德里达：《文学行动》，赵兴国等译，中国社会科学出版社，1998年。

法。他不仅对传统的"文学"范畴提出质疑,而且反对像人们现在通常所做的那样把文学作为一种建制。他一直梦想写一部既非文学又非哲学同时又保留着哲学和文学的某些性质的新作品,他把自己写的《明信片》《丧钟》算作这样的作品。他认为,严格的文学作品或者纯文学作品只存在于虚构里。广义上的文学没有本质。如果说文学真有什么本质,没有本质就是它的本质。没有哪个真正的作家会在搞清了文学是什么之后再来写作。文学的品格就是不服从禁令。它力图以美的方式自由说出我们想说的东西。我们可以描述文学的特点,分析作品的要素,但无法告诉人们文学的标准到底是什么。"文学是什么"这个问题在德里达看来是一个假问题,因为它假定了"本质"的存在并且是就固定的独一无二的意义而发问。而文学恰恰是要挑战这种发问方式。德里达在《丧钟》里对热内(Genet)作品的解读就是这种挑战的尝试。

不过,德里达毕竟没有把热内的作品完全解读成别人的作品。这里涉及他对文学与文学批评的关系的新认识。文学在他看来无法与文学批评严格地区分开来,但两者又不能完全混淆。好的文学批评是文学的一部分并且是极有活力的一部分,因为它不仅帮助文学作品打开自己,向其他一切可能的文本开放,而且帮助它向生活本身开放,向一切热爱它、欣赏它甚至反感它的人开放。文学批评的风格可能不同于原作的风格,但这种不同的风格恰恰是原作的参照。它的批评是对作品的增益,因为它扩大作品的意义空间,对作品进行瓦解,暴露作品的各种因素,甚至挖掘作家本人不曾想到的东西。所以,文学批评不单单记录批评家的阅读行为,它也给作品带来新因素、新意义和新关系。批评家的趣味加入进来并改变作品的面貌,影响作品的接受方式。从这种意义上讲,文学批评的过程体现了批评家对语言的创造性经验。批评家参与了文学作品的署名或副署,参与作品的再创造。同时,好的文学批评不仅是对作品的解释,而且是对作品的移植活动。它不只是对作品意义的推销,它还把作品带入新的视域、新的情境、新的挑战和新的追问中。它使文学意识到自己有无限的未来。

文学既是青春的梦想,也是青春的回忆。因为它是青春的梦想,它首先成了青年人的事业；因为它是青春的回忆，它也能唤起老年人的热情。只要我们有用文字进行抒情的需要，有记下已经发生或想象已经发生的事情的需要，有表达自己渴望的需要，我们就有诉诸文学的冲动。文学是压抑的升华，因而也是压抑的消除。文学既展示我们的内心，也丰富我们的内心。它以个人的经验来表达和诠释集体的经验，因而它能让人与文学作品所描述的角色一起感受和思考。这正是文学让人感动的原因所在。文学全其性，顺乎情，所以，没有多少人是不喜欢文学的。但在文学中，个人的喜怒哀乐不再属于他自己，而是成了虚构的世界的一部分，成了供人进行心理投射的对象，成了供人通过联想、感受和理解而自我解放的方式。

不管个人宣称他的作品如何独特，如何具有不可重复性，如何作为个人独白仅仅表达了个人的情绪与体验，一旦他将自己的想法形诸文字，他就失去了对文字的支配力，他也把作品置于由阅读方式所决定的情境之中。文学作品是供人消解、重组、欣赏、娱乐、想象、追忆和思考的东西。它的魅力就在于它只是作为痕迹和可能意义的不确定的织体而存在。正因如此，不同类型的人都能从那里得到移情的对象，从那里走向既熟悉又陌生的领域，这个领域既让人有亲切感，又让人有新奇感。它让人通过想象的作用在精神世界中实现自己想做而未做，想做而不敢做或想做而不能做的事情。所以，文学是世界上最有趣、最能满足个性化要求的东西，"甚至是比世界本身更有趣的东西"。游戏的力量在那里发挥得淋漓尽致。它可以同时让我们忧伤和喜悦，让我们失望与满足。世上还有哪种文字化的东西能同时做到这一点呢？

文学还是心灵的艺术家。它创造的不只是文本，而且是一个世界，一个部分与现实世界相似而又反比现实世界更丰富的世界。那里显示着幼稚中的成熟，寂静中的动感，昏暗中的光明，污秽中的圣洁。它游移在压抑与放歌之间，它不满足于两性间或坚执于两性间，它要超越这种两极性。文学的秘密就在于让人领略欣赏过程的乐趣。悬念与意外是它的极致。

"信言有征见真实"

"信言有征见真实"是朱维铮先生在新近出版的《走出中世纪》(增订本)①中用过的小标题,我用这个标题来描述朱先生本人半个多世纪的学术追求还是比较恰当的。从朱先生数量不算太多但每本都属泣血之作的论著中,我看到的是他对无征不信的坚持,看到的是平实、严谨、精炼得找不出多少多余字眼的文风。然而,我最感兴趣的依然是他的方法以及通过这些方法的具体运用而展现出来的治学精神。

历史事实是什么?怎样描述历史事实?前一个问题是朱先生反复追问的问题。后一个问题则是他在进行历史叙述时向我们间接提出的问题。这些问题几乎是所有大史学家都不能不关注的问题。比如,德国埃尔朗根学派的史学家和哲学家卡姆拉(Kamlah)就不断提醒我们不要以"效应史"取代"根据史",不要以"外史"取代"内史"。法国史学家阿隆(Aron)的《历史哲学导论》通篇都在追问和解答这类问题,他的《历史讲演录》几乎花了五分之四的篇幅具体地回答这两个问题。在我国,当举国上下津津乐道于历史戏说,当学术界的一些人无视具体语境对克罗齐的"一切历史都是当代史"的命题加以随意发挥时,不断重温朱先生在 20 年前提出的上述问题在今天有着格外重要的意义,因为这类问题总是提醒我们要坚守求真的意志和求真的理想,一旦丧失这种意志和理想,历史就会变成任意取用的工具和随意戏说的对象。

---

① 朱维铮:《走出中世纪》(增订本),复旦大学出版社,2007 年。

以材料为根据,以客观为诉求,以慎思为进阶,以明断为依归,本是对学术研究的基本要求。但要达到这样的要求绝非易事。朱先生显然意识到人们在了解、描述和评论历史人物和历史事件时不可避免地受到主观因素的影响,他强调:"我们不可能超脱现实,对历史作纯客观的叙述,但我们该要求多一点客观性,少一点主观性,力求避免由于个人认识乃至个人感情的缘故,有意无意将历史写歪,或以假当真,或以假乱真。"①为防止朱先生所说的那种以假当真或以假乱真的现象在将来出现,法国有关机构现在每年都要将当年新发明、新创造的东西装在一个密封的金属箱子里沉入海底,以备将来的人"考古"。这一招非常高明,起码可以避免将来的人像现代的不肖子孙那样为了考古乱挖祖宗的坟墓,使先人不得安息,甚至辱没他们的尊严。

眼下,孔子研究和儒学研究正在成为热点。但在 20 多年前,朱先生就提醒我们要注意区分真孔子和假孔子,并要研究孔子的诠释史,"因为为了认知历史真理首先必须确定历史事实是什么,否则就不可能说清楚为什么"②。譬如,仅在唐朝初年,孔子的形象就变了三次。此外,仅据《论语》来了解孔子也是很不够的。因为公元前 1 世纪出现了三种版本的《论语》,今本是西汉张禹和东汉郑玄重新编定的,"篇目文字都有变动,却无法同早期文本对勘"③。据朱先生考证,今本《论语》保存的资料只能用作研究孔子晚年的思想。现在大家正在热议孔子和《论语》,朱先生的这些见解对于我们全面认识《论语》和孔子无疑是极有帮助的。

《走出中世纪》中有一篇题为"匪夷所思"的札记式文字,所评人物达 43 个之多,每篇篇幅很短,但应当特别关注。这不仅是因为这些札记以事实为依据对不少有所谓定评的人物提出了异议,而且是因为那些往往需要长期研究才能做出的几句画龙点睛式的评论,点出了一些历史人物身上那些不太为学界所注意的内在矛盾。譬如,在章太炎的

---

① 朱维铮:《走出中世纪》(增订本),复旦大学出版社,2007 年,第 294 页。
② 同上书,第 395 页。
③ 同上书,第 298 页。

笔下,晚明三大遗老之一的王夫之被评为"最清",不少人常常附和。朱先生却通过对《永历实录》的解读并对比他的言行,以反问的语气说出了"清者不清"的道理。又如,"江山代有才人出,各领风骚数百年"常被人引用并被作为赵翼反对复古的证据,朱先生却提醒我们注意他所说的"何如拥万卷,日与古人期"的深刻意蕴。再如,凌廷堪、方东树、俞樾、孙诒让这些近世大家,在朱先生看来也都表现出品学方面的自相矛盾处。这种被人称为"矛盾研究法"的方法虽不是朱先生的独创,因为早在 17 世纪法国思想家帕斯卡尔已经使用过这样的方法,但朱先生将这种方法加以完善并自如地运用于对中国历史人物的评价,这一点是非常值得推重的,因为这种方法可以避免我们在评价历史人物时为假象所迷惑,也可以避免我们在评价历史人物时只计一点而不计其余。

历史学家常被讥讽为是与故纸堆打交道的人。实际上,与故纸堆打交道,与档案、书籍和各种文物打交道,正是历史学家的主要职守之所在。一旦一个历史学家不再与这些东西打交道,他(她)作为历史学家的身份也就终止了。然而,这丝毫不意味着历史学家只生活在"过去"。过去是流逝的现在,是"倒影中的将来"。朱先生不仅研究过去,而且关注现在。就我所知,他对时势的敏感,对中央文件解读之细致,肯定远远超过了一般领导干部。就对马恩著作的熟谙程度而言,朱先生也绝不在 些专门研究马列的学者之下。这一点不仅表现在他对许多马恩观点的恰到好处的引证上,而且表现在他对马恩的一些方法的娴熟运用上。

三年前,德国汉堡大学的一个专门委员会否决了将名誉博士学位授予普京的提议,而将这一崇高荣誉授予了中国学者朱维铮先生,其中自有学术上的理由。

107

思想的隐喻与隐喻的思想

　　使用隐喻是日常语言的普遍现象。对于扎根于语言世界的人来说，使用隐喻还有更深一层的意义：隐喻能力的发展与人的认知能力的发展相依相伴，人的生动想象与丰富情感不但可以通过隐喻来体现，而且可以借助隐喻而孕育。

　　然而，使用隐喻既是日常语言的普遍现象，又是科学活动的基本因素。许多描述精神现象的语词原本就是隐喻，如"心理"（psyche）原指"呼吸"，"意象"（image）原指"模仿"，"推理"（infer）原指"搬运"，"感受"（feel）原指"手掌"，等等。许多科学术语也曾是隐喻，如"光波""熵""基因""克隆""芯片""有丝分裂"，等等。因此，美国著名哲学家、逻辑学家奎因说，虽然隐喻是在娱情悦性的散文和高度诗意化的艺术中发展起来的，但它在科学和哲学的正在扩大的边缘地带也显得生机勃勃。由于隐喻在今天不仅成了修辞学和诗学的中心问题，而且成了哲学、心理学、艺术史、神学、语义学、翻译学和逻辑学等学科无法回避的问题，当代法国著名哲学家、文艺理论家和诠释学的重要代表保罗·利科一度致力于对隐喻问题的综合性研究。1975 年出版的《活的隐喻》就是这一研究的重要成果。它是迄今为止阐述隐喻理论的最为详尽的著作，也是利科本人从意志哲学走向成熟的哲学诠释学的中间环节。

　　隐喻是诗的华彩，更是诗的本源。利科试图在《活的隐喻》中给我们阐述一个基本的观念：隐喻不仅提供信息，而且传达真理。隐喻在诗中不但动人情感，而且引人想象，甚至给人以出自本源的真实。当我们体味"缲成白雪桑重绿,割尽黄云稻正青"(王安石《木末》)的诗句时,我们眼前浮现出的不仅是蚕丝的洁白和麦子的金黄,而且是四时的运演和自然的更替。这里的"白雪"与"黄云"所举起的不但有视觉的美感,而且有活泼的情绪,这种情绪使人想到丰收,看到希望,体会到劳作时的艰辛和收获时的喜悦。因此,从"白雪"对蚕丝的隐喻以及"黄云"对麦子的隐喻中,我们窥见的不只是一般修辞学所说的名词的简单替代,同时有对作者的生活经验和认知能力的曲折而真实的展现。

隐喻是微缩的诗歌。隐喻的诗歌性与诗歌的隐喻性乃是同一过程的两个方面。从接受修辞学的观点看,隐喻让人产生怎样的联想以及产生联想的广度与深度都离不开倾听者或阅读者的感受力、想象力和理解力,离不开接受者的敏感性和生活经验。总之,隐喻的隐喻性的实现是隐喻创造者的经验和隐喻接受者的经验的相遇与相融。然而,隐喻是开放的。它既向语词的更新开放,又向人的想象开放,也向人的思想开放,更向变化着的生活本身开放。隐喻活在语义的更新中,活在我们的生活经验里。如果说语词的本义是相对于转义或引申义而存在的,那么,对语词的隐喻性使用更明显地显示出语词的本义。正因如此,德国哲学家伽达默尔才说,对语言的隐喻性使用既体现了语言的游戏特征又显示出方法论的重要性。

隐喻与哲学也有着不解之缘。《活的隐喻》的最后一篇论文"隐喻与哲学话语"就试图阐述这种关系。早期的哲学思想几乎都是用隐喻语言来表达的。我以为,隐喻不但能给语言带来生命的气息,而且给思想带来审美的自由。正是这一点决定了历史上的许多哲学家惯于用隐喻的方式谈论哲学。古希腊的巴门尼德、芝诺、毕达哥拉斯、赫拉克利特、柏拉图、卢克莱修,中国的孔、孟、老、庄、周敦颐、王阳明等都是如此,即便是在现代哲学中也仍有不少人在精心守护着隐喻的王国,尼采、海德格尔、巴什拉(Bachelard)、巴达耶(Bataille)、扬凯列维奇(Jankelevitch)就是最好的例证。他们常被称为诗化哲学家,他们从隐喻中找到了最适合自己的思想表达方式,而这种表达方式反过来成了文本解释策略的一部分。

在诗化哲学家眼里,隐喻不但起修辞作用,而且能表达其理。因此,利科提出了"隐喻的真理"概念。对他来说,只要人抽象地思想,只要人以形象性的语言去表达非形象性的观念,人就进入了隐喻。隐喻以似乎不太合乎逻辑的方式传达着准逻辑的真理。换言之,隐喻并非与真假完全无关,它以间接的方式显示出本体论和认识论的意义。

隐喻不仅是名称的转用,也不仅是反常的命名或对名称的有意误用,而且是语义的更新活动。如果说一个时代要靠文学来涵养灵性,来培养想象力,那么,它要靠哲学去培养洞察力和思考力,靠历史去培养人们的判断力以及对先人的智识经验和文化"基因"的继承力。像文学家一样,哲学家曾经是并且应当是语言的守护者和开拓者。他们曾致力于塑造一种文化的内在精神气质,但也参与维持和培养一个民族的想象力。隐喻是维持和培养人的想象力的有力工具,因为它让人在联想中学会联想,它扩展着语词的空间,拓展着意义的场域。当维特根斯坦说"语言是世界的图画"时,当海德格尔说"语言是存在之家"时,他们不仅是在以隐喻的方式谈论语言,而且是通过语言的隐喻性显示语言的张力,显示语言的形象性,显示语言对于人的本真意义。在他们的心目中,隐喻可以帮助我们揭去概念的面纱,超脱语言的平庸,赋予日常语言以崭新的意义并在某种程度上颠覆庸人的识见。隐喻拓展了思想的可能性。"隐喻的扬弃也是形而上学的扬弃"(利科语)。隐喻的思想性维持着思想的隐喻性。

利科素以学识渊博、见解独到和思想严谨著称于世。《活的隐喻》也反映了这一点。该书是根据利科在加拿大多伦多大学比较文学系讲学时所用的讲稿的基础上写成的,全书由八篇独立成篇的论文组成。利科在该书前言中指出:"每篇论文都是一条独特路径的一段,这条路径始于古典修辞学,经过符号学和语义学,最后到达诠释学。从一门学科到另一门学科的过渡与相应的语言学实体,即语词、句子、话语的过渡相一致。"在《活的隐喻》中,利科以出色的分析技巧和由小见大的理论眼光从哲学、修辞学、语义学、符号学、逻辑学和诠释学的角度对隐喻问题做了细致的研究。他十分深刻地指出,修辞学既是哲学最古老的敌人,也是哲学最古老的盟友。西方修辞学史是其内容不断萎缩的历史,其原因是西方古典修辞学一直停留于亚里士多德的框架内,并逐渐把修辞学变成了比喻学,而比喻学又成了对修辞格的简单列举与说明,以致修辞学成了植物分类学式的东西。需要特别指出的是,利科所说的隐喻不同于陈骙在《文则》中列举的"取喻十法"中的隐喻,其外延也比陈望道在《修辞学发凡》中讲的"隐喻"更为宽泛。《活的隐喻》一书不仅可以作为修辞学著作来读,而且可以作为诗学著作来读。当然,我们更应把它作为哲学著作来读。

修辞是晓人动人的艺术。没有一个时代像今天这样需要修辞学,也没有一个时代像今天这样适合于发展修辞学。推进这门学科的发展需要多学科的努力,这是利科的《活的隐喻》给我们的最大的启示。

跨文化的诠释

　　自汉代思想家刘向首次将"文"和"化"这两个字结合在一起并提出"以文德化人"和"文化不改"的观念以来,"文化"概念无论就外延而言还是就内涵而言都屡经变化,以致到 19 世纪被用来对译西文的 cultura(culture, la culture, die Kultur)。但在拉丁文中,cultura 一词一开始主要指"栽培""耕种"与"保护",直到 18 世纪末这个词才获得现代人赋予的那些基本意义,尤其是伦理意义和"人的普遍作品"的意义。今天,对文化的定义至少有 300 种,但这些定义多半是跨文化诠释的结果。近日,拜读李天纲教授的《跨文化的诠释》①一书,更加深了我的这样一种认识:无论是研究文化理论还是研究文化史,没有"跨文化的诠释",很难切近文化的实质和实情。

　　我们不妨从李天纲教授的论题谈起。在此,我们要问的问题是:为何需要跨文化的诠释? 怎样进行跨文化的诠释?

　　对于第一个问题,我的回答是:跨文化的诠释既有助于我们把握文化的普遍意义,又有助于以建设性的态度为自身的文化找到一种鉴镜和参照,从而有利于文化的自觉和自省,也有助于不同文化通过相互接受、相互补充来丰富自身和提升自身,更有助于我们培养超越的眼光,防止文化的自闭并以高远超迈的情怀尊重不同文化的价值。维特根斯坦曾言,只有超越界限才能划定界限。同理,我们也可以说,只有通过跨文化的诠释,才能真正认清一种文化的短长。然而,每种文

---

① 李天纲:《跨文化的诠释》,新星出版社,2007 年。

化都有自身的异质因素,那种追求纯而又纯的文化的做法不仅于情不通,而且于理不合,更重要的是它根本不合历史事实。

李天纲教授呈现给我们的恰恰是那些一度被忽视的历史事实以及通过对那些事实的长期思索所获得的理论洞见。与我的上述苍白议论不同的是,李教授基于他从欧美和国内搜集的丰富资料,本着去粗存精、去伪存真的态度,将史家的实证方法与哲人的抽象思辨结合起来,将中国经学和西方基督教神学的相遇相靡、相激相荡的过程展现出来。比如,《跨文化的诠释》以长达50页的序言,根据"宗教是历史的钥匙"这一观点,追溯了利玛窦以神学诠释儒家经典的过程以及徐光启、李之藻、杨廷筠这三位明末儒家基督徒对于神学与经学进行比较的尝试。作者对徐光启、李之藻指斥汉唐之后的儒家"只知究其然而不究其所以然"会意颇深,对他们"借西学通'六经',又由经学而知道"①的方法作了令人印象深刻的阐释并提出了跨文化诠释中的主体性问题。今天不少学者仍在争辩究竟是"以西释中"还是"以中释中"抑或"以中释西"。如果我们想想徐、李、杨三位先贤就"东海西海,心同理同"所作的论述,也许会怀疑自己是否在自戴枷锁。甚至会发现上述诸贤对儒学普适性的捍卫反倒令人更容易接受。

实际上,跨文化诠释在中国一直进行着。我们且不说隋唐佛教如何成为不少中国人的精神生活的基本形式,唐代景教的兴起已经证明西学在中国早就有了一定的土壤。跨文化诠释中最有趣的现象恐怕是翻译。翻译本身即是诠释。无论是中籍西译还是西籍中译,对译名的选择始终是让人头痛不已的问题。比如,"上帝"一词在《诗经》《尚书》和《春秋》等典籍中早就出现了,但用它去对译西文的 Deus、Dieu、God,一开始就引起了极大的争议。尽管利玛窦早在1593年就完成了"四书"的翻译,并着手翻译"五经"(前引书,第23页),但一个多世纪后还有不少人认为用"上帝"去对译 Deus 大为不妥。法国著名神学家马勒伯朗士(Malebranche)就说过,西方人所说的 Deus 其实相当于朱

---

① 李天纲:《跨文化的诠释》,新星出版社,2007年,第21页。

熹的"天理"。鉴于一些重要译名引起的争议以及罗马教廷对《圣经》翻译的严格限制,《圣经》的汉译一拖再拖,一开始只允许翻译个别章节,直到 1814 年和 1823 年《圣经》的完整中译本才问世。如果想到《新约》的第一个法文全译本直到 1523 年才问世,我们也就不会对此大惊小怪了。

现在,我们再来回答本文一开始就提出的第二个问题:怎样进行跨文化的诠释?我的回答是,无论以何种方法进行跨文化的诠释,重视文化"精神"的传达始终最为重要。在这方面,李天纲教授为我们提供了一个范例。如果我没有记错的话,将"精"和"神"合为一词是从《淮南子》开始的。文化研究无疑应当形神兼顾,如果不注重精神层面的东西,跨文化的诠释就没有意义。李天纲教授从宏观和微观层面对明末清初的中西文化交流史如何体现了两种文化精神的异同作了不乏新意的探讨,其中以中西年代学的校读,对利玛窦的《天主实义》和戴震的《孟子字义疏正》的比较研究以及对中西礼仪之争的意义的发掘最为精当。

就中西年代学而言,李天纲教授提醒我们注意的与其说是西方年代学的神学根源(16 世纪西方神学家据犹太历法说人类历史只有5000 多年)以及中国年代学观念的神话学性质(盘古开天地),还不如说是西方年代学观念输入中国后引起的文化冲突。比如,罗明坚、利玛窦、熊明遇等人说中国人种、宗教与文化源自西方,中国的一些天主教徒纷纷附和,清代的经学家江永以及章太炎也明显受到过这种观点的影响;而黄宗羲、梅文鼎、杨光先等人却提出"西学中源"之说。李教授一针见血地指出他们的争辩涉及的并非科学,而是谁有"正朔之权",哪种文明更优越。

李天纲教授二十年前就开始对《天主实义》与《孟子字义疏正》进行比较研究,其目的不仅在于凸显文本研究对于跨文化诠释的重要性,而且在于寻求汉学与西学的交汇点,因为上述两部著作不同程度地显示出中西互释的精神。

中西礼仪之争涉及的不单单是外在的行为模式,而且包括典章制度、社会风尚与信仰的关系。古人对经礼与曲礼的区分实质上还涉及文化的划界与认同。在近代，中国人的偶像崇拜、祭祖、祭孔、祭天等不断遭到西方传教士的反对，罗马教皇多次谕令中国的教徒不得祭祖、祭孔，甚至连参加中国的传统葬礼都不可以（此禁令延续了几个世纪，直到 1939 年才取消）。我们可以想象，在强大的中国儒教传统中生活的中国天主教徒要遵守这样的禁令多么艰难。它在社会上引起的纷争更是震动中外，直到 20 世纪这种纷争仍余波荡漾。

众所周知，礼仪不仅具有重要的象征意义，而且在政教合一的时代是一个人获得社会承认的基本方式。鉴于它对世道人心、社会秩序乃至政教权威的影响，历朝历代对此都不敢疏忽。正因如此，要讨论中西文化交流史，"礼仪之争"肯定是无法回避也不应回避的问题。从这种意义上讲，《跨文化的诠释》至少给我们提供了一个理趣兼收的视域。

历史哲学中的史实与史识

　　什么是历史事实？什么是历史认识？历史事实与历史事件是什么关系？历史事件与历史叙述有何关系？历史叙述与历史解释是何关系？每个有历史意识并具备历史自觉的人几乎都会不同程度地关注这类问题。尽管并非每个历史学家都会在自己的著作中明确阐述自己在上述问题上的立场，但他（她）们对历史事件的叙述、分析和解释的方式已经实际体现了他们对这类问题的态度。而对这些问题的明确回答直接表明了我们通常所说的史识。在史料相同的情况下，史识的不同决定了历史事实向我们呈现的方式，也决定了我们对历史意义的领悟程度。

　　然而，史料始终是历史研究的客观有效性的基础。对于历史研究来说，由于过去的不可复制性，史料永远是不完全的。因此，史料的真伪、真实程度以及相对量的多少就成了保证历史研究者的结论具有多大可靠性的先决条件。但是，即便对于某个历史事件的实际记载非常细致和客观，它们相对于更大的时空跨度而言仍然是一些碎片。这样，就势必产生对历史的宏观研究、中观研究和微观研究的矛盾。当代法国著名哲学家、历史学家、社会学家和政治评论家阿隆就是世界上为数不多的对这类矛盾予以特别关注并试图进行深入理论分析的学者。他的《历史讲演录》就是这方面的代表作。

　　与他的名著《历史哲学导论》相似，这是一部对历史研究作哲学分析的作品。作为出色的新闻记者，他自然知道前人对于事件的忠实记述对后来的历史研究的重要性。但为《费加罗报》撰写政治评论达 30

年之久的经历也使他感到,对于事件的记述难免受到各种主客观因素的影响。对构成历史事件的各种因素的取舍和综合就深刻地体现了这种影响。虽然阿隆对国际关系史、二战史和工业化史的研究在国际学术界独树一帜并在其他领域发生了不可忽视的影响,但在他出版的40多本著作中对历史的理论反思始终是不变的基调。

在阿隆看来,每个历史研究者必须不断追问"历史是什么"这个问题。只有不断追问这个问题,人们才能始终维持总体性的历史意识。只有具备总体性的历史意识,我们才有资格谈论"通史"。但"通史"显然不是"专门史"的简单相加,否则,在今天这个学科高度分化的时代,在这个每门学科都有自身的历史研究的时代(如,文学有文学史,医学有医学史,交通有交通史,经济学有经济史,等等)就没有必要设置一般意义上的历史学科了。然而,一般意义上的历史学科之所以有必要,不单单是因为它维持了人们的历史自觉,或像我常常强调的那样,维持了一个民族乃至整个人类的求真的意志和求真的理想。更重要的是,一般意义上的历史学科,向作为整体的人传递了作为整体的历史经验和历史教训,在某种意义上也传递了作为整体的文明的基因,当然,这一点也决定了,一般意义上的历史研究者需要有"通史"的史识,即便研究专门史的人也需要有这种"通史"所要求的"通识"。这种"通识"不仅可以避免我们只见树木不见森林,而且让历史意义具有真正的连续性。即便像斯宾格勒和汤因比那样强调文明的多样性解释的学者,也不得不承认保持对历史整体性和连续性的好奇心对于我们完整地理解人类的真实状况具有重要意义。

维柯曾说,人对历史的理解之所以不同于对自然的理解,是因为人是历史的创造者,而不是自然的创造者。但人常因缺乏历史的自觉或因为对历史的遗忘而不真正懂得自己的集体作品的整体意义。阿隆对历史的整体性一致给予必要的关注,并由此得出"历史科学或社会科学既是分析性的,又是综合性的"这一结论。但是,历史科学的综合性隐含着一个预设:历史科学也是对于事件之间的联系的研究。事件总是发生在一定的时间和地点,它的各种因素及其前因后果并不直接呈现给我们。黑格尔对"原始的历史""反思性的历史"和"哲学性的历史"的区分,埃尔朗根学派对于"根据史"和"效应史"的区分,已在客观上认定,历史事件以及人在这些事件中的行动需要从不同的层面来考虑。鉴于那个"自在的历史"只能接近而无法完全复原,过去的事件需要放在历史的总体性之下进行叙述和解释。构成过去的事件的不同因素甚至要借助人们的想象力才能连接起来。西方俗语说"历史是活人讲述的死人的故事",大体上表达了历史要借助叙述才能展示出来的观点。著名人类学家列维-施特劳斯在《野蛮人的思维》中甚至说历史是重构出来的,没有历史学家的思考便没有以历史的方式呈现出来的过去。阿隆基本认同这一看法。

一个后结构主义者眼中的尼采

　　有形的尼采死了,无形的尼采仍然活着。他时而作为幽灵缠着人们的手足,时而作为惊雷响在思想的天空。他力求清除思想的僵尸,昭告偶像的黄昏,冲决机械论的网罗,打破独断论的迷梦。这一切曾是尼采哲学的理想,而今成了思想史的现实。然而,正如尼采本人早已料到的那样,他注定要被误解、被歪曲、被诅咒、被贬抑。

　　法国后结构主义哲学家德勒兹与德里达一起,曾长期致力于对尼采哲学的阐发。《尼采与哲学》(德勒兹)和《尼采的风格》(德里达)就是这一工作的具体成果。更引人注目的是,德勒兹的思想素有"新尼采哲学"之称,因此,我们在这里展示德勒兹对尼采哲学的阐释与评估就有了双重的意义:一方面,我们可以由此初步了解后结构主义哲学家,特别是德勒兹本人的思想与尼采哲学之间的血缘关系;另一方面,我们可以重新发现尼采哲学的重大价值。

价值重估与哲学批判

　　十九世纪的尼采之所以属于二十世纪的世界,首先是因为他进行了价值的重估与哲学的批判。

　　实现价值的重估意味着价值观念的改变和价值标准的重建。尼采作为新价值哲学的创造者第一次把价值和意义概念引入了哲学,并由此提出了解释与评估问题。当人以价值创造者的姿态出现时,他首先碰到的是他自己。因此对尼采来说,价值的重估首先是人对自身价值的重新认识,是人的自我发现、自我教育、自我陶铸、自我锻造。一句话,人首先要成为他自己。

可是,人被毒化了,他还没有成为他自己。面对这个充斥着灾难、愚妄和谎言的世界,人陷入了茫然无措和委顿不堪的境地。这样,人们自然会提出这几个问题:人的归宿在哪里? 生命的意义何在? 人为什么会成为命运的玩偶? 尼采通过对生命的自我体验和自我观照把这些问题与价值问题联系起来,并且透过价值世界看到了自身命运的主宰和生命萎缩的根源。这个根源不在别处,正是在我们所谓的文明世界中。接受既有的道德,满足世俗的幸福,沉迷日常的琐事,泯灭了我们仅有的激情,它们把人驯服成了随俗从流的羔羊,结果,生命之花枯萎了,生命之源干涸了,人类的精神被弱者的道德统治着。在这里,人们战战兢兢地拜倒于自己的偶像面前,他们不敢反抗自己的命运,不敢稍稍蔑视有碍自身存在的一切,也不敢对自己的行为负全部责任。相反,他们虔诚地信仰自己的上帝,祷告自己的幻相,供奉祖先的孤魂,掩埋弱者的尸骨。

偶像倒了,上帝死了! 尼采向现代世界发出了第一声呐喊。随着上帝的死亡,整个基督教道德全线崩溃了,与此相联系的绝对真理概念不复存在。德勒兹告诉我们,尼采哲学本质上就是要否认绝对的道德和绝对的真理,并极力提倡一种多元论。不理解这种多元论就无法理解尼采哲学,因为多元论与这种哲学本身息息相通。多元论是哲学的思维方法,是具体精神自由的保证。上帝死了,但他是在听到有一个神灵居然自称是天下唯一的神灵时狂笑着死去的。唯我独尊的神的死亡本身就是具有多重意义的事件。尼采不相信有什么伟大事件,但相信每种事件的意义的无声无息的多重性。[①] 发现意义的多重性正是哲学的重大进步,从此,哲学才有可能由幼年走向成熟,由独断走向宽容。

这样,我们很自然地接触到了尼采提出的意义问题。德勒兹以

---

① Gilles Deleuze, *Nietzche and Philosophy*, London: Athlone press, 1983, p. 4.

为,尼采哲学是一种价值哲学,也是一种意义哲学,因为尼采用意义与现象的关系代替了现象与本质的形而上学二元性。机械的因果关系也被尼采踢出了哲学的大门。现在展现在我们面前的都是些符号与症候,透过这些符号与症候,我们发现了我们给世界所赋予的意义。世界本身无所谓意义,离开了人,世界不过是空虚渺远的黑夜。因此,确切说来,我们是在意义关系中发现世界,而不是在世界中寻求意义。这是尼采哲学的观点,也是"新尼采哲学"的看法,正是在这里,我们发现了"新尼采哲学"与尼采哲学的交接点。

"历史是意义的变化。"[①]意义的多重性与复杂性使解释成了一门艺术。这门艺术乃是哲学的最高艺术,存在的意义问题则是这门艺术的最高问题。对现行价值观念的审查离不开对存在意义的解释,对事物多样性的评估同样离不开解释的艺术。然而,"我们肩负着必然性的重压,这不仅表明哲学有多少可笑的意象,而且表明哲学本身并未抛弃它的苦行僧的假面具,它必须相信这种假面具",它只能通过给它赋予新的意义才能征服这种假面具。解释的艺术就是戳穿这种假面具的艺术。当尼采说,"除解释之外没有事实"[②]时,他把世界纳入了解释的框架中。对他来说,世界向我们敞开了无限的可能性,因为我们对世界可以作无限可能的解释。因此,有多少种解释就有多少种事实,有多少种事实就有多少种世界。德勒兹眼中的尼采把解释视为给事物注入意义的力,把评估看作为事物赋予价值的力。意义的意义具有表达力的性质,价值的价值则表现为强力意志。由于尼采哲学把思想变成了解释与评估,哲学便从对现象的辩护变成了对现状的批判。

评估意味着批判,因而价值哲学应当成为批判哲学。德勒兹强调,批判问题是价值的价值问题,价值的价值产生于评估。价值以评估为基础,评估以价值为前提。所以,批判问题也就是价值与评估问题。在尼采心目中,康德首次发现了哲学批判的价值,但他并未实现真正的批判,因为他没有按价值提出批判问题,没有把哲学批判变成

---

① Gilles Deleuze, *Nietzsche and Philosophy*, London: Athlone press, 1983, p. 3.
② 原注为"尼采《强力意志》Ⅱ133节",所引版本不详。——编者注

真正内在的批判。尽管康德是把批判理解为全面的肯定的批判的第一位哲学家,但他的批判的目的仍然是证明和辩解,他是从相信批判的对象开始的。这样,不管我们如何批判虚伪的道德和自欺欺人的宗教,我们仍然是可怜的哲学家,是批判的伪君子,因为我们没有把批判的矛头指向流行的价值观念,没有怀疑道德本身存在的合理性。康德试图在现有价值观念之内实现他天真的梦想,这个梦想不是消除感觉世界与超感觉世界的对立,而是保证两个世界的人格统一性。在此,同一个人既是立法者又是臣民,既是主体又是对象,既是现象又是本体,既是牧师又是信徒。

"批判是作为欢乐的毁灭,是创造者的进击。"的确,尼采笔下的哲学家既是立法者,也是诗人和战士。他要用新价值的创造去取代旧价值的维系。只有他的批判是真正内在的批判,全面的批判。他既反对从所谓的客观事实出发去评估价值,也反对以批判为名行维护既有价值之实。他创造了新的系谱学概念。依他之见,哲学就是系谱学,哲学家就是系谱学家。系谱学既是起源的价值又是价值的起源,它与绝对的价值格格不入,它把高贵与卑贱、庸俗与雅致、进取与堕落统统看作批判的因素。系谱学家再也不是康德式的审判官或功利主义的机器。以前理性要审判别人,现在他既要接受自己的审判也要接受别人的审判。就此而论,尼采的意志论结束了理性主义的一统天下,预示了非理性主义的降临。

但尼采很快发现,思想家是被迫长大的。只要哲学满足于为流行的价值观念和信仰作辩护,它就不可能把意义多重性的概念应用于人类生活的一切方面。道德领域就一直是一块和平的乐土和安宁的圣地。这里没有怀疑与批判,只有温顺与服从。尼采自称第一个打破了道德领域的平静,敢于揭露社会的道德偏见,从而使道德本身成了问题。这一点与尼采崇尚用铁锤进行哲学研究的理想是一致的。尼采觉得,要做一个真正的哲学家就不能满足于对时势和习俗的冷眼旁观,而要勇于利用弓箭和铁锤去摧毁我们面前的偶像,去扫除流行的价值观念,因为在偶像面前人都变成了丧失个性的僵死的木偶,现时流行的价值观念则使人萎靡不振,它把禁欲作为人生的理想,它否定生活,贬抑生命。

顺着尼采的思路,新尼采哲学给我们展示了哲学的远景:哲学总是属于未来的,因为它要在批判现存世界中发现新世界,它也只有在批判现存世界中才能发现新世界。没有永恒的真理,也没有永恒的哲学。哲学要批判别人,同时要接受别人的批判。正因如此,哲学使人哀伤,使人烦恼。不使人哀伤,不使人烦恼的哲学也许是不存在的。但是,我们要在对哲学的悲剧性认识中看到哲学的肯定方面:哲学是能动的思维,是积极的创造,是思想本身的非常事件,是强力意志的训练,是意义的发掘和价值的重估。从这种意义上说,哲学又不必为自己的死亡而痛苦,哲学家也不必为自己行将就木而哀伤。当我们身上洒满了春天落日的余辉时,有谁不会为这种壮丽的日落而激动?

悲剧文化与虚无主义

尼采特别欣赏这种壮丽的日落。他的文化观也随之带有悲剧的色彩,他的哲学也总弥漫着悲剧的气氛。他要我们在文化的悲剧中透视悲剧的文化,在苦难的人生中乐对人生的苦难,在等级的世界中确定世界的等级。但是,尼采的悲剧概念究竟有何意义呢?他的文化概念有哪些内涵呢?尼采真是现代意义上的虚无主义者吗?

德勒兹认为,尼采把世界的悲剧观点与辩证法和基督教对立起来了。在尼采的"悲剧"中有三种死亡方式:一是通过苏格拉底辩证法而死亡,二是通过基督教而死亡,三是在现代辩证法和瓦格纳的联合打击下的死亡。黑格尔提出过某种悲剧概念,但他把悲剧表述为苦难与生命的矛盾,生命本身中的有限与无限的矛盾,个别的命运与普遍精神的矛盾。如果我们看尼采的《悲剧的诞生》就会发现,尼采一开始是作为叔本华的信徒而写作的,而不是作为黑格尔的信徒而写作的。

尼采创造了全新的悲剧概念。这一悲剧概念在德勒兹看来具有三大特点:一、悲剧中的矛盾是意志与现象的矛盾;二、这一矛盾反映在酒神与日神的对立中；三、酒神是悲剧的本质。如果说悲剧人格在酒神精神中臻于欲仙欲死的境界，那么日神则通过个体化原则的神圣的具化构造出美妙的现象和幻景，并以此去消除人生的痛苦。"日神通过对现象永恒性的啧啧赞美克服了个体的苦难。"①与此相反，酒神回到了原始的统一性，他是唯一的悲剧人格，是苦难而又光荣的神灵，现象世界是他的面具与化身。"他不满足于在更高的超个人的快乐中消除痛苦，而是肯定它，把它变成人们的快乐"②；他在多重的肯定中发生转变，而不是让自己消融于原始的存在中，他肯定了成长的痛苦，而不是再造个体化的苦难。所以，酒神是肯定生命之神。他是永恒轮回的主体，不过这种轮回是通过"个体化的终结"而实现的。基于对酒神的这一理解，尼采关注的实质上不是个人的命运，而是整个人类的命运。他在这里指出的酒神与日神的对立表现了现代世界的价值观念的冲突。

尼采不仅指出了酒神与日神的对立，而且发现了酒神与苏格拉底的对立。尼采相信："在苏格拉底那里，本能成了批评家，意识成了创造者。"③但苏格拉底是第一个堕落的天才，他把人生的意义归结为对知识的追求，这是对生命变相的否定，因为只要我们用知识去评价生命，只要我们感到被否定力量碾得粉碎的生命不值得自我追求和自我经验，我们就势必把生命看作消极被动的东西。在尼采心目中，苏格拉底不再是典型的英雄，因为他太富有希腊味。他一开始是卑微的日神，继而成了渺小的酒神，他未能给生命的肯定赋予充分的力量，未能在生命的否定中找到自己肯定的本质。

随着弱者的宗教——基督教的产生，酒神与基督的对立出现了。对基督教来说，生命的痛苦表明生命是不正当的。酒神却与此大不相同，他用肯定的眼光去看待痛苦，他肯定了生命的价值和意义，他在哀弦急管声中手舞足蹈，以此去庆贺形而上学的死亡和悲剧的新生。于

① 原注为："尼采：《悲剧的诞生》，英译本第104页"，所引版本不详，下同。——编者注
② Gilles Deleuze, *Nietzche and Philosophy*, London: Athlone press, 1983, p. 13.
③ 尼采：《悲剧的诞生》，英译本第88页。

是,酒神与日神的对立就表现为肯定生命与否定生命的对立。

肯定生命必然要肯定痛苦,因为痛苦是生命的存在方式。尼采的酒神第一次发现了痛苦的意义。这首先表现在一个人洞察时代的深度与他所受的痛苦是成正比的。没有痛苦,生活也许索然无味。诚然,痛苦使人沉沦,但也使人奋起,前者是生命的弱者,后者是自己的主人。在尼采的笔下,存在的意义取决于痛苦的意义。痛苦是一种反作用,它的意义就在于进行这种反作用的可能性。艺术的秘密就在这里。

艺术是主人的艺术,主人清楚地知道痛苦会给人带来快乐,给思考痛苦的人带来快乐。痛苦不是生命的反证和否定,而是生命的刺激和诱饵,是生命的能动表现和动力结构。"没有残酷就没有节日"①,没有痛苦就没有快乐。只有在痛苦中,我们才能成为我们自己。当历史充分地显露出痛苦的外在意义时,道德责任感便渐渐退向后台,无责任的审美感则从苍茫的暮色中走出,在经过一番奋争之后去迎接初生的朝霞。就这样,尼采宣告现行的道德评价必将成为历史的陈迹,代之而来的是对生命痛苦的美的鉴赏。

痛苦是文化的代价。尼采的文化观始终包含这一见解。如果我们能在个体的毁灭中看出一个生机勃勃的世界,也就是说,看到个体在总体中消逝,而代之以更加强有力的个体,那么,我们才算真正理解了悲剧文化的实质。

对德勒兹来说,我们可以从以下三个方面理解尼采的悲剧文化概念。

从前历史观点看,文化意味着训练和选择。所谓训练,就是强化人的意识,给人以习惯和模式。正是在这种意义上,尼采称文化运动为"习惯的道德"。所谓选择就是要造就自由的、能动的、强有力的人。在这种意义上说,人是文化的产物。作为前历史活动的文化是类的活动,活动的目标是产生自由的强者,活动的手段是惩罚,因为"惩罚使

---

① 原注为"尼采《道德系谱学》I 第 67 页",所引版本不详。——编者注

人坚毅和冷酷"。

从后历史观点着，文化创造出主人、统治者和立法者，他们以凌驾于自己、命运和法律之上的力量来规定自己，他们不再受坏良心和复仇精神的摆布。此时，我们在痛苦和对痛苦的沉思中享受着乐趣，别人的痛苦则成了复仇的满足。

从历史观点看，文化表现出不同于自身本质的意义，文化通过前历史的辛勤劳作达到了作为后历史产物的个人。但是，文化在历史上堕落了，甚至可以说，历史就是这种文化堕落本身。因为是历史而不是类的活动向我们展现出种族、民族、阶级、教会和国家，是历史而不是正义和它的自我毁灭过程向我们展现出不愿消亡的社会；是历史而不是作为文化产物的统治者向我们展现出沉醉于家庭幸福中的个人。总之，是历史把文化的暴虐看作民族、国家和教会的合法性质，看作它们自身力量的体现。

文化有着历史和超历史的因素，尼采称之为文化的希腊意义。但文化的历史因素表明，教会、国家的主要文化活动事实上形成了文化本身的殉教史。当国家鼓励文化时，它只是通过鼓励文化来鼓励自身，它决不会设想有高于自身利益的存在。教会和国家为了实现自己的目的可以借文化的暴虐铤而走险，而反作用力又转移了这种文化暴虐，并把它变为造成愚妄的手段，从而把文化的暴虐与自身的暴虐混合起来。这一过程就是尼采所说的"文化的堕落"。

基于以上的认识，我们现在就可以看看尼采哲学是不是人们通常所说的虚无主义。

如上所见，尼采总是以批判、怀疑的目光去审视历史上的一切。他扼杀上帝、打倒偶像，鄙视软弱、颂扬刚强。尽管他是肉体上的弱者，但他要做精神上的强者，尽管他对历史、对文化、对人生常常发出感喟与哀叹，但他哀而不悲，叹而不伤；尽管他否定了别人不敢否定的东西，但他也肯定了别人不愿肯定的东西，亦即痛苦的意义。这不但不是对历史的根本否定，相反是对历史的真切感受。他否定弱者是为了造就强者，他否定旧价值是为了创造新价值。虽然他断言"虚无主义是推动历史前进的运动"①,但他认为虚无主义也必须成为历史的弃履。尤其值得注意的是,"虚无主义"在尼采那里有着特定的涵义。在"虚无主义"这个词中,"虚无"(nihil)并不表示非存在(non-être),而是表示无(nil)的价值。基督教道德就是虚无主义的典型形式。在基督教中,生命表现为现象,显现为虚无的价值,因为生命成了灵魂的负担,它被否定和贬抑了。贬抑以虚构为前提,通过虚构,人们把某物与生命相对立。于是,整个生命成了非实在的东西。由此看来,尼采所说的虚无主义在这里主要指否定生命、贬抑存在的做法。这种虚无主义表现为复仇、坏良心和禁欲理想三种主要形式。虚无主义及其形式又称为复仇精神。至于复仇精神,我们不应把它理解为心理规定和历史事件,而要把它理解为否定生命的一切形而上学前提。对这样的形而上学前提尼采向来持批判态度。

虚无主义在永恒轮回中终结了。因为在永恒轮回中,虚无主义不再表现为软弱的保持和胜利,而表现为它们的毁灭和自我毁灭。扎拉图士特拉高唱自我毁灭的赞歌,"因为他不想保持自己"。

永恒轮回与强力意志

在尼采哲学中,最遭人误解的莫过于永恒轮回和强力意志。

尼采的"永恒轮回"常被人看作同一物的回环往复,德勒兹认为这不过是用儿童的假设去代替尼采的思想。事实上,没有人像尼采那样对纯粹的同一性进行严厉的批判。在《查拉图斯特拉如是说》中,尼采至少有两处提到永恒轮回不是指同一物的循环。恰恰相反,永恒轮回与双重的选择息息相关,一种是伦理学的意志选择,一种是本体论的存在选择,前者是一次性的,后者是不断的生成过程。

"生成"是尼采哲学的重要概念,不把握这一概念就不能理解尼采所说的永恒轮回。按尼采的看法,只有生成的东西才会循环,换言之,

---

① Gilles Deleuze, *Nietzche and Philosophy*, London: Athlone press, 1983, p. 9.

轮回是在生成中实现的,轮回也只有在生成中才会存在。与生成相反的东西,亦即同一,严格说来乃是出于思想的虚构。否定是强力的最低限度,反作用是力的最低限度,它们都被排除在轮回之外,其原因就在于它们与生成相对立。

世界是生成的世界、存在的世界。存在本身意味着生成。生成没有开端,也没有终结,因而,轮回是永恒的。在这种永恒的轮回里,过去尚未过去,现在尚未开始,将来处于无限的可能性中。

世界是自己的主体。这个主体不断变换着自己的面具,并不断地进行着"差别的游戏"。当我们以立法者的姿态投入这种游戏时,我们仍能感受到现象世界的颤动,因为我们已经投入了生成的漩涡。

生成是力的唯一活动,是强力唯一肯定的东西,是人和超人的超历史因素,超人是历史的焦点,在那里,反作用力被征服了,否定让位于肯定。

肯定是尼采哲学的又一重要概念,也是新尼采哲学的重要概念。现在,价值和价值的价值不再产生于否定而是产生于肯定。否定则从属于肯定,并且消失在生命的自我超越中。通过肯定,原来遭到贬抑的对象——生命不再受到外在力量的强加的否定,相反,它变成了能动的否定的主体。它所进行的否定是主动的自我否定。通过这种否定,低贱变成了高贵,痛苦变成了欢乐,被动变成了主动。

但是,尼采并未脱离否定来谈论肯定。在尼采那里,不存在不伴随否定的肯定,也不存在不以否定为前提的肯定,"肯定的必要条件之一就是否定和毁灭"[1]。但尼采的否定并不等于简单的"不",尼采的肯定也不等于简单的"是",而是意味着创造和生成。正因如此,尼采特别重视艺术,因为艺术并不是对真实性的简单断定,而是通过对真实性的否定而达到对生命和激情的肯定。当然,尼采常常慨叹:艺术是最高的虚假强力,它赞美虚幻的世界,它崇奉谎言,从而使欺骗意志成了崇高理想。但我们要看到,肯定与否定同为强力意志的两种性质,

---

[1] Gilles Deleuze, *Nietzsche and Philosophy*, London: Athlone press, 1983, p. 177.

因而，我们要根据否定来判断肯定，根据肯定来判断否定。在否定里，我们看到了颠倒了的自我形象，在肯定里，颠倒的自我形象被重新颠倒过来。正是在肯定与否定的正反交错中，我们进入了酒神的光荣世界。

酒神是永恒轮回的主人，永恒轮回则是以强力意志为原则的综合。因此，对永恒轮回的理解离不开对强力意志的把握。

然而，"强力意志"一度被人们看作"权力意志"，而"权力意志"又被理解为"追逐权力"，甚至有人把它与强权政治等同起来。德勒兹认为这是十足的误解。"强力意志"(der Wille zur Macht)在法文中被译作"la volonté de puissance"，在英文中被译作"the will to power"，而在德、法、英三种文字中"强力"(Macht, puissance, power)都兼有"权力"的意思，我们如果不把"强力"这个词与尼采的整个思想联系起来加以理解，那很容易发生误解。加之，对权力的敬畏、崇拜或欲求往往使一般人习惯于从"权力"着眼去思考问题。在这种情况下，尼采的"强力意志"也便成了习惯的牺牲品。

实际上，"强力意志"的内涵比"权力意志"远为丰富。在尼采那里，强力意志的表现是多种多样的，甚至"服从也是强力意志的表现"①。"权力"像"服从"一样只是强力意志的一种表现形式，而且是低级的表现形式，因为权力是奴隶的直接产物，是奴隶借以表现强力的手段，而且权力是对自由的限制，从这种意义上说，它也是对生命的压抑。所以，追逐权力并不是强力意志的目的和动机。恰恰相反，强力意志要超越权力，因为它不会停留在某一点上，它是生命的内驱力，是能动的生命意志。世界之所以处于万类竞长和生生不已的状态，就因为强力意志和与之相联系的力在起作用。

强力意志确定了力与力的关系，同时又在这种关系中显现出来。经过这一过程，我们获得了解放，因为我们的意志冲破了自己的樊篱，它创造了全新的价值，而打破了那种想保持稳定价值的可笑的梦想。

---

① Gilles Deleuze, *Nietzsche and Philosophy*, London：Athlone press，1983，p. 63.

创造和给予是强力意志的本质。它既不渴望，又不寻觅，更不欲求。因此，我们就不能说强力意志即是欲求权力、追逐权力。既然如此，我们更不能把它与强权政治等同起来。对强权政治、反犹太主义和泛德意志主义，尼采向来报以嘲弄和轻蔑，他憎恨它们，认为这是种族的愚弄。

强力意志是生命的原理，通过永恒轮回，强力意志必将再造出强有力的个体。人必须在个体化的苦难中用强力意志去征服自己，去建立自己的家园，去寻求自己的福音，去体验痛苦的欢乐。只有这样，人才能由"大地的皮肤病"变成"大地的意义"，也只有这样，人才能成为自己的上帝。

尼采死了，带着狂笑，带着鄙夷从容地死了。但我们不必为尼采招魂，因为他的精神早已渗入了西方文明的深处，至少对德勒兹来说是如此。不管人们对尼采如何褒贬毁誉，有一点是可以肯定的：只有自身软弱的人才会把尼采视若虎狼，只有囿于历史的偏见才会全盘否定尼采哲学的价值。

心造的世界： 德里达掠影

世界是打开的书本，书本是心造的世界。

在这里，心与心对话，字与字交流。然而，当心中泛起青春的哀愁，字里却涌动着衰老的喜悦。因为，字的活跃在于心的沉寂，心的发露则在于字的隐退。

在文本的世界里，我们常常扪心自问，是思想谋求文字，还是文字唤醒思想？是文字解放了读者，还是读者开拓文字？ 如果你对这些问题还未曾思过或只是偶有所思而没有思到所思的极处，那么，读读法国著名思想家和文学批评家德里达先生的成名之作《书写与区别》(*L'écriture et La Différence*)也许不无助益。

《书写与区别》被誉为当代法国思想的里程碑。它出版于 1967 年，收集了德里达先生于 1959—1966 年所写的十多篇论文。概述以拆解方法(deconstruction)分析了笛卡尔、阿尔托(Artaud)、黑格尔、弗洛伊德、巴达耶(Bataille)、福科和列维•施特劳斯等思想大师的著作。艰深古奥的文字，奇意迭出的思想和诗情洋溢的隐喻使这部著作显示出诗与哲学的双重特征——它是诗化的哲学或哲学化的诗。

一

字为心设，心随字起。思想与语言从来就是人的存在的两个方面，以致我们很难断定思想和语言孰先孰后。相对作者而言，书本确是一个自足的世界，但离开了读者，书本是无意义的东西。如果说语

131

言之外无思想,那么读者之外无语言。

顺着这样的思想,德里达先生重新考察了字与思的关系。在他看来,整个西方文化都建立在"语音中心论"(Phonocentricisme)的基础之上,而语言中心论实质上又导致了对逻各斯的崇拜和对作者的迷信。根据"语言中心论",言语(parole)是话语(discours)的第一要素,书写不过是把声音换成文字,因而只是言语的再现,言语则是思想的复制。这样一来,我们阅读本文就意味着把握作者的思想。德里达指出,"语音中心论"不仅是站不住脚的,而且由于它对言语的过分强调,整个西方文化一直在畸形地发展着。为了说明这一点,德里达提出了"延异"(différance)概念。

différance 是德里达先生造出来的词,它源于法文的 différer,基本涵义有三:其一是"延缓",其二是"区别",其三是"撒播",并且这三种意义是不可分割的总体。德里达先生造这个词首先是要向人们表明,区别并非仅是简单的空间关系,而且是复杂的时间关系,确切些说,区别是延缓中的区别,延缓是区别中的延缓,区别体现了共时性,延缓体现了历时性。"延异"既是区别与延缓的统一,那么它也是共时性与历时性的统一,是空间与时间的统一,借海德格尔的话说,是时间化的空间或空间化的时间。这样,传统结构主义所制造的共时性与历时性的对立也便自然而然地消解了。

不仅如此,德里达还借"延异"概念来说明文字并非言语的简单复现,言语也并非是思想的镜子。比如,différance(延异)与 différence(区别)在法文里发音相同但字形不同,仅据发音我们无法把两个词辨别开来。这一点表明,文字有着自身的独立性而不是言语的简单模仿。用德里达本人的话讲,写下的文字"要么说得多一些,要么说得少一些,要么说的东西与他准备说或愿意说的东西大相径庭"①。既如此,我们就不应当像过去人们所做的那样苦心孤诣地追求本文的原始涵义从而使自己变成作者思想的附庸,而应当重视文字对言语的优先

① See Jacques Derrida, *De la Grammatologie*, Paris: Minuit, 1967, p. 188.

性、独立性和创造性。

如此看来,文字是从思想中流淌出来的江河,它一旦脱离作者就再也不能为作者所支配,而成了向未来敞开的无限网络。从逻辑上讲,广义的文字既在言语之前又在言语之中,但文字使思想与生活相分离,在那里,所思的东西是在思之内脱离思的东西,它在思之内不穷尽地穷尽自身,因而,受苦与思想秘密地联系在一起。在此,德里达的确使我们重新注意到文化史的一个基本事实:

"在广泛的意义上,希腊人是从视觉的观点看待语言,即从书写看待语言。言语存在于书写中。语言……存在于词的书写图形里,存在于写下的符号里、字母里、语法里。因此,语法在存在中描述语言。但语言通过言语之流,转瞬消失了。"①

从表面上看,突出文字的地位似乎使德里达走向了另一极端。然而他也曾表述过这样的思想:言语要保住自己的地位就得不断修正自己的功能,概念也可以结束思想与生命。在语词的沉默里,我们侧耳倾听生命的回声。

文字中确有生命的回声。海德格尔断言"语言是存在之家"已在一定程度上道出了问题的实质。人即人的世界,而人的世界渐渐成了文字的世界,人由以自然为对象渐渐转向了以文字世界为对象。

一方面,文字在阅读中激活,意义在阅读中释放,阅读把历史与现实联系在一起,把人与人联系在一起。在本文的立场中,阅读是思想的第一要求。德里达断言,"阅读行为贯穿于言语或写作的行为里",或者说,"言语与写作悄悄地来自阅读"。阅读打破了文字的自律,打乱了从主体到主体的轨迹。因此,阅读乃是思想的变形。

另一方面,文字离开阅读便处于死寂状态,因为"死神正流连于文字之间"。阿尔托曾说:"作品都是废物。"德里达对此作了深入的发挥,他说,通过文字,我与自己疏远了。一旦作品在我之外,它便走向崩溃,因为作品并不能帮我站立起来。文字是死亡的艺术,而没有文

---

① Martin Heidegger, *An Introduction to Metaphysics*, New Haven: Yale University Press, 1959, p. 641.

字的艺术乃是生活本身的艺术。因为文字隐去了作者、埋葬了作者，它通过作者的死亡昭示出生活的秘义。与此相关，要让思想活跃于世，就得破除对神本身的迷信。迷信是神人关系的本质。神死了，人还活着，人的拯救在于神的颠倒，因为神的死亡唤醒了沉睡于人性深处的神性。

由此，我们发现，德里达先生的文字学在某种程度上带有人学的味道，这一点恰恰代表了后结构主义的基本特征。德里达指出，人游思于作品就等于介入了作品、干预了作品，作品既是人的土壤又是思想的战场，在这里，放牧理想的人们被赶到了思想的边缘。

在文字死气沉沉的表面之下乃是生气灌注的潜流，人的历史和未来在这里汇合在一起，由于把写作与人的存在联系起来，德里达意义上的文字便有了灵性，有了人情味，有了新人的形而上学的外观。在讨论弗洛伊德的心理分析问题时，德里达指出：写作体现了生与死的关系、死亡时自我与他人的相关形式。我只是死于他人：通过他、为他、在他那里。凭借他人，我的死亡被界定，被描述。如果我通过描述而死去，那么，在死亡的极处"这种描述之贼（Theft）已经形成了我的存在的总体"。在这种意义上，文字是历史的舞台，是世界的游戏。只用心理学是不能解释写作的，因为广义的写作不只是个人的事情，而且是社会的事情，是历史活动的总体性的一部分。写作的历史是没有说出的言语，没有被思想的思想：它被历史记录下来同时又被历史抹去。因此，我们要把它放在世界的背景上加以考察，把它视为人的背景或舞台的历史。

然而，文字世界一直是受污染的，读者越来越把自己看成被动的消费者。结果，明白如话的文字倒成了最受尊崇的东西，艰涩的作品则被弃置一旁。现在除了诗人还在保护文字外，其他人大多是在静听文字的声音，等待文字的馈赠，有的人甚至在干破坏文字的勾当。殊不知，人破坏了文字就等于破坏了家园。在现实生活中，我们一再看到，许多人一味责怪某部著作多么晦涩，而不是发挥自己的主动性在阅读中积极地参与创作。在这种情况下，著作家们也往往屈从于公众的趣味的压力而尽量降低文字的水准，以迎合读者的需要。惟其如此，文字越来越服从"经济原则"，它给人提供的想象空间似乎越来越小，作品的文采与力度也越来越显得次要。

借阿尔托之口，德里达流露出对西方文明的淡淡的感伤。在他眼里，灵魂已沦为小偷，文字也陷入分裂。如今，西方人都依赖力和意义而生活着。他们把精神置于文字之上，并且偏爱程式化的写作。结果，生活的演员被远远地从意义的责任感中驱逐出去，演员和观众都沉迷于享乐，从而成了文字的解释者、取乐者，从此，生活的舞台不再是舞台而是装饰。

可是，当我们把装饰视为文字时，这种装饰意味着什么呢？

二

文字期待着思的释放。在文字里，根本不存在"言说完了"的东西。那割不断的意义之链在晦暗处联结着传统与现实，自我与他人，已经言说的与有待言说的东西。这一点取决于德里达所说的一个基本事实：文字是一种痕迹，这种痕迹作为自我开展的领域把过去的东西保留在自己的底层，而替补进来的东西则掩盖上先前的一切。

基于这种认识，德里达认为，写作就是制造痕迹，制造排泻物。我们把世界作为一张纸，并在同一张纸上重复地写上千百遍，文本的意义就生发于这种重复性的写作中。

中国人常用"笔耕"来形容写作，这与德里达所要表述的思想颇有相似之处。每一次耕耘意味着旧痕迹的隐去和新痕迹的产生，意味着新的播种和新的收获。在这里，年复一年的耕作把历史蕴涵在自己的成果里，并给未来开辟了无限发展的可能性。对德里达来说，写作既是痕迹的刻画、纹理的雕琢、连续性的断裂和差别的延缓，又是笔迹的涂改、道路的修复和裂缝的填补，它要求时间和空间的可逆性。在这里，意义决不显现，而是在延缓中变成沉积物。它是一种追加、一种补充、一种埋葬历史的坟墓。

"痕迹"具有十分普遍的意义。它可以是文字,也可以是戏剧、电影、音乐、绘画,甚至可以是梦中的一切。绘画不过是"言语的节省",绘画的内容是书写的一种形式,是以图形表现出来的能指之链;梦则是广义上的画谜或字谜。梦的思想是明显的,梦的内容是潜在的。前者可以直接认识,后者则必须通过"草图"来辨认。为了释梦,我们必须把它作为密码来拆解,把它作为文本来阅读。梦是沉睡着的语言,是记忆的复写,是符号的重组。它有如蒙上玻璃纸的蜡块,通常所说的无意识内容实质上是意识的沉积。

在德里达那里,梦是文明的动力,因为梦"是回到写作土地的一条小路",或者说是用心理语言而进行的写作。就像埃及科学从象形文字中汲取力量一样,人类文明以梦作为自己的活的源泉。如果说用语言文字进行的写作是写作内的写作,那么,做梦可以叫作心理写作。这种写作不再是无声话语的复写或铮铮的回响,而是言语之前的石板画(lithography)。梦给我们千百种暗示。打开梦的书本吧,这是梦的词典,梦的百科全书。

写至此,我不能不提一下德里达所提出的"心理写作"概念。中国人喜欢把心灵喻作心田,把构思过程称为打腹稿,这使我们在阅读德里达的著作时感到特别的亲切。在他的心目中,心理写作就是在心灵里留下痕迹,痕迹的重叠构成了意识文本的可能性。这种文本既不是现存的,也不是过去了的,而是未来的预设,是痕迹的差别的织品,意义与力在其中统一起来,正如写作需要写作的空间一样,在心灵里刻下痕迹就必须抹去旧的痕迹。尽管痕迹的抹去不是随处可以发生的事件,但不可抹去的痕迹就不是痕迹,而是不可毁灭的实体。

唯有灵魂的写作,唯有心灵痕迹能自发地再生自己,表现自己,柏拉图在《斐多篇》中曾经这样说过。德里达发挥了这一思想。他指出,心理写作或"打腹稿"与记忆息息相关。由于记中有忆,忆中有记;心理的地层越积越厚。这些层面之间既有纵向的时间关系又有横向的空间关系。就前者而言,记忆是"延缓",就后者而言,记忆是区别。这一点决定了记忆并非绝对的重复,相反,它包含着新的内容和新的收获。记忆意味着遗忘，意味着起源的退隐。在此，语言之链并不构成时间之流。

记忆离不开所忆与应忆的东西，离不开所思和应思的东西。有思，首先得有记有忆。记和忆作为意义的切口同时出现于心田的深处。然而，纯粹的记忆不过是把自己交给物，因为在记忆中"词是物并且主要是物"。一方面，词为物所浓缩；另一方面，词作为能指（signifier）要通过词之外的东西才得以存在。因此，如果不参照心理写作的空间，写就不成其为写。写把现在变成过去并且联结将来。写有物的充实，更有思的空灵。言外之象是指思外之物，思不尽处恰恰是思的极至。

语言是在有差别的重复中才成为语言的。这一点足以说明翻译在语言发展中的重要性。的确，翻译为文字世界开辟了广阔的前景。通过翻译，语言成了意义之渊。但是，一般人只是把翻译看成语言系统的转换，殊不知，翻译就是某种程度上的再造，这种再造规定了同一中的差别。尽管翻译的可能性原则上是有限的，但只要信码保持同样的所指（signifier），文字的转换总是可能的。如果考虑口头表达，我们就会发现，语词的物质性是不可能翻译成另一种语言的，翻译意味着放弃语词的物质性而去搜求言外之念和意外之境。

可是，当语词的物质性得以恢复，翻译不就成了做诗吗？

三

诗是"痕迹"，因而是死去活来的思想。诗是注重语词性的（verbal）思，因而是语言王国的守护神。

德里达像海德格尔一样注重诗。因为诗是思的探险。在海德格尔看来，人们通过诗而进入语言、进入写作，思则在与诗的联姻中给文字带来活力。因此，只有诗意之思才是语言的最高要求。在分析诗歌语言的本质时，海德格尔简直把荷尔德林尊为诗圣，因为荷尔德林几乎是思的活史。德里达则援引布朗肖（Blanchot）的话说，我们不会满足于把荷尔德林的命运看成可钦可敬的伟大个人的命运,荷尔德林是诗人的典范,是时代精神的象征。他的作品并不只是他个人的东西,而是诗歌本质的真理与证实。他并不能决定自己的命运而只能决定诗的命运,决定他所获得的真理。

诗在多大程度上启示思呢?按德里达的看法,如果把诗理解为隐去作者的痕迹,理解为隐去意义的文本,那么,诗就是思的暗示。由此,我们自然可以作这样的引申:诗不仅给读者提供思的空间,而且提供思的灵感。诗不仅召唤思,而且激发思、保存思、锤炼思。诗不仅指明反思的东西即在思者的跟前,并且使所思的东西活灵活现。作为痕迹,诗无定指;作为话语,诗有所归。当诗人把自己交给诗时,他早把自己融化于思了。

诗是思的神话。因为诗极大地利用了文的"力场"。它没有起源,没有中心,没有显现,因而是思的自由奔放,沿这条路走下去,思便在诗里步入疯狂。德里达称阿尔托、荷尔德林和尼采为三大疯狂诗人,原因就在这里。

美学、哲学和文学守护着那已被文字遮盖着的思的意义,诗则通过不同的途径达到同样的效果:它不滞留于个别的所指,但能把这些所指贮存起来;它离不开物性,但能让最少的物性指示最多的内容。我们中国人说"不着一字,尽得风流",这倒绝妙地表达了德里达所要表达的意思。

诗是活生生的言语。在诗里,文字关闭过去,同时又掏空自己,它是具体的可能性,是历史的生成。它通过写作的迂回使自身成了理性的历史。从这种意义上说,一切都是史诗。

诗是"差别的游戏"。游戏当然有所戏之物。但游戏的任意性使所戏之物显得次要。关键在于游戏过程。这就好比在下棋过程中少了一颗棋子,你可以用别的东西来代替。游戏意味着闲适和自在,而自在恰恰要受某种规则的制约,于是,游戏者总是若有所思。

思并不一定要思得凝重,在诗里人倒能思得轻松,思得自适、自娱和自如。

游戏并不一定不严肃。就游戏者要严格遵守游戏规则而言，游戏是最现实最真实的严肃。

可是，德里达并未把诗抬高到压倒一切的地步。对他来说，戏剧比诗更高级。这一方面取决于戏剧比诗更具有游戏的特征，另一方面取决于诗不能像戏剧那样提供场景。尽管场景免不了带有虚构的性质，但由于它隐去了生活并且有可重复性，它总能在死中求活，活中求力。

活在哪里？活在心里，活在写里，活在文本的字里行间。

(J. Derrida, *L'Écriture et Différence*, Du Seuil, 1967, Paris)

承认的政治

——从利科《承认的过程》谈起

　　"承认"一词在中文里无疑包含消极和积极两种涵义。从消极方面看,"承认"意味着"供认"和"坦白",也意味着某人或某个集体确认自己犯了过错和罪责,因而"承认"还意味着一个人或集体需要为自己过去的所作所为承担责任。但在人类社会生活中,消极意义上的主动承认很少,而被动承认居多。从司法意义上的供词到政治责任的确认,无不与"承认"联系在一起。德国人民对二战的反省以其总理向波兰人民的惊天一跪而达到顶点,因为它代表一国人民以国家的名义承担起了历史责任,并由此得到了全世界的赞赏。相反,日本却一直缺乏这样的勇气和道义力量,以至每年的"8·15"前后,东亚诸国乃至国际社会都对日本政要是否参拜供奉甲级战犯的靖国神社表达严重关切。在当今社会的日常生活和政治生活中,我们仍然不断看到试图将个人过错上升为集体过错从而淡化个人责任的倾向,也不断看到将集体过错压缩为个人过错从而保全集体荣誉并逃脱集体责任的倾向。

　　从积极方面看,"承认"意味着个人或集体的地位、价值、尊严和权益得到了确认,意味着个人或集体被接纳到更广泛的社会网络、精神空间或利益分享关系中,也意味着脆弱的个体获得了更大范围的保护。因此,积极意义上的承认对我们每个人有着非同小可的意义,以致每个人都需要不断地"为承认而斗争"。在日常生活中,从婚礼到承诺,从仪式到感谢,从馈赠到集体认同,无不与"承认"相关。婚礼之所以必要,是因为它是承认的象征。承诺之所以为承诺,是因为它是当事人对自己未来责任的确认。仪式之所以有意义，是因为它既是对参加者的承认，也是对他人的应允，还是对权威的某种认可。感谢则是对他人恩惠的承认和报答。脱离了"承认"，我们几乎无法真正理解政党、组织和宗教团体的秘密和本质。法国人类学家毛斯(Mauss)甚至说"礼物是承认的保证和替代"。

　　然而，令人吃惊的是，在 19 世纪之前的西方思想史上，对人们的日常生活和社会政治生活如此重要的承认问题却很少引起思想家们的热情，在黑格尔之前它甚至是哲学的理论盲点。二战之后，人类家庭生活的一个急剧变化是单亲家庭的日益增多和亲子鉴定的大量增加，女性主义的发展令世人最终不得不关注司法意义上的承认，而因个人权利意识的增强带来的对少数民族地位的政治承认开始引起思想家们的思考。黑格尔的《精神现象学》《法哲学原理》和《实在哲学》引出的相关问题是与爱、法律和团结这三种承认形式联系在一起的。虽然法国哲学家保罗·利科断言，没有费希特的努力，霍布斯的政治哲学有关"为生存而斗争"的观念无法转变为黑格尔的"为承认而斗争"的观念，但无人能够否认正是黑格尔把承认问题有意识地上升为政治哲学和法哲学的基本问题并试图在本体论层面加以阐述。但黑格尔的这一学说的价值和意义被掩盖着。承认问题真正引起理论界的重视则是二十世纪下半叶的事情。法国哲学家伊波利特对黑格尔的解读重新燃起了人们对黑格尔的承认理论的热情。法兰克福学派新一代的领袖人物霍耐特(Axel Honneth)在 1992 年出版《为承认而斗争》(*Kampf um Anerkennung*)，确立了承认理论对于理解社会政治问题的重要意义。著名哲学家查尔斯·泰勒曾以"承认的政治"为题撰写长文，使我们得以深入认识从"承认"的角度思考政治生活的必要性。

　　法国著名哲学家、文艺理论家保罗·利科 2004 年出版《承认的过程》①，对霍耐特和泰勒等人的承认理论作出了积极的回应，对我在上

① 中文版见保罗·利科：《承认的过程》，汪堂家、李之喆译，中国人民大学出版社，2011年。

面提到的与"承认"相关的诸多方面进行了深入的阐述。它不仅从消极和积极两个方面探讨了"承认"的多重意蕴,而且以强烈的历史感揭示了"承认"(Reconnaissance)一词的起源和词义演变过程。这一过程在利科看来反映了与"承认"相关的"思想事件"的演变过程。在法文中,"承认"一词(名词 reconnaissance 和动词 reconnaitre)兼有"认识""识别""确认""感谢"等意义。这些意义反映了"承认"的根源与效应,反映了"承认"一词由认识意义向社会政治意义的曲折性展开。利科将这一承认的过程分为三个阶段:作为认识的承认,对自我的承认,相互承认。这三个阶段不是按照时间的顺序来划分,而是按照从动词"承认"的主动态到被动态的意义发展过程来划分。

与利科的其他许多著作一样,《承认的过程》不仅把概念史和问题史完美地结合起来,而且把诠释学方法娴熟地运用于历史文本的分析,并把对文本的理解上升为人的自我理解。从某种意义上讲,《承认的过程》既是一部"承认"的概念史及其诠释史,也是与"承认"相关的社会风俗史。比如,利科分析了"礼品"的历史中如何反映一个人对他人的承认方式的变迁,人类的馈赠活动与商品的交换活动原本是同源的。对私生子的承认,对遗产继承权的确认,无不反映出承认在社会组织方式中所起的作用。人与人组成的社会就是以人的相互承认为前提的。当我们做出承诺时,我们已经承认自己的责任,也承认了他人的社会地位。但人类社会中有一种特殊的人际互动方式无法承诺,这就是"爱"。承认是区别,更是认同。认同是建立自身与认同对象的同质性的过程。但认同的前提仍然是承认差异,而非消灭差异。正因为有根本差异,我们才需要认同。因此,认同意味着承认他者并承担对他者的责任。为了使我们的社会变得更加合理,我们在人际关系和社会政治领域需要相互承认。只有这样才能为社会平等创造条件。相互承认既是反对他人不承认自身的斗争,也是争取他人承认自身的斗争。罗尔斯的《正义论》和阿玛蒂亚·森的《论伦理学与经济学》也需要放在这一背景下去理解。

概　念

"问"之追问

我们几乎天天发问，但对"问"本身很少过问或几乎不加追问。面对人世间各种各样的"问"，我们不得不问，这些"问"有没有共同的结构？问之所问究竟是由什么决定的？发问者的意向与发问的性质具有何种关联？设问的方式如何影响人们的理解以及问本身的有效性？不同类型的问如何反映出发问者与世界和他人打交道的不同方式？不管是以理论化的方式介入世界还是以实践的方式改变世界，只有具备对"问"的自觉才会把我们引入对上述问题的追问。这种就"问"本身而进行的追问是哲学之问不同于其他追问的特点之一，因为哲学之问首先是以超乎寻常的方式"对超乎寻常的东西作超乎寻常的发问"（海德格尔语）。

我们问"为什么要问为什么"以及问"问的一般性质和结构"，不就是对超乎寻常的东西做超乎寻常的发问吗？海德格尔说，"任何发问都是一种寻求"。既然发问是发问者的活动，"所以发问本身就具有存在的某种本己的特征"①。按我的理解，喜欢发问本是人的形而上的本性。而一切发问之所以是一种寻求，乃是因为发问都带有某种意向性，它不但显示发问者对认识的兴趣，而且把将要认识之物或问题所及之物带到眼前。问是对问之所问的尝试性设置，所以，"问"带有某种探索性。发问者既寻找问的对象也期待对问的回应。不管我们是扪心自问，还是向他人发问，或是做"把酒问青天"式的问，问与问的对

---

① 海德格尔：《存在与时间》，第 2 节。

象总是同时显现的,不管此一对象是清晰还是模糊。从"只是问问而已"到对某人、某物和某事的细细打听,莫不如此。

然而,是什么东西规定了问之为问呢?毫无疑问,发问包含发问者、问之所问以及问的情境构成这三重因素。发问者的知识、发问者的洞察力和发问者的动机决定着问的深度和问的意义,但只有当发问者对问之所问具有明确的意识时,问才具有针对性和透彻性。虽然我们有时只是泛泛地问或随随便便地问,但我们已把自己置于试问或探问之中了。当我们对某某发问并就某某发问时,问的真切性、确切性和具体性才得到了规定和展开。在大部分情况下,问隐含着"未知"并期待此"未知"转化为"已知"。用现象学的语言说,这个"未知"在"问"中还只是一种"空的意向性",问之所问,即问的内容,则是发问者的意向对象。但真正说来,只有当问之所问得到了恰当的回答,那种空的意向才得到充实和实现。问中有不确定的意向性。开放性和悬而未决性构成了问的重要特征。虽说偶尔有明知故问的事情发生,但在大部分情况下发问者在发问之时是不知道问的答案的。问的深浅是由发问者的洞察力决定的,而问的范围是由发问者的眼界和知识决定的。

虽然答非所问的事不时出现,但我们能够知道有答非所问的事存在,不也恰恰说明"问"仍然是"答"的基准吗?对"答"的关切让我们不断关心问之所问。何为问之所问?问之所问是问的内容。这种内容是通过发问活动展现出来的。在此,我们仍然要问,答非所问是如何发生的?这个问题把我们引向对"问"的理解。答非所问有三种情形:第一种对问之所问本身未曾理解;第二种是理解了,但故意避而不答;第三种是对问有所理解,但没有能力做出回答。

大体说来,"问"不仅引导着"答",而且先行决定着答的性质、答的可能性、答的广度和深度。这就意味着我们不仅要多问,而且要善问,因为有深度的问是为有学问、有思想和有水平的人准备的,是为有准备的头脑准备的。几乎所有的科学活动都是从问开始的。但科学之问不仅是尝试性、探索性的问,而且是把我们引向特定原理和特定发现的问。这种问与日常习见的问的区别就在于，前者是要求"知其所以然"的问，因而是"问其所以然"，而后者只是要求"知其然"的问，因而是"问其然"。如果说后者只问浮表，前者则欲通达事物的实质与核心。

黑格尔之所以说"熟知并非真知"，就是因为"熟知"只停留于浮表，而不能把握事物的本质与核心，没有创造性的人或思想的懒汉要么不愿问，要么不深问。这类人即便偶有所问，那种问也多半属于缺乏深思的问或不着边际的问。虽然后者对培养人的想象力不可或缺，但科学活动中的问是把人引导到新发现、新发明和新思想的问，是能问出新视野、新天地和新境界的问。在此，发问出于好奇而不止于好奇。

从发问中，我们大抵能看出发问者的水准、旨趣和个性。当今教育的最大弊端之一便是扼杀了学生对问的兴趣与热情。对儿童的好奇心的损害莫过于对其自由发问的忽视与限制。作为率真的发问者，作为无所顾忌的发问者，作为真正自由的发问者，儿童们几乎无所不问。他们的问虽然不一定是穷根究底的问，但常常是富有想象力的问。他们在天性上的自由自在的问蕴含着探索的原初动力，也是一切自由之胚芽，但装作什么都懂的成人要么出于对自身权威的不自觉的维护，要么出于害怕承认无知，要么出于没有能力回答儿童的提问而消极地对待他们的问，甚至在被问得感到厌倦或无法招架时粗暴地打断他们的问。由于不敢问或觉得问了也是白问，儿童变得不再有问的热情。但要培养人们的探索精神首先就是要让人学会发问，并且要学会既涉及"知其然"又涉及"知其所以然"的深问。爱因斯坦之所以说提出问题比解决问题更为重要，正是因为他看到了问对于科学探索的引导作用。希尔伯特的二十三个数学之问及由此"大问"引申出来的无数"小问"引领着数学的重大发展，就是问之先行性、引导性和定向性的明证。从某种程度上讲，一部数学史乃至科学史就是一部发问史和解答史。

不过，发问的重要性并不限于科学。人类生活的一切领域都离不开问。一方面,民主时代的社会生活总是离不开疑问、质问和考问,并且这样的问最终要落实到问责上来。另一方面,我们要避免成为野蛮人,就要发展文化事业,这样一来我们就不得不"做学问"。我们在"道问学"中,在对话和讨论中不断设问,我们问学于人或充当他人的顾问,我们在司法工作中进行讯问或审问。凡此种种无不以直观的方式凸显着问的重要性。但在各种问中,有些问只是浅尝辄止式的问,有些问则是打破砂锅问到底式的问;有些问只是一时涌上心头的即兴之问,有些问则是不断困扰我们的源远流长的问。为了获得信息,人们每每询问;为了进行辩驳,人们常常反问;批判性的思维总是表现为疑问;为了进行调查,人们精心设问;为了评估,人们进行考问;等得不耐烦的时候,人们催问;盛气凌人时,人们逼问;可我们今天非常缺乏的是问寒问暖式的问。

问寒问暖式的问是以问的方式表达出来的关切,因而是最有人情味的问,是最切近人性、最切近亲情并让人产生兴味的问。心中有爱的人总少不了这样的问。即便这样的问在某些时候带有礼仪的性质,它也总能激起美好的感情。假如人世间缺乏这样的问,我们的社会将何其冷漠? 无论如何,问寒问暖式的问是人世间最美好的问,几乎每个人都指望有这样的问并随时准备对这样的问做出积极的回应。亲情、友情和爱情不就通过这种亲切的问而变得温暖吗? 所以,洞悉人性的人总是从这种问中获得力量,因为这种问不但消除误解和隔阂,拆去人与人之间不时存在的高墙,而且使人从孤独、痛苦和困局中超拔出来,与其他类型的问不同的是,问寒问暖式的问的主要价值不在于问的内容,而在于问的过程本身。惟其如此,人们不仅期待这样的问,而且享受这样的问。这种问所传递的不是知识,而是情感。它代表着亲和人性本身。

问还关乎自由与平等。之所以如此,是因为发问者总是具有社会角色的人,发问者与可能的被问者处于就如何发问和如何回应进行不断定位的社会关系中。发问的语气、发问的态度、发问的内容和发问的情境都受社会角色的影响。一个人与另一个人的关系的亲疏远近常常影响到他们之间的发问方式。在一个不平等的社会中,发问是大受限制的,社会甚至为人们的发问设置了很多禁区。比如,一个仆人就被安置在不能随便向主人发问的地位上。问这问那轻则被视为多管闲事,重则被视为心怀叵测。在一个崇尚权威的社会中,发问的不自由是人们最初遭遇的不自由,这种不自由一方面是压抑性社会机制造成的,另一方面是由发问者缺乏勇气造成的。不能公开发问是人不能公开运用自己的理性的基本表现之一。由于不容发问是不容争辩的开始,我们要继承康德的事业,完成未完成的启蒙,就不得不倡导公开发问的自由。只能赞美性地问而不能批评性地问乃是一切崇尚权威的社会的共同特征。乐于回答赞赏性的问而害怕别人提出疑问和质问,是所有权威不肯放弃其权威的基本表征之一。

权威既是自身造成的,也是公众造成的。如果说包含公正意志和维护公共利益的权威是维护社会秩序必不可少的,那么,在学术领域对权威的盲从则常常窒息自由探索的精神,它对所有学术研究的损害首先表现在对自由发问的损害上。时下我国科学界热烈讨论的"钱学森之问"之所以有意义,是因为这一问问出了在我国进行新的启蒙的重要性。

"分享"的意义

　　我们正处在一个需要提倡分享并且不得不学会分享的时代。人口的急剧增长，生存空间的有限，人均资源的相对减少，生活方式的危机、道德的危机以及治理能力的危机所导致的全球经济危机和环境危机，正迫使我们重新审视"分享"的价值，领悟"分享"的意义，发挥"分享"的智慧。毫不夸张地说，当今社会的最大挑战乃是分享的挑战，是将"共有"落实为分享的挑战，是克服独占欲望带来的挑战。

　　然而，在反思这些挑战、应对这些挑战，甚至在对这些挑战本身发起挑战之时，我们仍不得不问，我们为什么需要分享？分享的可能性条件是什么？分享有没有存在论意义、道德意义和审美意义？

　　中文的"分享"可以作为英文 share 以及法文 partage 的对译。Share 源于古英语的 scearu，本意指"分割""切割"和"划分"，而"分享""分担""合用"及"入股"这类含义显然是其引申意义。法文的 partage（名词，动词为 partager）也经历了相对复杂的词义演变过程。它除了表示"分割""分享"和"分担"之意，还有"天命""天赋"这类多少带有神圣性的意义。但中文的"分享"在一定程度上隐含着审美的意义。它不但暗示人的群体性，而且暗含对他人的承认；它不但包含"分而居之"的意义，而且包含在"共在状态"中对分有之物的共同享受。所以，分享不只是拥有而已，它还意味着对那个原先被共同拥有之物的记忆、回味、品评或鉴赏。分享中常常有对分享之物的情感投射和分享者对分享过程的体验。具有高尚趣味的分享尤其如此。共饮一江水是分享，"千里共婵娟"是分享，在一起看戏是分享，分到共同的劳动成果是分享,邀请别人吃饭更是分享。在分享中,人们通过对同一件东西的"分而居之"和共同享受来满足个人的愿望并通过不同分享者的不同趣味和观点而扩展了被分享之物的价值和意义。

分享比独占更能显示一件东西的丰富内容和精神价值。所以,最有占有欲的人与一个最爱炫耀的人最容易成为同道。后者实质上是通过给人以虚假的分享来博得别人的尊敬和羡慕。我们甚至可以发现,哪怕是最贪婪的人也有在某些方面与人分享某些东西的愿望。一个窃贼如果根本不必担心受到别人的指责和法律的追究,他很可能并不满足于在私下里赏玩从别人那里偷来的珠宝,他也希望从别人的欣赏中分享快乐并希望通过别人的分享而增加自己珠宝的价值。当然,这里的分享是另一个层面的分享,即,精神上的分享,而不意味着这个人真的愿意将自己的珠宝分给别人。一个人吃饭、一个人看电影、一个人看球赛之所以索然无味,就因为他(她)的个人趣味未能得到呼应与共鸣。与此相反,分享既是对个人欲望的满足,又是对个人欲望的超越,因为它扬弃了个人对某物的独占愿望并把那个某物作为分享者之间的纽带。通过分享,个人被纳入群体之中并整合进群体。在分享中,人们通过与群体建立精神的联系,特别是情感的联系而获得群体的承认,这样,个人的情感与趣味得到了升华和共鸣。

共有是分享得以可能的条件。"共"而后"分","分"而后"享",是分享必须遵循的逻辑。但这种逻辑的贯彻是以尊重公私的分野为前提的。所以,分享的价值观首先表现着人类的公德。所有公共领域的存在正是通过分享的逻辑才成为可能的。所有的公约也是在确认分享的前提和分享的目标时才成为可能的。因为有分享的意识,我们才能在公海航行,才能乘飞机作国际旅行,才能在街道和其他公共场所走动。实际上,在个人之间有分享,群体之间有分享,国家之间有分享,代际之间(这代人与未来世代的人之间)有分享,人与其他物种之间也有分享。既然人自封为万物之灵,人就相应地承担着最高的责任,特别是照看其他物种的责任。假如人不能明白这个地球不仅是为他而存在的而且是为其他物种而存在的,假如人不能学会与其他物种分享地球上的自然资源,人将最终发现人与其他物种的相依性会因其他物种的大量消失而遭到破坏,而这种相依性恰恰是人得以安立于大地的重要条件。

分享并不意味着公私不分,也不意味着有权侵占别人的私有财产,更不意味着少数人可以私下里将多数人的公有之物变为他们的私人之物。恰恰相反,它首先是出乎公共利益并合乎公共利益的一种要求。分享的逻辑反映了以下的道德要求:自己"有"的同时希望别人也"有",自己好的同时希望别人也好。在伦理上,这种"两好"的要求最能满足人们对社会和谐的关切,也最能体现公正和公平的要求。所以,分享的逻辑是"两好"的逻辑,推而广之,是"多好"的逻辑,即希望其他人都好的逻辑,而不是自己"独好"的逻辑。除非受到不公正的对待,否则,分享首先要成为一个人对自己的道德要求,而不能首先成为对别人的要求,因为一旦首先成为对别人的要求,分享就可能成为对别人的东西的侵占的托辞。反过来说,一旦每个人都能从自己出发承认别人对公共事物的分享权利并乐于在实际行动中落实这种权利,那么,伤人并最终自伤的争斗就会减少。

分享既以共同体为前提,也印证和强化人们的共同体意识。分享还证明我们生活在一个命运共同体中。我这里所说的共同体是广义上的共同体。小到两三个人组成的群体,大到国家和人类都包含在内。除了血缘关系和情感因素之外,共同的需要、共同的兴趣、共同的挑战、共同的利益以及共同的价值系统也是维系共同体的基本要素。共同体成员对这些因素的明确意识就是我们通常所说的对共同体的自觉。但对共同体的自觉是以"我们"的形式出现的。把他人变成我们的一员或与他人一起说"我们"意味着承认他人可以与我一道分享。所以,对他人的态度直接决定了分享的方式。让他人成为我们的一员不仅是归类和接纳,而且是一种归化或同化。真正的公正就是公开承认和尊重他人分享的权利,尤其是在他人不在场时仍然把他人作为我们的一员并把他人作为与我平等的当下性存在予以充分的尊重。在日常生活中,"他人"容易被视为无关者、第三者、外人或"非利益攸关方"。消除隔阂的最好方式就是以明确的方式让他人不再感到"见外"。"见外"意谓着什么呢？"见外"就是把他人仅仅作为他人而不是作为我们的一员来对待。如果说"你"和"我"的关系体现了一种当下的对话性关系，因而至少在一定程度上体现了你和我在形式上的平等关系（我承认你的当下性），那么，"他"与"我"的关系则表现为"他"的"他性"更多地显示出"他"对于"我"的外在性。分享就是对这种外在性的克服。

一个群体在发现难以维系时最终不得不以利益分享的方式来加强它的团结。行贿则是分享的误用，因为它是私下地让掌管公共资源的人分享他（她）不该分享的东西。掌握共有的东西的人本来只是受托人，他（她）身上承担了为大家保管共有之物的责任（当然在特定情况下也包括为共有之物增值的责任）。当他通过受贿而得到不正当利益时，他就不但破坏了这种责任，而且使大家的分享难有可能。一切形式的受贿之所以引起所有人的愤怒，正是因为它不仅损害了他人的利益，而且破坏了使一切可能的分享得以可能的价值系统并间接地破坏了"共有"的基础。受贿和行贿的横行是对公正的分享的最大威胁，也是对维系社会和谐稳定的整个道德体系的威胁，因为它通过极少数人的私下分享来侵蚀和瓦解绝大多数人的公开分享所要求的有效原则。

分享是对共有的最终确认和真正落实。不能通过分享来体现的共有是空洞的共有。在这样的共有中，人们虽然在名义上共同拥有某物，但这个某物与每个人并无直接的关联，因而不会使人体会到自己对此物的真正拥有，当然也不会直接发现自己对此物负有照看和维护的责任。罗斯金说"人人有份的事常常无人过问"，其原因即在于抽象的共有没能转化为分享。

"分享"的道德意义首先在于它有利于责任伦理的实现。责任伦理本质上是有福同享、有难同当的伦理，是义利一致、权责平衡的伦理，是在分享利益的同时分担风险的伦理。"分享"的另一种道德意义在于，它呼唤并培养自律和公正。为何如此呢？众所周知，分享的反面是独占。一个儿童一开始往往表现出独占某物的倾向。让他（她）将糖果分给自己不认识的孩子对他来说是一个艰难而痛苦的过程。之所以如此，是因为他必须克服独占的欲望。而克服这种欲望意味着摆脱自我中心意识，接受他人与我共在并与我共有某物的事实。儿童的社会化过程在一定意义上也是克服独占欲望的过程。比如，他（她）必须学会与他人分享食物、分享公共空间，当然他也通过这种分享克服个人的孤立无助和对独自存在的恐惧。

分享的过程是获取共有的事物的过程，而获取共有的事物无非两个途径：自取和分发。自取需要自律，否则，自取就会变成争夺和打斗。人们在吃自助餐时之所以不会打斗当然是因为人有自律并且是因为人对自己的需求能得到选择性满足抱有信心。几乎所有社会都把自律作为一种道德要求，只不过不同的社会采取了不同的方式并且程度不一地体现这一道德要求。这一要求最符合经济原则，它可以帮助人们节约社会管理成本并且体现和强化人的自由和人的自主选择能力。自助性购物就是例证。当然，也存在另一种形式的自取，即，在强力管理下的自取。比如，在物质非常匮乏的时候实行的配给可能采取在强力监督下的自取方式。但这样的自取还不是真正的自取，不是彻底的自取。它在实质上仍然是分发。当人们对未来的预期发生动摇或对分发感到不公时，自取的存在理由就处于危险之中。这时，哄抢以及由此引发的骚乱也就难免了。

那么，彻底的自取是什么呢？彻底的自取是各取所需，这样的自取是以物质的极端丰富性和人的高度自律为条件的。同时，彻底的自取概念也暗含着这样的观念：人的需要是有限的。但经验事实告诉我们，人对衣食住行方面的物质需要只有在一定物质条件的限制下才显示出其稳定性和有限性。当人的物质欲望被全面煽动起来之后，人可以为自己设想各种各样的新的需要。由于人还有精神需要，想象的作用将把人的需要变得无止境。只有人的自制才能遏制无限的需要。个人能力的有限性也将在最终意义上打消个人对无限的需要的意愿。在这种情况下，法国学者阿隆所说的"能力决定意愿"仍然是正确的。

假定一个人可在一小时内到达太阳系的任何地方并能在那里居留，许多人很可能就想拥有一个星球。所以，在任何情况下，人们对需要的满足不得不考虑自己的能力和外在条件。此外，人们对基本需要的界定也是慢慢变化的。大致说来，一个社会是通过对基本需要的正当性的界定来选择自身的价值体系和供给方式。在一个福利社会中，人们不得不首先确定哪些需要对于国家来说是应当得到合理满足的，哪些需要对于国家来说是不应当得到满足的。在有限的未来，我们看不到彻底自取的前景，也许只能把它作为弥赛亚式的应允或乌托邦式的信念而推到无限的将来。

"后现代"衍义

近几十年来，"后现代"一词已经成为一个时髦用语，由它产生的混乱不仅在国际学术界导致了许许多多的误解和令人困惑的争论，而且深刻地影响了人们的历史态度和文化观念。更值得注意的是，由这个词衍生出了形形色色的用语，比如，"后现代文学""后现代科学""后现代建筑""后现代美学""后现代文化"，等等。而以"后"字为前缀的其他用语则更多，如"后现代主义""后殖民主义""后女性主义""后结构主义""后权威主义""后形而上学"，等等，这些术语长期充斥着书刊和报纸，以致学术界几乎出现了无"后"不成学的趋势。然而，我们不禁要问，这种趋势向我们传达了什么样的信息？后学们将怎样对待这种"后"学之"后"呢？

十几年前，我曾断言，后现代概念是一个外延模糊、内涵空疏的概念。它之所以难以理解，不仅是因为"后现代"（post-modern）一词的反常用法，而且是因为不同学者对它赋予了不尽相同甚至相互矛盾的意义。今天，我依然坚持这一判断。如果我们对 postmodern 一词的词源和演变过程稍作了解，就会发现它一开始就不是作为编年史概念使用的。换言之，它并不表示现代之后的某个历史时期，而是为了表达一种有别于现代性的新思潮、新倾向和新特征，甚至是为了表达一种新情绪和新态度。然而，我们要了解"后现代"一词的歧义，就不能不了解"现代"一词究竟意味着什么。

按比较可信的说法，英文的"现代"（modern）一词源于拉丁文的 modernus，而后者的使用至少可以追溯到公元 5 世纪，它最早与

modus(样式、形态)有关,表示"时髦、新颖"之意,后来专指随着基督教的出现而流行起来的新思想、新观念和新潮流。也就是说,它一开始并不表示与"古代"相对的"现时代",而仅仅表示在英文中仍然保留的"时尚、时髦"一类的意思。我国学者过去把它译为"摩登"就是为了表达这层意思。因此,按"modern"一词的古代用法,将 post 与 modern 结合起来是不恰当的,甚至是荒谬的,用我们中文的学术语言说,两词不可互训,因为将"新颖"与"后"结合不合逻辑。按德国学者雷色-沙夫(Reese‐Schäfer)的看法,modern 一词真正获得编年史意义是在文艺复兴时期,人们试图用这个词表示一些异于中世纪的新时代特征。后来,史学家们用它表示 16—19 世纪这段历史时期,即我们通常所说的近代。这个词的流行与美洲的发现、与资本主义的兴起和科学技术革命相联系。它在哲学上与理性力量的再发现和启蒙运动相联系,在文学上与浪漫主义相联系,在建筑上与鲍豪斯建筑学派相联系①。正因如此,著名建筑理论家简克斯(Jencks)在谈到后现代建筑与现代建筑的区别时特别强调后现代建筑是"既符合专业要求,又为大众所喜爱的建筑,是将新技术与老样式结合起来的建筑",是体现个性化要求的建筑。

从时间上看,postmodern 一词在 19 世纪末就已出现,20 世纪 20—30 年代英语学界已有较多使用。至于谁第一个使用以及使用的确切时间,学界多有争议。德文和法文中的"后现代"一词是从英文中直接搬用而来。按德国学者维尔希(W. Welsch)的看法:"利奥达是后现代主义的创始人。没有谁像他那样早、那样准确、那样明确地提出后现代哲学概念。"但是,利奥达对"后现代"一词的使用并不明确,他本人甚至在"回到后现代"一文中说,"后现代"是个不确定的词,正因如此,他才运用它。1979 年,他在写《后现代状况》时把"后现代"解释为对"元叙事"的怀疑。1983 年,他在《分歧》中把"后现代"解释为对现代共识的厌恶以及对分歧的尊重。1986 年,他在《向儿童解释的后

---

① Walter Reese-Schäfer, *Lyotard zur Einfuehrung*, S. 43.

现代》中特别指出"后现代"并非编年史概念,而仅仅是表示对现代观念的回忆、怀疑、分解、变形和改写。而他理解的"现代"主要指与启蒙运动相关的思维方式、价值观念、文化潮流和生活态度。在"后现代概念的哲学诠释"一文中,我把它概括为"建筑是它的包装,解放是它的基调,技术是它的工具,统一是它的诉求,资本主义是它的名称,思辨哲学是它的表达"。"现代性"追求总体化和普遍性的东西并以普遍性的名义消灭差异性、异质性和独特性的东西。资本、货币、技术、权力以及对新奇事物的欲望奇特地结合在一起,以致多样性的世界渐渐同质化。

"后现代"思潮尚未消退。它虽然无法提供真正具有建设性的方案,但它表达了一些有识之士对现代性的普遍忧虑,对新启蒙和新理性的不懈追求以及由此产生的新情绪和新态度。粗略地讲,这种新情绪和新态度表现为对与启蒙运动相关的现代性的怀疑和批判。它要求对追求同质性和共识保持警惕,对差异性、多样性和独特性保持尊重,对不规则性、不确定性和碎片性保持关注。在文学上,它表现为对"元叙事"或"宏大叙事"的质疑;在文化上,它表现为对普遍主义的消解以及对语言多样性和文化多样性的捍卫;在政治上,它要求人们以民主的方式对待民主,以自由的方式对待自由;在哲学上,它为歧异性和异质性作辩护,反对"以同害异"和"以同灭异";在社会生活中,它强烈要求维护少数民族、弱势群体和边缘人群的利益,反对多数人对少数人的暴政。

"开发"的限度

　　近几十年来,开发的呼声日益响亮,开发的对象日渐广泛,开发的手段日趋先进,开发的雄心日渐远大,以致整个世界仿佛陷入了由开发的热情所导致的亢奋状态。我们开发天空,开发海洋,开发陆地,开发开发者自身。然而,在目睹无节制、无保护、无修复、无增益的开发带来无数的恶果之后,我们是否该好好反思开发的本质,厘定开发的限度,警惕开发的无度,提倡新型的开发文化呢?

　　众所周知,开发是与资源和潜能相联系的。它是人为满足自己的需要而发现对象、打开对象并把对象变成"为我之物"的活动,也是释放物的物性或人的潜能的活动。未曾开发之物本是独立不依的自在者,它以自身的方式完成自然的进程。不管它是以气态、液态、固态的形式存在还是以其他形式存在,也不管它是空域、地域还是水域,不管它是矿藏、水源、动植物还是自然景观和人文景观,抑或是人的潜能(如智能、体能),它总是保有着自身的"自性"并抵制外力对它的任何可能的侵入和干预。它的内在价值只有随着开发的进展和人的意志的贯彻才渐渐显示出来。它在开发中实现着它对人和其他存在者的有用性(比如,一根树枝可以被乌鸦用来搭巢,也可以被人用来做记号,一种寒鸦甚至能用树枝掏出树洞中的虫子)。被开发出来的东西则随着其有用性的发挥而渐渐降低并最终被弃置在人的活动能力所及之处。那被人耗尽其有用性的物则被作为废物或垃圾而储存在某个地方。所以,开发与其说是尽物之性、尽物之用的活动,还不如说是"榨干"对象后弃置对象的活动。

　　诚然，人只要存在和发展就不得不从事开发活动。随着人口的增多，人无法仅仅依赖现存的东西过活，他不得不化"原有"为"新有"。因此，他不得不发现、发掘、打开和利用被遮蔽着的有用之物。然而，开发总是面临着掏空和剩余的矛盾。一方面，我们通过开矿、挖煤、开采天然气和地下水来掏空自己生活的大地，从而威胁到生活基础的稳靠性、再生性和人对大地的归属性，时常见诸媒体的地面沉降和塌陷以及大量重金属的外溢性污染就是开发的副产品。另一方面，由于"被榨干"了的被开发物无法回填到它的来源地，人不得不面对如何处理越来越多的废弃物的难题。其中的最大难题是核废料的处理。核废料的辐射衰期要以几十年、百万年、甚至几十亿年为计量单位，但用来储存核废料的容器即便在地底下十万年不破损也非常困难。随着地壳的变动，埋在几千米深处的核废料仍然可能冒到地面上来威胁未来人的安全。如何做一个永久性的标记让后人知道危险所在一直是令符号学家们头痛不已的问题。要减少这样的难题，人除了节制自己的开发并对被废弃物做更富有深度的进一步开发和利用之外已没有其他选择了。古人尚且知道"物物，而不物于物"，今人的开发活动似乎在"物物"的同时已经"物于物"了。其原因恰恰在于我们很少愿意正视"开发"的限度。

　　开发隐含着限度，暗示着限度，显露着限度。毫无疑问，开发在很大程度上满足了人的好奇心、占有欲和征服欲，并因此确立了人自身的主体地位。如果说创造是将人性注入物性，那么，开发则是使物性服从于人性并服务于人性。从根本上讲，开发是为了拥有，但它是通过打破"原有"而进行的拥有。在打破"原有"的过程中，我们自然要割断被开发之物与周遭事物的关联，中断被开发之物正在参与的自然进程。当我们说开发是以对象的合意性为前提时，我们已经对开发的对象有所取舍，对开发的范围已经在进行限定了。开发打开对象的封闭性，展开其内在性。在此，深入到什么层面的内在性就是开发的深度。但开发的深度总是受开发者的能力和意愿决定的。对有限之物做深度的开发或对已有之物作循环利用似乎是减少开发广度和开发频率的有效方式。开发的另一个限度是,开发也是使对象变得残缺的活动。它使原始的东西不再原始,使完整的东西不再完整,使自然的东西不再自然,因为它通过外力改变了对象及其性质,它在让对象向我们显示其对象性,使物的物性以合意的方式显露出它的秘密时,也将"被榨干"的废弃物留给我们。

开发还伴随着耗损。从某种意义上说,开发是对对象的自在性的剥夺,因为开发不但中断了对象的自行更新、再生和增殖活动,而且在打开对象时使对象开裂、使对象失去原貌,使对象在按人的意图敞开自身时失去其个体性和独特性,使对象脱离它的总体场域而仅仅向我们凸显某种单一的有用性。这样,它就必然丧失它在其他方面的有用性或潜在的有用性。我把这种耗损称为功能性耗损。与此相关的是质料性耗损。它是指被开发物在开发过程中丢失的东西,比如,原油泄漏,煤炭被开发出来后的自燃,重金属在矿山因雨水冲刷而外溢,等等。为实现开发的可持续性,我们需要尽量减少这种耗损。当我们无力控制这种耗损时,不进行开发反倒是上策。

开发是"破",更应是"立"。为"立"而"破","破"才有积极的意义。以"立"先行的"破"才能将"破"引向合理的方向。作为"立"的手段,"破"不以"立"作为外在的目的,而是以"立"作为内在的目的。所谓外在的目的在这里是指将"立"作为"破"之后的一个预悬的目标,是在完成"破"之后才开始的尚不确定的活动,这种"立"是一种"两可",是一种未必如此的非强制性要求。面对这种要求,人们不会觉得自己肩负着"立"的使命,"立"在这里更不会作为宿命而出现。因此,这样的"立"随时可能半途而废。所谓内在的目的在这里是指在"破"之前就想到"立",是在"破"的同时就进行"立",至少是在"破"的每一阶段都包含"立"的旨趣,"立"的要求,甚至是"立"的强制。这就好比破土之时就要想到完工,在耕作之时就想到休耕,在耗损之时就想到补充。在这里,"立"并非终极的目标,而是贯穿于"破"的每个步骤、每个环节的建设性活动。

既如此,我们在从事开发工作时除了处处意识到开发的限度,时时以建设性的方式将"立"的精神贯注于开发活动中,还能有别的选择吗?

多义的"创伤"

"创伤"无疑是人类最古老的话题之一。它与生命同在并反衬着生命的脆弱与崇高。创伤通常被分为"身伤"和"心伤"。医学首先为身伤而产生,精神病学则为心伤而存在。但这种多少带有二元论色彩的功能区分常常掩盖着一个重要的事实:人的身伤在某种程度上已经就是心伤,只要人有记忆,即便愈合了的身伤也会或多或少留下心伤。认识到这一点对于我们从本源处防治创伤有着特殊的意义,因为创伤对个人来说可能只是一种偶然经历,但它是一种需要特别关注的深刻的负面经验。这种经验可以通过记忆而成为一种影响深远的有害潜流,也可以通过个人的群体关系放大为人们共同的"心伤"。文学通过表达这种心伤来减轻这种心伤,精神分析通过让人宣泄这种心伤来医治这种心伤,宗教通过神性的力量来淡化这种心伤。面对这无处不在的心伤,哲学该表达什么样的关切呢?

当一种"忧别人之所忧、痛别人之所痛"的同情文化尚未成形之时,问这样的问题并非没有价值。相反,它让我们思人"伤之极处",对"伤情"作全景式的观照,对创伤的修复做尽可能完善的安排。同样的创伤对不同的人可能意味着不同的后果,但有一点是共同的:创伤会改变受伤者的自我,改变人的行为图式(schema),改变受伤者与世界和他人的本原性关系。一次地震、一场矿难、一次洪水、一次事故、一场战争、一次骚乱,甚至一次暴力侵犯,都可能给人们造成短时间难以愈合的身心创伤,从而给受伤者带来上面所说的三重改变。

创伤在何种意义上改变受伤者的自我呢? 创伤不仅给人带来身

心的痛苦,而且让人感到自己的脆弱、渺小和无力,更有甚者则会感到生活的荒诞和无意义。自卑、焦虑乃至恐惧几乎是所有受到心灵创伤者的共同心理状态。不少学者用"灵魂的颤抖"来形容心灵遭到重创时产生的可怕后果。借用美国学者赫尔曼(J. L. Herman)的术语说,创伤会造成"自我的破碎"(fragmentation of self),或用我们中国人熟知的说法,造成彻底的心碎。它带来的是人的自主意识的丧失,是自我的"原有"与"现有"的断裂,由于这种断裂,受伤者仿佛不知道自己是谁,因为他(她)很难把现在的自己与过去的自己勾连起来并建立一种连续性和同一性。这种自我同一性的丧失有时表现为受伤的经历隔断了受伤者对过去一切美好事物的回忆,特别是由于那令人恐惧的情景长期占据着受害者的内心,他(她)一下子难以摆脱心伤的经历并从过去的阴影中走出来,他(她)仿佛只是人生的静止片段。苦难和对苦难的记忆掩盖了自己更加久远的人生经验。只有能让人看到希望的忙碌才能使受伤者淡忘苦难的记忆。

创伤在何种意义上改变人的行为图式呢?大量的精神病理学案例以及病人的心理研究表明,遭受心灵创伤的人一开始会产生错觉或幻觉(比如,一个被截肢的人无意中还以为被截的肢体仍然存在并可能无意间做出冒险举动),随后要面对错觉与现实的矛盾并按现实的要求来调整自身的行为。只有当他(她)重建了行为图式,他才能有效地应对新的现实。创伤不仅通过打破自我而改变人的思维惯性,而且改变人的意向性结构。此时,许多心灵创伤者对颜色、声音、滋味和距离的感觉不像以前那么敏感,一些东西仿佛会变形,人的空间感和时间感会发生扭曲,人的动作会走样,接近和控制对象的能力则相应降低。注意这一现象对于我们救助因自然灾害、人为灾难乃至各种各样的暴力而受到创伤的人具有非常重要的意义,因为不少实验研究表明,重建人的行为图式可以确立生活的方向感和稳定感,减轻人的焦虑与恐惧,从而为受创伤者重建生活的信心创造条件。

创伤在何种意义上改变受伤者与世界和他人的本源性关系呢?从建构主义的观点看,每个人都把自己过去的经验投射到世界并通过不断构造对象来构造自我。他（她）对世界的表象既受自己观察世界的方式的影响，也受自己对世界的兴趣的深浅的影响。心灵受到创伤的人的一个明显表现是对外部世界采取退避态度，对新事物的兴趣大大降低。对安全感和踏实感的需要使他（她）不易对他人产生信任感，也不愿投身到那个有可能让自己再次受伤的世界中去。这样，受伤者与世界的原有联系不是被割断就是被减弱。与他人的陌生感和疏离感在受伤者那里最容易显示出来。在这种情况下，与他人的出自本源的共在性正经受考验，这种考验主要涉及两个方面：一是心灵的痛楚加深了受伤者的孤独感和无助感，二是缺乏他人的关心与爱会令人产生被抛弃感。因此，在第一时间让受伤者体会到来自他人的同情与关切，体会到共同体的力量，体会到他人的共在，就成了不可或缺的事情。

"一朝被蛇咬，十年怕井绳"以及"好了伤疤忘了痛"是对往日创伤的两极态度的形象描述。这两种态度自然不是对创伤的合理态度，但它们仍然对我们思考创伤的多义性具有参照价值。当我们超越个人的创伤去思考群体性创伤（如种族屠杀，外敌侵略、占领和奴役，等等）时，我们尤其需要理解，历史的伤痕之后总是隐含着群体性的心酸、痛苦、哀怨和悲愤，让历史的遗迹和忠实的记载见证那些创伤并全面地述说和阐释那些创伤，这些本身就是医治那深藏着的心灵创伤的重要方式。从某种意义上讲，它既是社会正义的无条件要求，也是一种不造成复仇后果的心灵复仇。抚平一个民族的创伤之所以比抚平个人的创伤更加困难，正是因为抚平这种创伤既需要漫长的过程来恢复民族的自信、自尊、自立和自强，也需要不懈的努力来洗刷民族的耻辱，重建民族的自我认同。加害者和受害者往往处于一种力量的博弈中并很难就如何清算历史积怨达成一致。

"批判"的危机与"危机"的批判

　　"危机"与"批判"有着天然的联系。在一些西方文字中,这两个词在词源上的联系早就暗示了它们之间的相关性并且显示了古人的深刻智慧。"危机"(la crise,die Krise,crisis,krisis)源于希腊文krinein,一开始指"分离""选择""决定"或"判断",后来医学家希波克拉底和盖仑用 krisis 一词来描述病人的危象。"批判"在希腊文中被称为 krites,开始时指"判断",后被医学引申为"危急"。英文词 critical至今仍保留着这层意义。在中文中,虽然"批判"与"危机"是两个完全不同的词语,至少在字面上我们看不出它们之间有何直接的关联,但中国文化中的危机意识在获得恰当的表达和合理的运用时每每能使人们批判地对待自己和自己的处境。近两百年来的中国社会危机史强化了一部分知识分子的批判意识和危机意识。从这种意义上讲,中国知识界也在批判与危机之间建立了一种实质上的关联。在近一个世纪的日常用法中,"批判"一词曾因社会政治原因而经历了由褒义到贬义的转变,以致人们一度弃用这个词而改用语气较为温和的"批评"一词。然而,即便人们常常使用"批评"一词来代替"批判","批评"仍然与揭弊,与指出弱点、缺点和错误联系在一起。正因如此,批评活动在我们这样一个人情社会和"面子社会"里如果不被视为反常现象,至少显得非常困难,甚至被认为需要极大的勇气与决心。时至今日,这一思维定势仍然没有多大的改变。

　　但是,为了造就一个实事求是的社会,为了造就一个尊重创造的社会,现在是我们开始从根本上改变这一思维定势的时候了,也是我

165

们恢复批判的积极意义,从而为批判正名的时候了。这既是因为出于公正心的负责任的批判是促进社会进步的手段,也是因为人类社会近几十年来一直经历着"批判"的危机。这场危机要么被市场繁荣的假象所掩盖,要么被强力逻辑所"取消"。实际上,那个被宣称取消了的东西并没有被取消,而是以更加隐蔽的形式存在并导致了其他各种各样的危机。因此,在当今这个充满危机的时代里,当我们追溯各种危机的根源时不应忘记对危机的批判最终将指向批判的危机。因为批判的危机在很大程度上既是社会危机的主观根源,也是社会危机的一种症候。

为何这么说呢? 要回答这个问题,我们首先要明白"批判的危机"意味着什么。这里所说的"批判的危机"是指批判的正当性和合法性(德文的 Legitimität 包含了合法性、正统性和正当性这类含义,只有当它与法律相关时才可译为"合法性",但我国学界有时将本该译为"正当性"的地方译成了"合法性")正处于危险之中,指一个人、一个群体或一个国家的自我批判和接受批判的意愿、意志和能力正处于危险之中。承认批判的正当性意味着把批判作为促进社会健全的重要方式,作为社会的自身免疫机制的一部分,作为一个健全社会的固有的精神气质。承认批判的合法性则意味着把批判作为可以得到法律保护的文化权利。

不过,我所说的批判并不是指"文革"时期那种意识形态意义上的单纯否定,也不是指日常生活中的情绪化指责,更不是指毫无根据的贬斥,甚至不是指不合理性的逼问,而是指基于正义要求和完整事实的评估、审查与质疑,是基于认真研究的自省、怀疑与驳难,是以否定性姿态引入价值的尺规,是以建设性的精神进行挑战性的发问。总之,批判是出于善良意志和尊重事实的有理有据的扣问和考问。批判中有挑刺,但不为挑刺而挑刺;批判中有挑剔,但不为挑剔而挑剔。批判的声音也许刺耳,但其动机是良善的,目的是积极的。所有这些决定了批判不同于造谣和诽谤,也决定了批判的非暴力性质。批判诉诸语言,但排除语言暴力。批判的手段与目的也许不一,但它们让人意识到批判对象、批判手段以及批判自身的有限性和可完善性。通过发现认识任务和实践任务的无限性,通过审查认识工具和实践工具的可靠性,通过评估认识方法和实践方法的有效性,通过分析思维方式和生活方式的合理性,批判活动防止我们对自己的认识能力和实践能力进行不恰当的误用和滥用。批判是以研究和分析为前提的。所以,康德所说的"批判"(die Kritik)恰当地包含了"研究""分析""审查""质疑""划界""指出一个东西的限度"等丰富的涵义。作为批判哲学的继承者和批判者,马克思以"批判的武器不能代替武器的批判"相号召,使批判成了自己的真精神与活思想,今天,批判不仅是马克思的宝贵遗产,而且是其学说的灵魂与生命。

在回答了何谓"批判的危机"和何谓"批判"之后,让我们回过头来回答"为何批判的危机既是社会危机的主观原因又是社会危机的一种症候"。众所周知,社会危机并非一夜之间形成的。当发生了"批判"的危机时,批判的正当性和合法性遭到了威胁,因此,社会危机的早期迹象无法引起人们的注意和警觉。即便有人指出了危机的可能性,这种可能性也无法上升为迫在眉睫的紧迫性,甚至被作为不可能性。报喜不报忧和听喜不听忧的人性弱点使少数人的警示无法引起社会成员的共鸣。久而久之,人们会对社会的弊端和潜滋暗长的危险丧失应有的敏感并因此对异常现象熟视无睹或麻木不仁。当社会弊端日积月累就会变得积重难返。这时,社会批评家的真知灼见要么被作为个人意见而束之高阁,要么被作为一时的臆想而遭到嘲笑。这时,一个社会即使有自己的批评家,这些批评家也难以成为社会的眼睛。当社会失去自己的批判性眼睛时,人们就无法捕捉到社会疾病的信息,无法洞悉社会疾病的根源,也无法找到应对社会危机的方略。由此看来,批判的危机远远不只是社会的批判功能的失调,而是整个批判功能的失灵。随着这一功能的失灵,我们的社会也便丧失了最可宝贵的东西——社会疾病的发现者和诊断者,丧失了社会疾病的预警能力和免疫能力。

危机是积弊的结果,因此,克服危机需要革除积弊。但革除积弊首先需要从本根处认识那些导致积弊的根由。一个社会只要存在自我批判的能力,就会存在变革自身的力量,存在不断展现其活力的自我调适能力,存在自我反省、自我警示、自我改进和自我完善的能力。依赖这种能力,我们可在繁荣时想到萧条的可能性,在进步时想到退步、停滞乃至衰败的可能性。即便这种可能性微乎其微,人们仍然以"宁信其有而不信其无"的原则为危机的发生做好准备(就像防备地震那样)。诚然,危机并不都是绝对的坏事。局部危机或小小的危机在一定程度上是社会免疫机制的一部分,因而也是社会成长的一部分。就像没有人喜欢感冒发烧但适度的发烧可以检验和提高人的免疫能力一样,局部的危机可以锻炼社会的机体,使之容易发现自己的弱点和漏洞,使社会成员努力改善自身与他人之间的合作关系。危机所造成的紧迫感和大限感可以改变人们的某种懒散状态和麻木状态,社会的动员能力在一定程度上是通过应对危机来提升和加强的。从这种意义上讲,局部的危机可以刺激人们去提高自己的应答能力从而为预防和克服更大的危机准备条件。

但是,危机毕竟还是危机,而不是机会。要将危机化为机会,就得识别导致危机的潜在危险因素,这样,我们就需要良好的洞察力。只有具备深刻的理性识见和敏锐眼光的社会批评家才具备这样的洞察力。我们的社会之所以需要负责任的社会批评家,正是因为他们是社会批判机制的人格化的代表,是洞察社会症结的理论化的眼睛。只要他们心中装着公众的利益乃至人类的利益,他们就可以成为社会良知的真正代言人。

"以文德化人"

　　我们拿什么限制人的贪欲？这是所有时代人们都不得不面对的问题。历史上,人们曾不断求助于禁欲主义来解决这个问题。结果一方面是统治阶层的荒淫无度,另一方面是人性的普遍扭曲、人的感性生活的普遍压抑和社会创造能力的全面窒息。可是,有识之士们又发现,如果让人的合理欲望演变为贪欲并在全社会蔓延,我们的文明最终将毁于一旦。

　　今天,我们依然要面对这个问题,甚至发现思考并在一定程度上解决这个问题比以往任何时候更显得紧迫。这是因为激发和"制造"人的欲望的手段在今天比以往任何时候更加多样、更加强大、更加普遍。另一个原因是,在我们这个物欲横流的世界,资本、技术和权力的结合不仅使人的贪欲日益膨胀,而且使市场价值成了衡量一切的标准。但当物质价值成了人们追求的最高价值时,大家拿什么去淡化乃至遏制人的贪欲以免我们的文明最终被这种贪欲所毁灭呢？

　　历史经验表明,我们不能选择历史上曾经盛极一时的蒙昧主义。有人说,我们需要法治来限制人的贪欲。但法治只能减少贪欲造成的后果,而不能淡化贪欲本身。体现社会正义要求的法律自然不可缺少,但如果释法和执法者也被贪欲所支配,你又如何办呢？也有人说,我们需要重新唤回宗教的力量。但从广义上讲,宗教不也是文化的一部分吗？而且,一个成熟的现代国家必须在维护政教分离原则、宗教信仰自由原则的同时,提倡宗教宽容精神并避免出现历史上曾经出现过的那些导致无数人死亡的教派冲突,在今天还要避免那种源于绝望

169

的极端宗教势力的不分青红皂白的仇恨与杀戮。如今,我们除了依赖那种渗透了高尚的道德精神的文化力量来陶冶人的情操、净化人的灵魂之外,实在找不出其他办法来遏制人的贪欲。

但文化是什么? 我们大概可以找出三百余种定义。自我国汉代思想家刘向首次将"文"与"化"这两个字结合在一起并提出"文化不改"和"以文德化人"的观点以来,对文化的道德含义的强调就一直是中华文化的"自我主张"和重要精髓。在西方,伦理作为外显的道德、道德作为内化的伦理早就生根于基督教的文化传统里。虽然拉丁文的"文化"(cultura)一词原本意味着栽培、种植和保护,但在近代西方主要文字中"文化"一词都被相继赋予了道德含义。

今天,文化中的泛道德主义虽然并不可行,但弘扬能追求社会公正、培养高尚情趣和提倡"以德服人"而不单纯"以力服人"的主流文化确实不可缺少。古希腊的毕达哥拉斯早就发现宗教、音乐和哲学对净化人的灵魂的重要性,而我国先秦时期以孔子为代表的思想家们也早就发现了礼乐的力量,发现了广义的诗的力量,发现了教化的力量。相对地讲,在一个热爱读书、热爱文学艺术、喜欢科技发明、尊重思想和文化创造的地方,人们总能发现更好的社会秩序,更健康的人生态度,更通情达理的公民。在那样的地方,人们更容易培养自我反思和克己自律的品格,更容易将个人的时间、精力和兴趣投入高尚的事情,人的野性、邪念和贪欲更容易得到淡化,伤天害理之事更容易引起社会公愤,而这种公愤恰恰是维系社会的荣辱感和捍卫公平正义的伟大力量,如果人的心灵得不到适当的安顿,如果人的情感得不到适当的寄托,如果人的能量得不到合理的释放,人的精力就容易转向不合理的生活方式,甚至转向有可能为祸自己或为祸他人的事情上去。当人的欲望被市场化的力量全面煽动起来而又无法得到合理的规约,社会乱象必然一起出现,社会的健康发展就会处于岌岌可危的状态。从长期看,只有滋润人心、鼓励创造、引人向善并让人赏心悦目的文化活动方能把人引向健康的精神生活,从而实现社会的精神健全。从这里我们可以再次发现"知书达理"的当代意义。

　　不过,现在有两种消极的倾向直接影响着文化的健康发展:一种是对待文化的工具主义态度,另一种是我十几年前所说的"文化史的妄想"。前者只是把文化理解为获得物质利益的手段,或把文化作为装点门面的饰品。"文化搭台,经济唱戏"虽然不能一概反对,但它的极端化和普遍化就会成为文化工具主义的典型例证。当我们的文化被作为随意使用的工具或可有可无的东西时,文化的教化目的也便消失了。这时,人就会变成单纯的经济动物,人本应具有的文化品位也便降格为不会给人以崇高感的单纯物质占有。发展经济的目的本是为了人的幸福,本是为了对人进行"文化"或让人更有文化。一旦文化变为单纯的手段而非目的,社会的文化底蕴便被连根拔除。这时,那种缺乏高尚趣味的娱乐活动就会沦为刺激感官、煽动欲望的重要方式。依靠这种方式人并不能摆脱无聊,相反,会陷入更深刻、更全面的无聊。这种无聊除了带来精神的枯萎和灵性的泯灭外,只能带来生命力的耗损和枯竭。

　　我所说的"文化史的妄想"是指这样一种倾向:一方面听任活生生的文化死去,另一方面又试图让死去的文化活过来。这种从总体上看显得很荒唐的事情在历史上不断重演,我把它称为"文化史的妄想"。比如,人们听任一些少数民族语言不断消失,过一些年又有一些人加以研究并试图加以复原。又比如,人们听任一些艺术形式(如说唱艺术、建筑、雕塑、园艺、书法)从世界上消失,过了许多年人们又试图让它们复活或者至少把它们放到博物馆中。再比如,人们对现有的文化创造不好好保护,却愿投入巨资挖掘和保存死去的东西,甚至不断开挖自己先辈的坟墓让他们不得安息。一位艺术家或大学者在生前得不到应有的尊重,而其作品在他(她)死后常常以"让艺术和文化复活"的名义被抬到天上并成为一部分人赚钱的手段。凡此种种,无不体现了人们在文化观上的"弃生就死"和"贱生贵死"的心态。这种心态是文化工具主义的变态形式,也是保护文化多样性的巨大障碍。对一种文化的尊重就是让它好好活着并不断发扬光大。就像生物多样性是生物圈得以存在的条件一样,文化多样性不仅是文化生态得以存在的条件,而且是促使不同文化互利互惠、相互竞长的源泉。

进步的两难

何谓进步？进步有没有客观标准？如果有，这种标准是什么？这是近几个世纪以来，尤其是启蒙运动以来国际学术界争论颇多的问题。随着进步的观念渐渐融入现代社会的意识形态，人们似乎把进步看成了一种理所当然的事情，至少看成了一种人们需要坚守的内在信念。然而，正如密特西特拉斯(J. Mittelstrass)所说："进步不仅解决问题，而且产生问题。"从某些方面看，人类取得了进步；从其他方面看，人类又在退步。这种进步中的退步不仅有违启蒙思想的基本信条，而且否认了人们长期坚持的线性进步观。更重要的是，它揭示了进步的深刻矛盾。

在中国文化中，进步的观念直到晚清才真正确立。由于受历史循环论和历史退化论的影响，我们的先人极少用进步的眼光去看待历史和社会。虽然生活中不乏"长江后浪推前浪，世上新人超旧人"这类说法，但这类说法只是对个人能力的成长的形象描述，而不是对历史过程的事实认定。源于生死交替观念的社会更替、兴衰和循环的观念长期主导着人们的思维方式。在古希腊，赫西俄德的《神谱》首次提到人类经历金、银、铜、铁四个时代，但我们需要注意的是，代表这四种时代的金属的价值是依次降低的。按伯瑞(J. Bury)的看法，在 16 世纪之前西方人还没有确立进步的观念。基督教的末世学和循环史观甚至在启蒙运动早期依然是思想的主流。近代的卢梭和一些浪漫主义者的内心也一度充满对往昔黄金时代的深深怀念。

从词源上看，英文和法文的"进步"一词(progress，progrès)都是从拉丁文的 progressus 来的。德文的 Fortschritt 则是它们的翻译。据著名古典学家布尔克特(Walter Burkert)的考证,拉丁文的 progressus 是由西塞罗首先使用的。它有两个与其相关的希腊词源,一个是 epidosis,另一个是 prokopé,但这两个词通常指个人能力的增长和品德的提高,而不具有近代人所说的社会进步的意义。17 世纪,帕斯卡不仅用 progrès 一词来描述整个人类的进步,而且明确提到进步的两面性。他断言:"通过进步而完善起来的东西也通过进步而消失。"①

那么,进步究竟意味着什么呢? 进步究竟是事实还是信念,抑或两者兼而有之? 一般来说,进步是相对于停滞和退步而言的。人们通常认为进步意味着变好。但据著名语义学家邦维尼斯特的考证,拉丁词 progressus 恰恰一度兼有"变坏"的意思并被医学用来描述病情的进展(恶化)。尽管"变坏"这层含义后来几乎消失了,但它奇特地预示着"进步"的辩证性质。在此,我们还是要追问:究竟何为变好? 实际上这里所说的"变好"是指变得"更好",也就是说,它是相较于以前的状态而言的。同时,它也常常是相对于未来的理想状态而言的。因此,"进步"概念始终暗含某种参照。但参照的设定总是带有主观取舍的因素。比如,在不少国家,人的身高和智力在近 50 年里取得了不少进步,但人的视力和生殖能力总体上在下降。如果后一种趋势得不到改善,人类的前景同样是不可乐观的。

此外,我们不难发现,线性进步观把进步理解为直线性的上升运动,而辩证的进步观则把进步理解为朝理想状态的螺旋式上升过程。因此,进步中可能有暂时的退步。但必须总体上向好的方向转变才可称为真正的"进步"。有些东西从短期看是进步,从长远看却是退步;从局部看是进步,从全局看却是退步。比如,医学和某些工艺在中世纪的西欧虽然取得了进步,但个人的自由却退步了。如果要我们在"短暂的进步会导致长远的退步"与"短暂的退步能够换来长远的进步"之间进行理智的选择,我们无疑应当选择后者。但由于个人生命的有限性以及人们通常习惯于选择眼前的利益,人类在事实上的选择

---

① 帕斯卡:《思想录》XXIV,96。

与自身应当做的选择常常相反。比如，通过发展工业，人类获得物质财富的能力的确取得了进步，但它带来的环境恶化反使人类离自我毁灭越来越近了。一个澳大利亚科学家甚至通过计算气温的变化和人的耐受能力得出一个悲观的结论：人类如果不能制止气温上升趋势，就只能再活一百年的时间。这一点表明，脱离了时间维度和空间维度就无法确定"进步"的条件、范围与意义。

进而言之，当我们谈到进步时，我们首先想到的是"什么"在进步，相对于哪个东西进步了，在哪个方面或哪些方面进步了。进步是或多或少的改进，她包含过去而又超越过去并向未来的理想状态迈进。所以，莱舍尔（N. Rescher）说，未来向度对进步是至关重要的。另外，进步总是有主体的，但"进步"这个词显然是不能用于随便什么对象的。我们可以谈论个人能力的进步、科技的进步、道德的进步、社会的进步，我们甚至可以谈论经过人的训练之后狗或猴子的某种能力的进步，但我们不能说一个星体、一株植物或一只蝴蝶在取得进步。进步主要与人及其产物相关，并且通常指质的提高，而不仅是量的积累。当然，某些积极的性质的迅速增加也被视为进步。所以，著名生物学家阿亚拉（F. Ayala）把"进步"定义为"更有效率、更加丰富或更加复杂"。这就意味着进步是定性描述以及基于定性描述的定量描述。

然而，"进步"概念中既有事实因素又有价值因素：一方面，进步是以变化为前提的，并且是一种积极的事态；另一方面，既然它意味着变得更好，那么，它就离不开评价。而评价始终受评价的角度、标准的影响，也受评价者的经验、知识和道德操守的影响。在审美领域，"进步"概念甚至不太适用。比如，现代建筑材料和技术无疑胜过古希腊，但我们却不能说现代建筑比古希腊的神庙更美，也不能说更加"进步"。正因为进步中有价值因素在起作用，人们为避免争议常常希望为进步找到一种量化的标准。但在精神领域里我们是很难找到这样的标准的。于是，人们对进步的讨论多半限于物质层面，对精神层面的"进步"则很少过问。这一点不仅影响到人们的思维方式，而且影响到社会实践。现在该是我们全面审视"进步"概念的时候了。

启蒙与光的隐喻

"启蒙"一词在汉语中的使用可以追溯到汉代的应劭甚或更早。它一开始便与去蔽联系在一起。自宋代以来,格物之学尤其受到重视,启蒙与教育更多地联系起来,以致到了近代一个人开始读书识字和接受教育也被称为启蒙或发蒙,刚开始接受教育的儿童被称为蒙童,他们接受教育的场所被称为蒙馆。这种意义上的启蒙意味着开启心智、去除蒙昧、实现由无知到有知的转变。不知是谁第一个用这个词去对译 Enlightenment, Les Lumières 和 die Aufklaerung,这几个西文单词都力图表达"启蒙"需要发挥理智的力量、摆脱懵懵懂懂的状态并促使人走向自觉这层含义,就此而言,中文的"启蒙"的确是对上述西方文字的比较贴切的翻译。然而,稍显遗憾的是,"启蒙"这个中文译名未能在字面上体现它与理性之光的直接联系。由于中国近代的启蒙与救亡图存紧密相关,它不仅被打上了应急的烙印,而且缺乏应有的广度和深度,以致到今天我们依然没有完成本该完成的启蒙。

在西方,尽管"启蒙"这个词的发明首先要归功于近代的法国人,但启蒙的过程早在古希腊就开始了。按通常的说法,自柏拉图开始的古希腊启蒙被称为第一次启蒙,而从笛卡儿开始的近代启蒙被称为第二次启蒙,18 世纪的法国启蒙运动则不过是第二次启蒙的泛化、强化和高潮。这两次启蒙的一个共同点是发现了人的理性能力的重要性。但第二次启蒙还有第一次启蒙所不具有的特点,即世俗化。它的直接成果不仅是确认了"公开运用理性的自由"和近代科学的产生,而且是促进了政教的分离以及自由、民主、平等、解放、进步和人的尊严这类

175

西方现代价值观念的确立。

在法文中,"启蒙"是个隐喻词,其本义就是"光",并且采取大写的复数形式,即 Les Lumières。法国学者们选择这个词来表示"启蒙"这层含义还有着深刻的历史根源和学理意义。大家知道,近代科学和近代哲学的造型人笛卡儿不仅试图让哲学讲法语,而且常常用"自然之光"去比喻他所推崇的理性,他有时干脆使用"理性之光"来彰显理性的崇高地位。在这一点上,近代法国启蒙思想家大多把自己看作笛卡儿思想的当然继承者,即便严厉批评笛卡儿的人也不否认理性的重要性。因此,除了宗教界,将弘扬理性精神作为启蒙的基本任务在思想文化领域比较容易为人们所接受。但是,即使是宗教界的人也无法公然反对"自然之光"和"理性之光"这种说法。这是因为,以光来隐喻理性早就生根于西方基督教的文化传统。法国学者拉比卡(G. Labica)曾断言光的隐喻早就存在于柏拉图、普罗丁和玛尼那里,而这种隐喻又与拜火教有关。事实上,柏拉图的太阳隐喻为塑造视觉中心主义的形而上学,进而为塑造理性的形而上学奠定了基础。他使用的 eidos(理念、本质)一词的本义就是指"阳光照到的那一面"。他不仅强调理性是善的光显,而且强调要在它的朗照中认识理念。普罗丁正式使用了"自然之光"一词,他主要用它表示理性的恍然大悟。所以,部分西方学者后来用法文的 les Lumières 或英文的 enlightenment 去翻译佛经中的"觉悟"和"般若"自有其理据。奥古斯丁赋予"自然之光"(lumen naturale)以新的意义并且奠定了这一术语在基督教文化传统中的地位。他把自然之光理解为对上帝的话语的领悟,从而使这个词既有神圣的意义,又有认识论的意义。托马斯·阿奎那在《神学大全》中进一步区分了自然之光与超自然之光,并且明确用了"理性之光"或"理性的自然之光"(lumen natural rationis)这样的术语。此后,这一用法经笛卡儿、卢梭等人的发挥一直延续下来。甚至连强烈批评基督教会的伏尔泰也没有放弃使用这一概念。

在 18 世纪德国学者在选用 die Aufkaerung 这个词去翻译法文的 Les Lumières 一词时还有过一番争论,有人建议用 illumination(照亮)去翻译,意大利人就用了一个与此词相近的 illuminismo 来对译它并长期沿用。多亏《柏林月刊》、启蒙之友社和《柏林启蒙杂志》的推动,启蒙问题的讨论在德国才得以广泛开展。由于大家各取所需地运用"启蒙"这个词,著名神学家 Zoellner 建议对"启蒙"一词进行界定,于是,便有了门德尔松的《谈谈这个问题:何谓启蒙?》以及康德的《对这个问题的回答:什么是启蒙?》。前者强调,人们不要滥用"启蒙"(理性之光)而忽视信仰、情感、欲望这类因素;后者强调,人们要有公开运用理性的自由。尽管从那时起一直到现在人们对理性有不同的理解,但在主张发挥理性的作用方面大家的意见是比较一致的。余下的问题是如何理解和对待理性以及让它发挥作用到什么程度。

尽管过去的启蒙出现了一些偏差,甚至造成了一些可怕的后果,但今天没有谁能否认我们还有必要继续进行启蒙。在网络时代,人们的启蒙也许会部分采取自我启蒙的方式,但无视理性作用的启蒙不仅有违启蒙的宗旨,而且会使社会走上邪路。在我们这个情高于理、情大于理、情不时取代理的社会,如果放弃启蒙的理念以及启蒙的精神,我们就没有光明的未来。

仪 式 的 哲 思

　　每个人都参加过一定的仪式。无论是在政治、军事、经济活动中还是在其他社会生活中,仪式都凸现着开端和结束的重要性。虽然过多的仪式容易让人厌倦,但缺乏仪式的生活总使人感到生活少了几分色彩,少了几分内涵。随着仪式的神圣性的逐步减弱,仪式似乎越来越流于形式,人们通过仪式而建立的精神联系和内心的默契似乎越来越少了。由于过度的娱乐化,仪式的表演性正在消损其不可缺少的严肃性与庄重性。与此同时,思想所需要的超越性和穿透力也相应减弱了。

　　人本是仪式化的存在物。吉拉德(R. Gerard)甚至说:"人类的所有重要制度,不管是世俗制度还是宗教制度,都源于仪式。"大部分仪式是由集体而不是由个人来完成的,即便一些仪式由个人来完成,它们也不过是集体经验的个体化。它是通过一定的程式对人们的共同情绪或愿望的表达。所以,仪式本质上是通过个人来分享的集体经验。仪式点染着又不仅仅点染着我们的生活。仪式有助于传统的代代相传,它的界限折射着文化的界限。在历史上很多无关紧要的东西消失了,但集体成员通过参加各种仪式建立起了与历史的联系,人们在仪式中仿佛在与古人分享着共同的经验,并在这种分享中建立起了对历史传统的认同,仪式是对历史经验的形式化与凝固化。简言之,它既是集体经验的结果,又是集体经验的载体。某些仪式会随历史的变迁而经历不同的变化,一些细节和程式也许会改变,一些繁琐的东西会越来越简单,当然某些简单的东西也可能变得繁琐,但它们却有着相同的目的,即确立个人对历史的认同、对集体的认同。

在个人心理层面,仪式让人收心,让人淡定,让人从扰攘回到平静。哪怕是在娱乐性的庆典中,它也使人不得不暂时放弃自己的个人性,让自己的情感、心绪和动作服从仪式的需要。仪式中规定的程序和动作有助于维护群体心理和群体关系的协同性并帮助人克服孤独感。因此,有些心理学家建议通过不断参加仪式来减轻个人的心理压力并建立群体心理支持系统。在人类生活的早期,它甚至是克服恐惧、坚定信心和强调团结的重要方式。在与个人生活相关的仪式中,仪式本身就是情感的中心,它是情感的集体表达与共鸣,有时掺杂着个人的期待与允诺。

在社会层面,仪式不但体现个人生命和生活的节奏,而且发挥着社会组织功能。除了少数例外(如个人祭祀、忏悔、祈祷),仪式都是一种群体活动。仪式不仅体现人的集体性,而且是增进社会团结的粘合剂。仪式是人的社会化的见证。不管仪式的形式如何,它们总是包含一定的程序和行为规则,这些规则体现并规范了人与自然对象或神圣对象的关系且通过这种关系体现出人与人之间的关系。语言、器物、动作及其象征在仪式中成为总体意义领域的一部分。在成长的过程中,个人正是通过参加仪式而领悟集体生活的意义并在一定程度上获得规则的观念,也通过参加仪式而获得集体的接纳和承认。同时,个人通过仪式建立集体的认同感和归属感。仪式在把个人的东西变成集体的东西时,也将外在的东西化为内心的东西。

但是,当下的人与人之间的关系却在仪式中服务于对历史的认同,所以仪式在这种意义上传承、巩固并扩展着人类共同体的历史。当某种仪式消失时,它所代表的意义世界也自然消失,这时历史的经验就只能通过其他的方式传递下来。但在人类漫长的历史过程中,仪式经历的变化却是很小的,它的某些程式象征意义基本上是相似的。以中国人的婚礼和丧礼为例就可以清楚地说明这一点。比如,中国古代婚礼中的六礼在今天的中国没有被完全地保留,但其中的大部分内容仍然以新的形式出现,并且保留了古代人的婚礼和丧礼所体现的那些意义。所不同的是,许多仪式的程式做了简化。

然而,仪式并不是不能随时代而增添新的内容,仪式的内容同样可以更新,形式可以改变,但它的基本骨架和目标却是一致的,仪式的变化只是手段的变化,它所包含的象征意义却是一致的或近似的。比如,中国古代的婚礼和现在的婚礼的形式有所不同,象征的手段有所不同,然而蕴涵的意义却是一样的,比如追求新人的和谐、美满、长久幸福,等等,即使现在在中国已引进了西方式的婚礼。

在现代复杂多变且追求简单的生活方式中,人们厌恶繁琐,讨厌复杂,许多古代仪式的程式被简化了,神圣的意义淡化了,甚至消失了。仪式是否会在现代人不断追求务实性的生活方式中逐渐取消呢?回答是不会,仪式终究是在这种物化的世界中抵抗物化的一种方式,它是人在越来越强调个性的世界中保持集体经验的一种方式,不管一个人有什么样的背景,也不管个人的性格差异如何,只要人认同、参与了某种仪式,也就意味着他接受了某种共同的规范,起码他在接受这种仪式的过程中采取了与他人一样的行动,仪式在强化人的集体意识的过程中最好地发挥了它的协调功能。仪式也在此过程中再次提醒了人的共在——人的社交需求正是这种追求共在的表现。借用哈贝马斯的术语,人的交往理性表明人有追求共识和统一的要求,因为人在这里通过忘却个人性的方式克服了孤独感,它也以最公开的方式证明了人的存在的集体性。在眼下这个日益强调追求个性化的社会里,仪式可淡化由极端的个性追求所造成的孤独感,让人逐渐体会到有这种集体的认同感是一件多么好的事情。在对这种良好的感觉的享受中,人们会渐渐明白,仪式是一种最好的集体节日,最终让人的存在的神圣感得以唤醒。

仪式是通达神圣感的重要条件,如果不是唯一条件的话。它所制造出的庄严、肃穆的气氛使人意识到个体性在这里要服从于普遍性的要求,人们对于不断创新的需求仿佛凝固了,它让人对持存、永恒性的要求得到满足。此时,最古老的器物、最僵化的动作都似乎在闪烁着神圣的光辉,人们都不由自主要沐浴在这种光辉中,使心情得到陶冶,灵魂得到净化。每一个动作、每一件器物仿佛都是符号,它们构成了一个完整的文本,可供解释的东西越多,其隐藏的意义越丰富,蕴涵的神圣感越强。但与别的文本不同的是,这种意义是被集体经验规定下来,某个权威可能在这里扮演着解释者的角色,但他只是作为集体经验的代言人而出现,领会这些意义的人通过参加每次仪式重复和强化以前的理解,同时也阻扰了对仪式意义的过度的、加入了个人色彩的解释。仪式的主持人不仅充当引导者而且也是被授予了权威的解释者。他在成为仪式的参加者的中心时也把个人的理解融入了集体的理解中。他的每一个眼神、动作、语词都在不断唤起人们对仪式意义的把握。因此,主持者本人仿佛也是一个符号、一个象征,人们通过他的引领动作达到相互的默契,使个人的行为、言语及眼神在这里实现了合拍、统一。仪式是通过不断的重复来展示其意义的。偶尔或者一次性地参与仪式的人要通过解释来寄托他的情怀、协调他与集体的关系,因此,对第一次参与仪式的人而言,他实际上是在接受集体的教导。在这里他暂时忘记个人性,放弃了自己的偏好,学会尊重共性,最终通过动作的重复把自己作为一个单一的符号融入集体的文本中。

仪式在提醒人的集体存在的同时,使人感受到加入集体的快乐,它使人在抛弃了个人的杂念过程中让一种情感得到升华,让人享受可供分享的共同空间,它在不同的个人之间建立起一种共同的精神联系。仪式的参加者通过一致性的行为来感受、体验、享有集体的经验。因此,在仪式中每个动作都是集体的共同对象。

预言与理性的哀歌

　　每到新旧世纪之交总会出现各种各样的预言。不知是出于对自身前途的隐忧还是出于想当心灵改革家、指导者和设计者的愿望,时下世界各地各个教派的领袖又纷纷活跃起来,他们或为人类文明把脉,或为一些邪念张目,或表达对现存社会的不满,或唤起对人类的终极关怀。乍一看,有些人像聚物敛财的骗子,有些人像心术不正的巫师,有些人像关怀真理的先知,有些人像忧国忧民的智者。但他们都有一个共同的特点,即喜欢想象并忘身于想象,不管这种想象是把人导向悲观还是导向乐观。事实上,几乎每件事都可以朝两个方向去想象,乐观的人只想好的一面,悲观的人只想坏的一面。正如西方的俗语所说,乐观的人看到半杯水总是想到它的半满,悲观的人看到半杯水总是想到它的半空。

　　我们不能一概地反对预言。未来学在西方世界的勃兴不正好说明预言正大行其道吗?当今世界其实并不缺少预言,只是预言本身少了些神秘色彩,预言的人也换了名称,预言的手段更讲究"学问"而已。古代的占星术士变成了今天的天文学家,古代的画符念咒者变成了今天的医生。对于一些笃信预言的教徒来说,预言本身似乎具有魔力。它可以让人为之奉献,为之牺牲,为之神魂颠倒。它煽起难以遏制的狂热,甚至把人引向集体自杀的邪路。仅用愚昧或非理性来解释这种现象恐怕过于简单,仅用行政力量来予以限制恐怕无济于事。因为人们可以限制某人的肉体,但无法限制他的灵魂。尽管绝大部分世纪之交的宗教性预言都被历史证明是荒诞不经的梦呓,但它给我们留下的是想象力的误用和一连串挥之不去的阴影。社会需要反省自己,它需要看看自己有没有病入膏肓。

预言是想象力的适当或不适当的发挥。想象力无非朝两个方向伸展,一是退向过去,一是指向将来。退向过去常使人如老子般把"小国寡民"视为社会理想,于是,越是遥远的过去越能激起人的仰慕和向往。指向将来是常使人"瞻前顾后",也使人融身于各种各样的美好理想,以致即便是一个又一个的乌托邦也可以使人心胸为之开阔,精神为之舒朗。心中真正装有"天堂"的人是不会迷恋时下泛滥全球的世纪预言的。那些预言的盛行与其说表现了一部分人对人的狂妄的反动,对人的前途的关切,对人的大限将至、大厦将倾的忧虑,还不如说表现了人的想象力的误用。当人过分拘泥于现在,埋首于现在时,他丧失的不仅是过去和将来,而且丧失的恰恰是现在,因为他的想象力不仅得不到锻炼,而且找不到安顿之处,以致一旦人们突然遇到现实中所没有的东西时不是惊慌失措,就是盲目追随。

我清楚地记得三年前德国一位小学教师跟我讲过的话:"如果现在有人在中国散布谣言说三年后地球将会爆炸或遭行星撞击,相信的人肯定非常多。"我问,"何出此言?"答曰,"我教了好多个来自中国的儿童,他们都善于描述,但无法想象现实中所没有的东西。儿童尚且如此,大人便可想而知。"尽管我不赞同这位德国老师以偏概全的评价,但我的确从自己和自己这一代人身上看到想象力的缺乏,并在思考盲目相信各种预言与缺乏想象力之间有没有本质上的关联。那位德国老师很可能部分是正确的。学生是教育制度的镜子。我们的儿童不是天生缺乏想象力,而是被父母、老师和社会抑制了想象力。我们这代人过去不是合唱"大海航行靠舵手",就是"活学活用老三篇",哪里谈得上想象力的训练呢? 有些孩子平时可能"想入非非",但这些想入非非的东西往往被父母视为"胡思乱想"。"杞人忧天""异想天开"始终是贬义词,加之我们的教育不容忍犯错误,于是儿童的想象力就慢慢被扼杀了。

文学艺术本是一个民族培植想象力的沃土,但随着艺术越来越变

183

成技艺,随着文学越来越变成现实的摹写,实的东西填满了我们的头脑。就像吃的太多就无法思想,吃个半饱反倒长寿一样,我们的头脑一旦被纷然杂陈的东西所占据,想象的空间就没有了。想象的东西总是处于是与不是之间,像与不像之间。执着于"是",恰恰什么都不是;过分求"像"反而什么都不像。预言之所以对不少人有魔力,恰恰是因为它是让人半信半疑的东西。它是死亡意识的催生,也是灾变意识的觉醒,但当人们以"宁可信其有而不可信其无"的心态去对待有关灾难性事件的预言时,他们就会以忧心忡忡的心情去等待,甚至做出失去理智的选择,如疯狂享乐、集体自杀,等等。

预言是让人超脱当下的一种方式,它无非表明了预言者对人类前途的一种看法,不管这种看法是对是错,提出者都希望别人如此接受。但我们应当看到,一些世纪预言惯常以铁的必然性的名义出现,以致常使人觉得预言本身就代表人的宿命,其不容争辩的独断语气似乎给人一种印象:这些预言是不可动摇的真理并且总是有根有据。预言者每每以人类利益的代言人自居,把自己扮演成人类诏告者、揭秘者、引领者甚至拯救者。但我们每每会问,为什么只有那些教派头目或有影响的人物的预言才会广为传播,而普通教徒的预言总是无人理睬呢?预言的传授和接受不仅取决于接受者的判断力、鉴别力,而且取决于预言者的地位和影响力,取决于他对接受者的精神控制力。美国的大卫教派、法国的人民圣殿教和卢旺达邪教宣扬的人类末日的预言,是通过教主对信徒的精神控制而被接受的。这里用得着一句话:不是因为真实才相信,而是因为相信才真实。信念对人的行为影响几乎到了无处不在的程度。唯一不同的是,明智的人能做明智的选择,并被信念领着走;盲从的人不加选择,并被信念牵着走。要减少人的盲从,就必须提高人的自主判断力,发挥人的理性能力。

按传统的划分,人的意识既有理性的成分,又有非理性的因素,人的情感、信仰和意志均属后者。两者相互补充,但不能相互说明,就像我们不能根据推理去说明爱情一样。正因如此,有的人主张限制理性给非理性留地盘。但是两者需要微妙的平衡。发现理性的力量是近代西方文明的最大成就，它直接导致了科学、民主与法治精神的产生。随着西方工业化过程的不断发展，有人担心科学的急剧扩张将把世界变成一个没有人情味的冷冰冰的世界，变成一个严格遵循铁的必然性的世界，因此一些人提出了限制理性的要求。对西方人来说，提出这一要求自有其内在的根据。但最近几年各种邪教纷纷兴起，它们提出的许多骇人听闻的世纪预言给许多人带来了恐慌并导致了许多集体自杀。这使人们不得不对限制理性的要求进行重新审视。

中国人现在面对的许多问题是西方人以前也面对过的问题。我们的任务非但不是限制理性，相反是全面地运用理性，因为我们的科学技术还相当落后，法治和民主建设还刚刚开始，以情害理，以情制理之事无所不在。依康德的说法，人都有理性，但很多人不经别人的引导就缺乏勇气与决心去加以运用。这是人加诸自己的不成熟状态，只要人没有摆脱这种不成熟状态，人就需要不断地启蒙，它的目标就是让人有勇气和决心去运用自己的理性。启蒙对我们来说还是一个远未完成的工作，"大跃进"和"文化大革命"便是我们集体疯狂的明证。它不仅使许多社会成员失去了宝贵的诚信精神，而且使我们丧失了生活的真实感，其结果是以一人的意志为意志，以一人的思想为思想。后来持续多年的普遍肉体和精神饥饿便是这一病象的最终体现。令人记忆犹新的是，许多人居然相信在当时的条件下可以达到亩产几万斤粮食，希望几个月内赶超英美的狂热使举国上下滥砍树木大炼钢铁，从而造成了自然环境的极大破坏。今天，造假之风日盛一日，这种社会病态实质上是"大跃进"造假运动的自然延续。面对各种各样的社会病象，我们难道还要限制理性？

诗 心 与 灵 韵

　　只有诗意才使人的安居成为安居，只有在安居中人才能体悟存在的诗意。

　　这是人的本质、世界的本质向人自身提出的双重要求。在《诗·语言·思》一书中，海德格尔把这种要求浓缩为一句话："人，诗意地安居。"

　　"人，诗意地安居"本是荷尔德林的诗句，海德格尔在自己的著作中反复引用并且赋予其新的内容，甚至把它提高到了存在本体论的高度。毫不夸张地说，"人，诗意地安居"不仅是海德格尔的《诗·语言·思》一书的主题和要旨，而且是海德格尔晚期学说的秘义和依归。

　　人如何诗意地安居呢？我们的一切安居都包含着诗意吗？海德格尔问道。然而，这位迷恋黑森林的老者以他惯有的严谨精神提醒我们注意以下两点：第一，这里所说的安居远不是指拥有一个居所；第二，这里所说的诗意远不是指诗人的想象物。

　　那么，"人，诗意地安居"意味着什么呢？海德格尔强调，安居是以诗意为基础的，我们是通过安居来思考通常所说的人类存在的。因此，这里所说的"安居"不同于通常所说的"居住"。按通常的理解，居住只能是人类行为的一种方式。我们在城里工作，住在城外。我们旅行，一会住在这里，一会住在那里。诗意则属于想象的领域，它飞翔于现实之上。但是，当荷尔德林谈到安居时，他的眼前总是浮现出人的存在的基本特征，并且认为诗意并不是附着于安居之上的装饰，也不是为了逃避大地，翱翔于大地之上。恰恰相反，人的安居越富有诗意，人就越趋于大地,属于大地,扎根于大地。所以,荷尔德林说:"满身功德,人诗意地安居在大地上。"

然而,海德格尔并不满足于重复荷尔德林的诗句。在他看来,"人安居在大地上"也意味着在天空下,在神面前,并且包含人的相互归属,因为天、地、人、神构成了不可分割的整体。"当我们说到大地时,我们已经说到了其他三者;当我们说到天空时,我们已经说到了其他三者;当我们说到神时,我们已经说到了其他三者。"[①]

人的安居意味着天、地、人、神的四重统一。这里的"天"是指什么呢? 海德格尔说,天是太阳的穹形之路,是月亮盈亏轮回的行程,是星星四射的闪光,是年轮的季节变迁,是白昼的光明与昏暗,是黑夜的朦胧和闪光,是气候的和煦和严寒,是流云和以太的蔚蓝。

这里的"地"是指什么呢? 海德格尔说:"地"是生命的源泉,是服役的承担者,它开花结果,承载岩石与水面,滋生植物和动物;"地"也是人安身立命的所在,它既是人的庇护所,又是人的出发点,更是人的归属。

这里的"神"是指什么呢? 这里的神并非一般宗教意义上的神。海德格尔所说的神颇有老子所说的"道"的味道。当老子说"人法地,地法天,天法道,道法自然"时,他从自然中看到了天、地、人、道的统一性。对海德格尔来说,神是神性的召唤着的使者,神在露面和退隐时从神性的神圣统治中显露出来。人通过神性,归返内心、倾听内心,从而自尊自爱;人通过神性提升自己,从而使自己崇高;人通过神性获得归属和依托,从而产生家园之感。

这里所说的"人"是指什么呢? 海德格尔所说的"人"是具有超越性的存在物,是必有一死并意识到这种可能性的存在物,早期的海德格尔把这种存在物称为"亲在"(Dasein),因为他认为传统的"人"的概念并不足以反映人的特性。人不单单是理性的存在物,人还是有诗心和灵性的存在物。人是神的意象,神性是人的尺度。人以神性来测度

---

① 海德格尔:"人诗意地安居",载 Martin Heidegger, *Poetry*, *Language*, *Thought*, tr. By Albert Hofstadter, New York: Harper & Row, Publishers, 1976, pp. 211—245。

自己时就跨越了大地与天空,人只有在这种跨越中才成为人,这就是为什么人可能粉饰这种跨越,阻碍这种跨越,抹去这种跨越,但决不能回避这种跨越。

人以神性来测度自己,由此,人既要生根于大地,又要超拔于大地。在此,人超越了自己的有限性而趋于"等生死齐万物"的境界。于是人在常驻的青春里留待,于超拔中获得灵性和诗意。可是,必有一死的人如何安居呢?

人安居于他们把神作为神来等待中。可是人的神性随着人的物化而沦丧了。但他们仍满怀希望地仰望着神性,企盼着神降临的暗示。他们既不应为自己制造神,也不崇拜偶像。在深深的不幸里,在无尽的期待中,他们指望着已被撤回的福祉的再次到来。

人安居于他们把自己的本性引入死亡能力的运用和实践中。把人引入死亡的本性绝不意味着制造作为空无的死亡,也不意味着使死亡成为目的,更不意味着通过对目标的泰然态度使其安居晦暗起来。"唯有人会死,而且只要他居留在大地上,安居在大地上,他继续不断地死。不过,他的安居却居于诗意中。"①

在拯救大地、接纳天空、等待神性的过程中,安居作为对天、地、人、神的四重保持而出现。保持意味着照看、操心、保护。但人如何使他们的安居成为这种保持呢? 如果安居仅仅是居留在大地上、天空下、神面前,那么,人就不可能使他们的安居成为这种保持。

安居意味着与物共在。然而,与物共在包含着天、地、人、神的四重特性。安居通过把四重特性引入物性从而保持这种四重特性。人培植生长的物,并且建造并不生长的物。而培植和建造就是狭义上的筑居。

安居总是与建筑相联系的。海德格尔说,荷尔德林并未揭示这种联系。他在《安居、筑居、思想》一文中说,人只有已经筑居、正在筑居以及打算筑居时,他才能安居。筑居以安居为目的,但并非一切筑居

---

① 原注为"海德格尔:'人,诗意地安居'"。——编者注

都是安居。桥梁公路、电站都是建筑物，但不是居所，不过，这些建筑物属于我们安居的领域，这个领域涵盖了经过人手和人脑而创造的一切。今天的房屋也许设计得很好，就它们为人的安居服务而言，那些并非居所的建筑物仍然是由安居决定的。因此，在任何情况下安居都先于筑居。安居和筑居是作为目的和手段而相互关联的。但是，筑居并不仅仅是安居的手段和途径。筑居本质上已经就是安居。

从词源学上看，bauen，即筑居，原本就有安居的意思，现在动词bauen 的真正意义，即"安居"已经丧失了，它一般用来表示筑居。当然，这里所说的筑居不仅指建造房屋，而且指珍爱与保护，耕耘与培植。其实，任何使人安居的富有诗意的创造都是筑居。海德格尔甚至说，我们可把诗的本性理解为使人安居，理解为筑居——一种特定的筑居。如果根据这种现象来看待诗意的存在，我们就真正触及了安居的本性了。

对诗人来说，作诗就是安居，因为诗人呼唤着天空的光明，大地的行程，四季的歌唱。在诗人的笔下，天地的联姻栖于春水，驻于果实馈赠的美酒。在这果实里，大地的营养和天空的太阳相和合。天地就在水的馈赠中，酒的馈赠中，在物的物性中。然而，物性中有着生气灌注的灵魂，终有一死的人们以自己的方式与这种灵魂相沟通。神性的流连，人之梦幻，天地之归属结合为一，相互占有、相互映照、相互为用。这就是天、地、人、神的四重奏。

在海德格尔看来，如果诗人是诗人的话，他就不能描述天地的单纯现象。作诗并不是原始的构造建筑物意义上的筑居，它作为对安居维度的真正测度构成了安居的重要形式。作诗首先使人的安居进入人的本性，诗是对筑居的原始的接纳。人安居于筑居，只有当人学会了在诗意的测度上安居时，人才能进行筑居。真正的筑居就是像诗人那样作诗。诗人测量着建筑物，测量着居所的结构。诗意确立了人的安居本性。诗意和安居不仅不相互排斥，而且相互归属，相互呼唤。

安居意味着避免危险和伤害，获得和平和安全，享受自在和闲适，领有神意和灵性。

现代人学会安居了吗？没有，远远没有。

一方面，我们的安居正受到房屋缺乏的困扰，即使不受此困扰，我们今日的安居仍要受工作的困扰、金钱的困扰、名利的困扰。当人们以为今日的安居能给诗意留下余地时，当他们把时间远远抛开时，他们至多把安居理解为饮食起居、上班下班和生儿育女的方式而已。

另一方面，大地，这个人的栖息之所已经百孔千疮。灰蒙蒙的天黑沉沉的地把人挟得喘不过气来，在无声的嬉戏背后舞动着血淋淋的双手。机械的程序和冰冷的房屋已把人物化了。于是，人性被开启，灵性却被遮蔽。物与物接近，人却与人疏远。在海德格尔眼里，这种西方工业文明的必然现象已使人前临火海，背抵深渊。对神性的背弃已把人从大地连根拔起，温暖恬适的家园已经满目悲凉。此时，人对自己、对自己所生活的大地岂不有一种陌生的感觉？

尽管如此，人生在世的怪诞却抹煞不了安居的诗意本性。诚如海德格尔所言，如果说安居没有诗意，那仅仅是因为它本质上是有诗意的，这就像一个人之所以被称为盲人，是因为他本质上必定是具有视觉的一样。一块木头绝不可能成为盲目的木头，人有诗意的本性，人才有可能作诗；人有诗意的本性，人才可能进入诗意地安居。

人如何学会诗意地安居呢？诗意地安居首先要像诗人那样诗意地言说。诗意地言说就是安居于语言，以语言为家，以语言为友。通过安居于诗意的语言，我们像筑居一样属于安居，虽然是以不同的方式属于安居。安居于诗意的语言不仅意味着学会诗意地言说，而且意味着学会诗意地倾听。海德格尔说，只有筑居和思想属于安居之时，人才会沉醉于诗意地倾听。不管房屋的缺乏多么令人担忧，安居的真正困境仍然在于人会不断探求安居的本性。人必须永远学习安居。人的无家可归就在于人尚未把安居的真正困境视为困境。

也许，海德格尔没有料到人会这么快地进入信息时代和太空时代。但在人有可能放弃地球之前，他还不得不安居在大地上。随着物的物化，人的人化，世界的世界化，人并不能自然地进入诗意的安居。为了我们的安居，让我们随诗人一起咏叹和述说并从灵魂深处细细体悟这一咏叹的真正意义：

草原等待，
泉水涌出，
春风留驻，
向诸神祝福。

哲　学

让哲学讲汉语

2001 年,德里达先生在访问上海时曾说,中国有思想,但没有哲学。按他一贯的想法,没有他强烈批评的逻各斯中心主义的哲学恰恰是中国的幸运。也许是受此刺激,中国哲学界一度产生了对所谓的"中国哲学的合法性"的争论。而这场争论离日本学者西周用"哲学"一词对译 philosophy 并被中国学界接受已经过去了一个多世纪。

这场奇特的争论既表达了让哲学讲汉语的心声,也表达了人们对哲学的不同定义。但不管如何定义作为一个学科的哲学,自古以来哲学思想就一直深深地影响着中国人的价值观念、文化形态、思维方式和生活态度,它主导了对中国人的民族品格和精神气质的塑造。没有中国过去的哲人给我们提供的那些思想资源和语汇,我们今天要像模像样地说话恐怕都很困难。然而,固守古人的思想并不能有效地应对今天的问题,那种试图让古人代替我们思想的做法不仅无济于事,而且会使我们成为一代思想懒汉并最终成为没有灵魂的躯壳。这是因为,尽管古人已经作了超乎其时代的言说,并且我们确有必要重视这些言说,并创造性地阐释这些言说,但每个时代有每个时代的局限,每个时代有每个时代的问题,而我们今天所面对的问题比孔子和柏拉图的时代要复杂万倍。只有当我们具备立足当代、超越当代并前瞻未来的创造性思想时才能洞悉时代问题的症结并提供解决这个时代的特殊问题的有效方案。因此,我们不应让今人的思想服从过去对哲学的定位,而要让过去对哲学的定位服从今人的思想。

可今人的思想状况又如何呢?英国前首相撒切尔夫人说过,中国并不可怕,因为中国没有思想。她显然发现了思想的威力。但她不知道,没有思想的中国不可怕,有思想的中国更不可怕。重要的是,我们要有源于自己的时代、属于自己的时代并超越自己的时代的思想,有让人安心、让人热爱、让人信服、让人痴迷的思想,有充满道义精神和审美理想的思想,有能激发人们的创造活力并能深刻理解和解答当代世界的重大问题的思想,有不仅为中国人而存在而且为整个人类和人类文明而存在的思想。总之,要有那种能让人们心甘情愿地加以接受并作为开创性的思想方法或严整理论体系而影响后世的伟大思想。

哲学家辈出的中国可以为上述思想的产生开辟道路。但有思想又意味着什么呢?意味着更具备自我反思的能力,更容易发现自己的弱点和局限,更加冷静、客观地看待自己和他人,更加深刻地对他人抱有同情性的理解。有思想也意味着更容易具备批判精神,更容易发现事物的内在品质和精神价值,更容易讲道理、明是非、辨善恶并为我们敞开具有丰富可能性的未来。

然而,这个未来是否光明取决于各种智慧的创造。当今的中国就处在需要将创造作为社会的核心价值的大门口。而思想的创造是一切创造的最终根源,因为一切创造都离不开观念的更新和思维方式的转换以及新境界和新视野的开拓。虽然哲学不等于全部的思想,但哲学无疑是高度凝练化的思想,是系统化的思想,这种思想浸润于文化之中并渐渐成为文化的精髓与灵魂。

哲学之所以能成为文化的精髓与灵魂,首先是因为它能以道观物。因为以道观物,物才变得通明透亮起来,人才变得更有洞察力。因为以道观物,体道、悟道、明道、求道成了中华民族生生不已的文化追求。这种追求可以培养超拔平凡的眼光和不滞于事、不碍于物的胸怀。唯有这种眼光和胸怀使我们在这个经济生活和社会文化生活日趋全球化的时代保持超越的意识,使我们走出一己之私并把个人的利益与人类的利益关联起来。于今,有中国人的地方就有中国的利益,没有中国人的地方同样有中国的利益,因为中国人的利益与其他国家人民的利益已紧紧联系在一起。"邻居"已不再是一个单纯的地域概念,而是一个经济空间、文化空间、信息空间和精神空间。人类共同的利益、问题、挑战和命运要求以后的中国人在处理许多重大问题时必须具有全球眼光与人类关怀。

哲学之所以能成为文化的精髓与灵魂,也是因为它能以道证物。因为以道证物,我们才有为宇宙万物和社会、人生寻找大根据、大道理的自觉。作为讲大道理的学问,哲学既追寻生命的意义,也关心生活的痛苦;哲学既提供新思新识,也追求新思与旧思、新识与旧识的统一。没有这种统一,我们的世界图景就是支离破碎的,长期有赖于这种图景的人也无法作为完整的人而出现。作为寻找大根据的学问,哲学或分析、或论证、或直观,并通过这种方式维持着精神的深度和思想的庄重性。

颓风四起时,以道观物的哲学要向社会亮出人性的尺规;人心迷乱时,以道证物的哲学要向社会敲响危机的警钟。在思想的事业中,还有什么比这样的工作更加急迫呢?

哲学史教材重在培养批判性思维

　　一部好的哲学史教材首先要提供客观可靠的信息,其次要尽可能明晰地展现哲学史的历程,再次要引领学习者与过去的哲学家一同思考问题,最后要让学习者通过学习哲学史提高批判性思维的能力。

　　哲学是文化的灵魂。它不仅深刻影响一个民族的文化观念和思维方式,提升一个民族的理论素养和思辨能力,为人们创造基本的学术语汇并根据生活世界的需要渐渐将一些学术语汇转化成生活语汇,而且通过形成一个民族的核心价值来塑造一个民族的独特品质和精神气质。如果说一个民族要通过文学艺术来提升自身的想象力,通过史学来认识和传递文化的基因,那么,说一个民族要通过哲学来维持自身的精神深度和思想庄重性也就不难理解了。

　　自日本学者西周用"哲学"一词去对译 philosophy 并被我国学者黄遵宪在 19 世纪引入中国以来,哲学在我国渐渐成为一门独特的学科并启发我们以此为参照去重新审视中国的文化传统,于是产生了"中国哲学"这样的分支学科并在很大程度上激励了中国学者去学习和创造像西方哲学那样的理论体系或研究方法。尽管几年前我国学界曾就我国古代是否有哲学(即所谓的"中国哲学的合法性问题")进行过激烈的争论,但这丝毫没有影响我国学者建设中国哲学学科的热情。至少,人们通过西方哲学在中国的传播和影响,看到了让哲学讲汉语的必要性和可能性。

　　西方哲学思想至少自 16 世纪以来就通过一些传教士零散地传入中国并一直在参与中国社会的思想启蒙和文化改造。但中国学者对西方哲学的自觉接受严格说来是从 19 世纪下半叶开始的。在 19 世纪末,辜鸿铭就介绍过康德(他译为"坎特")和尼采的学说。在 20 世纪初复旦大学建立后不久,马相伯先生就在复旦的八角楼比较系统地开过西方哲学和逻辑学的讲座。"五四"前后,随着罗素和杜威等人到中国讲学以及一些人留学归来,中国一些学者开始对西方哲学有了比较全面的认识。但在中国大学里系统开设西方哲学课程是从北京大学建立"哲学门"开始的(我不知当时是否用过自编的教材)。1922 年左右,汤用彤先生在南开大学开设过西方哲学史课并编过英文讲义。1932 年,时任复旦外文系教授的全增嘏先生还出版了自己写的《西洋哲学小史》。同时期,我国还出版过一些介绍西方哲学的其他书籍。虽然 20 世纪 70 年代我国学者就出版过系统的西方哲学史教材,如北大朱德生、李真先生写的《简明欧洲哲学史》,安徽劳动大学的钱广华、文秉模等先生编写的《西欧近代哲学史》,但中国学者自己大量地系统地编写西方哲学史教材是在改革开放之后。我粗略统计了一下,此类教材大概不下 20 种。

教材的增多至少向我们传递了两个信息:1. 学习和研究西方哲学的人大量增多;2. 编写者希望写出自己的个性和风格。但教材毕竟不同于专著。过分追求写作者的个人风格恰恰会损害学习者对哲学的客观演进过程的把握。一部好的哲学史教材首先要提供客观可靠的信息,其次要尽可能明晰地展现哲学史的历程,再次要引领学习者与过去的哲学家一同思考问题,最后要让学习者通过学习哲学史提高批判性思维的能力。高等教育出版社和人民出版社于 2011 年 11 月联合出版的《西方哲学史》教材就力图实现这一目标。

这本书是作为马克思主义理论研究和建设工程重点教材而出现的,其撰写者大多是长期研究西方哲学的中青年学者。活跃的理论思维、开阔的学术视野、扎实的学问功底和良好的问题意识不同程度地体现在他们对一些哲学史问题的研究和条理清晰的表述中。与一些西方哲学史教材不同的是,这本书一方面采用了马克思在撰写《资本论》时推重的逻辑与历史相一致的方法,另一方面在有效运用这一方法时，避免了黑格尔曾经批评过的、对哲学史内容的机械罗列和外在排比。如果说该书涉及古希腊哲学和中世纪哲学的部分平实而真切地写出了过去不少哲学史教材较少提到的内容，如智者派的约定说、怀疑派的"十式论"、奥古斯丁的历史神学、司各脱的此性说、奥康主义的指代逻辑以及对证据知识和自明知识的区分等，那么，近代哲学部分则客观地反映了哲学的论辩性质。由于哲学史自有我们不能以主观任性的方式来加以处理的内在逻辑，该书还以符合思想史进程的方式在有限的篇幅里向我们呈现了西方哲学的主流，在这种主流中，哲学史上的概念、命题和学说可以成为学习者进一步学习和研究的引子和进阶。它们能唤起人们的理论热情和探究的欲望。而要做到这一点，没有真正的问题意识是不可能的。正如该书作者在导论中谈到学习哲学史的意义时所说的那样，"学习哲学史的过程，就是启迪创造性思维和培养批判性思维的过程。学习西方哲学史，不能靠死记硬背或重复历史知识，而应通过思考哲学家们提出的问题来开启智慧之门。西方哲学家们提出的问题，往往比他们的答案更有意义，他们解决问题的过程，往往比他们的结论更有价值"[①]。为体现以问题为导向的特点，该书不仅在每篇的开头指出了它所要解决的理论问题，而且在每一节的结尾列出了供学生们思考的问题。此外，该书还有几个优点，这就是主次分明、条理清楚、理解准确、文字畅晓。这样，原本繁难的哲学问题就化约为相对简单的问题，原本艰深的概念和命题就比较容易为初学者所理解。

总之，这是一本很值得向学习者推介的教材。如果将来有人为展示哲学的真正自觉而愿意写一本哲学领域的史学史，亦即关于"哲学史"的历史，那么，该书也将是不可忽视的样本。

---

① 《西方哲学史》编写组：《西方哲学史》，高等教育出版社、人民出版社，2011年，第7页。

《小逻辑》： 我"思维的体操"

　　我初次接触黑格尔《小逻辑》是在 1980 年。当年是随高年级旁听，一开始只是出于对书名的好奇并且看得似懂非懂，但满教室的人对一本学术名著所表现出的热情令我深受感染。一年半以后，我国老一辈著名西方哲学研究专家钱广华先生在安徽大学为我们亲授此课，他慢条斯理，娓娓道来，那抽丝剥茧般的讲课风格使我们真正领略了思辨的魅力。黑格尔思想的缜密和深邃让我深深着迷，以致我阅读这本书几乎达到了废寝忘食的程度。凑巧的是，在复旦大学工作后，我有幸成为陈京璇教授开设的"黑格尔的逻辑学"课程的助教，后来则由我独立给高年级本科生和研究生开设此课。就这样，阅读这部名著渐渐成了我学术生活的一部分。

　　哲学是思想的事业。在这一事业中，能找到几本值得自己与之终身常伴的经典，会让人感到一种幸福。幸运的是，我找到了这样一本百读不厌的经典。除了在国外的几年，我几乎每年都要给学生讲这门课。每次上课前，除了阅读其他研究资料，还要将书中的相关段落重读十来遍，我才敢走上讲台。如此算来，我读这本书应当有 50 遍以上了吧。每读一遍，我对思想的力量就多了一份信心，也对生活或多或少有些新的感受。许多人抱怨哲学太过高深和玄远，与生活没什么关联，但细读《小逻辑》之后，我们就会发现，黑格尔不仅从生活中吸取智慧，而且让哲学通过影响人的思维方式反过来影响了生活。比如，"反思""扬弃""二律背反"这样的哲学词汇不仅进入了中国的学术语言之中，而且早就成为我们日常语言的一部分了。这使我想到，正是由于有了先秦哲学及后来的哲学学科所提供的语汇，才使得今天的我们可以更加准确地去表达。

《小逻辑》是黑格尔《哲学全书》的最基本部分（为与《逻辑学》相区别，习称《小逻辑》），也可看作黑格尔发表的《逻辑学》的缩略版。前者由贺麟先生翻译，后者由杨一之先生翻译。前些年，梁志学先生和薛华先生分别出了各自的新译本。这些译本各有千秋。贺先生的译本吸取了其他语种翻译的长处，经过千锤百炼，文字简洁，打破了德文句法结构的束缚，重在以微妙的中文传达黑格尔的精深思想。为翻译此书，贺先生费了半辈子的心血，直到1957年，《小逻辑》中文第一版才由生活·读书·新知三联书店出版。我比较了几个语种的译本，至今仍然认为，这是世界上最好的译本之一。它为后人确定了一些基本术语的译名，其开创之功更是不可低估。梁先生和薛先生的译本更注重德文原文思想结构的传达，并力求形式性和思想性的统一。因此，我把它们看作旧著新译的辉煌尝试。

可《小逻辑》并不是一本容易读的书。要读懂这本书不仅需要良好的思辨能力，而且需要深入了解黑格尔时代的思想状况、深入了解西方哲学史，特别是德国古典哲学的丰沛传统，更重要的是，需要把这本书放在黑格尔思想的整体中去加以理解。我的老师、著名西方哲学研究专家王玖兴先生曾多次跟我强调要将《小逻辑》与《精神现象学》和黑格尔的其他著作作为整体来读的重要性。他也跟我提到贺先生在翻译《小逻辑》时，如何征求同行的意见乃至自己学生意见的往事。在他与贺先生合作翻译《精神现象学》时，他们常为几个译名的确定争论得面红耳赤。这不仅让我意识到翻译的艰难，而且佩服他们对待名著的严谨态度。我在后来的翻译工作中，试图学习一点，但学习得还远远不够。其中一个客观原因，是今天的译者没有过去所具有的那种从容，一本著作从买版权到出版往往只有一年多的时间，如果不能交稿出版社要面临对方的处罚。当然，这都不是慢待翻译的借口。

《小逻辑》虽难，但如果在了解黑格尔思想整体的情况下，细细体会每一段的内容，理解它是完全可能的。一个办法就是，每天最好只读几页，慢慢体会。况且，我们还有很多入门书可供研读。在法语世界里，科耶夫和董特在帮助人们理解黑格尔方面功不可没。在英语世界里，瓦莱士、哈里斯、迈克泰加尔特、斯退士、芬德莱、罗伊斯对黑格尔的诠释已为大家所熟知，近几十年来，皮平和平克也多有贡献。在俄罗斯和其他东欧国家，因为马克思与黑格尔的关联，黑格尔的《小逻辑》亦备受重视。在我国，研究《小逻辑》的人很多。张世英先生无疑是在解释《小逻辑》方面用功最多的人，并作出过重要贡献。他不仅写了《论黑格尔的逻辑学》，而且还专门写了《黑格尔〈小逻辑〉绎注》。还有一些学者也做了相应的工作，借助他们的研究，我们可以找到理解黑格尔的《小逻辑》的门径。

尽管黑格尔在 20 世纪遭到了大量批评，但许多大学仍然在开设、研读黑格尔的专门课程。从黑格尔出发，生发出自己哲学思想的人也为数不少，杜威和罗伊斯就是其中的两个出色代表。总之，读《小逻辑》让人长见识，更长耐心。我把它看作一种"思维的体操"，也把它看作灵感的源泉。正如黑格尔在柏林大学开讲词中所说："精神的伟大和力量是不可低估和小视的。那隐蔽着的宇宙的本质自身并没有力量足以抗拒求知的勇气。对于勇毅的求知者，它只能揭开它的秘密，将它的奥妙和财富公开给他，让他享受。"让我们也不断揭示《小逻辑》的秘密，并享受这一秘密吧。

教　育

不合时宜的大学

　　1994 年，德国哲学家、教育理论家密特西特拉斯（Juergen Mittelstrass）以《不合时宜的大学》①为题出版了一本颇有影响的著作，痛陈德国乃至西欧的大学之弊，如大学理念的丧失、官僚体制的强化、学术精神的凋敝、专业鸿沟的加深等。2006 年 3 月 30 日，这位做过德国总理科技顾问的哲学家在比利时鲁汶大学再次以"大学的未来"为题发表讲演，哀叹西欧的大学正在丧失它们的教化（Die Bildung）功能，指出知识社会所需要的大学的自主性不断遭到侵蚀，批评"市场成了衡量一切的尺度"。

　　今天，如果我们反观一下我国的大学并将我国的大学与欧美的大学做个比较，就会发现中西方的许多大学都"躺在病床上"，并且病得不轻。所不同的是，我国大学的病症还有自身的特殊性。这些特殊性表现在：

　　1. 我国现代意义上的大学的建立不过百余年的时间，现代意义上的学术制度尚未完全确立，"文革"则从根本上破坏了尚未成形的大学制度，以至我们现在继承的大学制度带有先天的畸形。

　　2. 我国的大学几乎是行政机构的延伸，现在也许是亟待改革的最后一个官僚机构。就行政效率而言，我国的不少大学甚至比不上改革后的许多政府部门。我们只需看看各个大学有多少机构就清楚了。由于行政人员过多，必然要花费大量资源来做大量无用的工作。所有

---

① Jürgen Mittelstrass, *Die unzeitgemaesse Universitaet*, Frankfurt am Main: Suhrkamp Verlag, 1994.

教师切齿痛恨的名目繁多的无用评估和填表工作与此不无关系。

3. 我国的教育资源严重匮乏并且缺乏公平的资源分配制度。我国教育开支在近几年虽有较大增长，但占国民收入的比例依然很低。为了满足社会需求，许多大学不断扩招，但教室和其他基础设施严重不足，于是只好靠贷款解决问题。除少数得到重点支持的大学之外，不少大学图书馆近 10 年没买多少新书，更不用说进口外文图书了。

4. 大学本是新思想、新观念的发源地，在 20 世纪上半叶，她曾是我国社会的启蒙者。今天，大学的这一功能被大大削弱。"民主与科学"本是启蒙的基本内容。遗憾的是，就民主意识和民主参与本单位的事务而言，许多大学教师甚至不如一些农民。从这种意义上讲，我们的大学已经大大落后于自己的时代。由于在制定和实施大学政策方面缺乏教师的广泛参与，一些大学的领导也就不得不独自面对来自内外的双重压力。大学领导们也并非不努力，但还是要做令他们很痛苦的事。比如，他们明知是画饼充饥，但就是不敢取消研究生必须发表论文才能毕业的不切实际的规定。其原因是，如果取消这一规定，论文数量和大学排名会立即下降，社会声誉、招生和拨款都可能受到影响。于是，滥竽充数成了许多大学应付不公正的评价体系的策略。

基于以上认识，我赞同韩水法教授在《大学与学术》一书中的看法："中国大学的问题并不单单是大学自身的问题。中国大学的改革并非只是大学制度的改革，而是整个政治改革的一部分。大学问题就是政治问题。"[1]但是，在宏观改革与微观改革无法齐头并进时，我们不妨从比较容易的微观改革入手。从微观层面看，我国大学还有两个重要问题需要解决。我国是经济全球化的主要受益者之一，但是我国的大学并没有培养出大量具有全球视野的毕业生。不解决这一问题，我国的国际性企业就无法招到合格的高层人才，我们就无法及时吸收国际上的最新成果和管理经验，也无法及时吸取别人的失败教训，更无法有效应对以后的全球化挑战。此其一。

---

[1] 韩水法：《大学与学术》，北京大学出版社，2008 年，第 6 页。

其二,"专业不专,通识不通"成了我国大学的通病。我这里所说的"专业"首先是就专业精神而言。而专业精神贵在精细,贵在认真与耐心,贵在对工作程序和职业操守的充分尊重和严格坚持。没有这种专业精神,就不可能有高水平的研究成果,也就不可能出现高水准的制造业与服务业。通识教育是为弥补专业教育之弊而设计的,其目的一方面是防止学生和教师在学术领域"只见树木不见森林",另一方面是为跨学科和交叉学科的创造做准备。同时,所有知识都应服务于人类的崇高目的,并贯彻我国哲学家牟宗三早在1952年就已提出的那种"人文精神"。通识教育首先要让学生明白这一精神的重要性并在实际工作中贯彻这一精神。

实际上,通识教育并非新东西。早在20世纪二三十年代我国许多大学的课程设置已经体现了通识教育的要求。当时上海的几所大学招生第一年就不分专业。复旦大学的创始人马相伯先生为贯彻通识教育的要求,不顾年迈体衰在当时复旦的八角楼亲自为不同专业的学生开了十几次哲学与逻辑讲座。港台的一些大学早在20世纪五六十年代就开展了通识教育。在西方,17世纪的法国哲学家和科学家笛卡儿曾把知识比作一棵大树,并主张一个人一辈子应对这棵大树有一个基本了解。意大利的维科和德国的莱布尼兹、洪堡和费希特都从不同角度强化了通识教育的观念。因此,我们刚刚开展的通识教育是在重新接续优秀的大学传统。

对大学的病症,我们自然可以列举很多。现在没有人能否认我国高等教育在近几十年所取得的惊人成就,也没有人能否认政府部门和大学教职工所作的巨大努力以及为几亿人提供教育所遇到的巨大困难。重要的是,我们的大学必须不断自我反省和自我批评,因为自我反省、自我批评正是大学的本性。一旦大学丧失了这种本性,大学就会沦为中世纪的神学院。一旦大学丧失了这种本性,大学就会丧失自我改进和自我完善的能力。只要不讳疾忌医,只要我们齐心协力找到大学的病根并内外兼治,一个与时俱进并充满活力的大学制度就有可能产生。

以教育为志业

何谓志业？它与职业的区别何在？志业可以是职业，但不限于职业。只有当职业能寄托人们的志向、实现人们的理想时才能成为志业。所谓志业，就是一项能承载人们的理想并被作为奋斗的天职的事业。以教育为志业意味着把当老师作为理想的寄托，作为全身心投入的事业，因而也意味着热爱它并享受它。

美国哲学家、教育家杜威说过："教育不是为生活作准备的，教育就是生活本身。"杜威的这句话已经成为某些美国大学的招生广告，它本来是就学生而言的，其本意是强调教育的生活内涵和实践意义。我以为，这句话不仅适用于学生，而且更适用于老师。老师的生活本质上就是以教育为主要内容的生活。我们从幼儿园到大学本科毕业要接受长达 20 年的教育，这段时间几乎占到整个人生的三分之一或四分之一。它涵盖了人的理智和身体由不成熟到成熟的过程，因而对我们每个人都有着非同寻常的意义。随着终身教育的理念正在成为我们广大社会成员的共识，受教育正在成为每个人终身的生活内容。对教师来说，教育和受教育乃是主要的生活内容，因为从广义上讲，我们每个人既是教育者又是受教育者。即便你没有上过学，你也不得不进行自我教育。正是教育成就了人生，成就了社会。

每个老师都是一所学校。学校可能有大有小，有好有坏，但如果每个同学从每个老师那里都能学到一点长处，学到一点本事，累加起来就非常可观。作为活生生的学校，老师不仅要教会学生某一门知识，而且要教会学生如何学习，如何学会学习；老师不仅要提高学生自主学习的能力,而且要关心学生的心灵健全并教导学生如何关心自己的心灵健全。只有健全的心灵才能塑造健全的社会。因此,以教育为志业的人不但会关心学生的精神健全,而且会帮助学生寻找由精神健全通达社会健全的可能方式。

为了促进社会的健全,教师需要培养学生的合作能力。尽管与20世纪上半叶相比,人类的合作精神已有所进步,但我们今天仍在经历合作精神的危机。而这种危机与我们的教育片面强调竞争而不太强调合作息息相关。孩子们从一生下来就被放在竞技场上。他们的父母、祖辈以及与他们相关的人都被卷入一场无休无止的竞争中。如今,孩子们之间的竞争本质上成了他们的父母之间的竞争,成了他们的家庭之间的竞争。在这种竞争中,孩子们成了竞争的工具和符号。而过分激烈的、扭曲的竞争不但会影响孩子们的健康,而且会造成扭曲的灵魂。但我们这个日趋工程化的社会恰恰需要合作并且迫使我们每个人学会合作,因为没有一个工程是一个人所能完成的,面对一个个工程,除了合作之外我们别无选择。一个正在实施各种工程的社会,一个把教育本身作为工程来办的社会不注重培养学生的合作精神,这难道不是一种绝妙的讽刺?

然而,人的心灵涵养与教化是不应当作为工程来对待的。教育也不应当作为工程来对待。这是因为人的心灵不同于自然物件,它的情感、意志、性灵一旦成了工程操作的对象,它们就被降格为物,人作为人的独特性就消失了。人心是非常灵敏、非常脆弱、非常丰富,而又可以自我涵育的东西,这一点决定了不能以对待自然物的方式去对待它。我们常把教师称为人类灵魂的工程师,这只是个比喻性说法。教师绝对不只是工程师,而且绝不应当成为日常意义上的工程师。以搞工程的方式去搞教育,将会把人塑造为没有自主性和创造性的物件,甚至会把人变成一个个机械的、呆板的塑像。

为了促进社会的健全,教师需要培养学生的服务精神,当然也要培养自己的服务精神。在一个日益强调服务的社会里,我们教师也需要确立服务学生、服务社会的意识。只有这样,学生们才能从我们身上了解服务的意义和真谛,学习服务的精神和技巧;也只有这样,我们才能跟得上这个日益变化的时代。对于有服务精神并以教育为志业的老师们来说,他们的课堂既可以是有桌椅板凳的教室,又可以是人来人往的街头巷尾,也可以是声音嘈杂的茶楼酒肆,还可以是操场和食堂,甚至可以是通向食堂的路上。但无论我们的课堂处在哪里,以服务为乐、以服务为荣始终要成为我们教师心中那无声的"应当"。

大 学 别 议

十多年前[①]，一些英国教育界人士曾大声疾呼，要把英国的大学办得像德国的大学一样好。但德国人并没有陶醉于被别人尊为样板的喜悦之中。以德国著名学者密特西特拉斯为代表的一批有识之士，以老一代德国知识分子常有的忧患意识和批判精神不断痛陈德国大学的种种弊端并把德国的大学送上了"病床"。诊断的结果是"结构危机"。

据说，这种危机是科学危机的直接反映，也是德国现代化危机的一种症候，其原因既在于投入教育的财力严重不足，也在于人们固守传统的教育理念，更在于大学自身丧失了制度改革的能力。然而，治疗疾病比诊断疾病更为困难。1996 年，当德国巴符州立法将大学生每学期的注册费从 70 马克提高到 100 马克并要求在大学读书超过七年的学生支付少量的学费时，全州学生群起反对，抗议游行接连不断。面对一些懒惰的教授和许多已经 30 多岁仍在大学中赖着不走的老学生，教育管理部门深感无奈。政府不得不面对两难困境：要么通过经济手段迫使学生们早日走向社会，这样势必大大增加社会的就业压力和其他社会问题，因为德国大学在一定程度上成了待业青年的收容所；要么让读书超过七年的学生不受限制地呆在大学享受免费大学教育的好处，占用宝贵的教育资源。这样一来，学生将在毕业后因年龄偏大而在欧洲统一劳动力市场上无法与学制更短的其他国家的学生

---

① 本文写于 2000 年。——编者注。

一争高下。经过长期辩论,德国巴符州最终还是选择了第一种做法,从而拉开了对整个教育体制进行改革的序幕。

事实上,大学的结构危机及其与时代的不相适应早已成为一种全球性现象,它就像官僚主义和官员腐败一样是一种国际疾病。与西方发达国家相比,我国的教育危机甚至更为严重,改革任务也更为艰巨。这不仅是因为我们要做西方国家早在 19 世纪就已做过的事情,如服务机构与学校的分离,而且是因为我们要解决自己独特的教育问题,如学术不彰、资源短缺与效益低下等。目前我们所从事的教育改革在很大程度上是通过行政命令的方式进行的。由于缺乏社会成员特别是学校师生的普遍参与,改革的程序与目标只是几个人拍拍脑袋的产物,改革的成效自然不如人意。尽管教育经费的筹措开始向多元化的方向发展,但是教育经费的不公正分配客观上加剧了大学之间以及大学内部的不公平竞争。几年前就已出现的大学兼并浪潮变成了一些大学的简单凑合或若干所著名大学对一些规模较小的大学的接收,教育结构并未根本改善,教学和研究质量并没有太大提高。虽然教育改革不是立竿见影的事情,其消极后果和积极影响往往要在几十年后才见分晓,但有一点是可以肯定的:对教育进行伤筋动骨的改革必须谨慎,改革方案必须经过广泛的讨论和周密的论证,缺乏明确目标和合理步骤的盲目改革甚至比不改还要糟糕,因为社会毕竟不是、也不应当是实验的场所。作为现代文化摇篮的大学更不应当成为胡乱实验的对象。

既然不应以对待物的方式去处理人的问题,那么,我们就不应以单纯的技术眼光去看待培养人才的大学。因为它关系到千万人的精神塑造,关系到人的命运本身,关系到现代化的未来。正因如此,今天的院校兼并工作必须三思而行。中国大学的数量不是太多而是太少(美国人口不到中国的四分之一却拥有三千多所大学并且平均规模大得多;印度的大学规模较小但数量达九千多所)。考虑到中国的长远需要,最好的办法不是通过压缩大学的数量来提高规模效益,而是在原有基础上进行精细改革,对教师进行制度化培训,在逐步提高教学与研究水平的前提下大大改变学生与教师的比例。为此,我们要认真总结 20 世纪 50 年代全国院系调整(有些调整是模仿苏联模式并且违背了教育规律)的某些成功经验,更要吸取它的失败教训。后一点对我们今天的大学改革尤为重要。

大学改革正处在十字路口,它既需要我们对今日大学的缺陷有足够清醒的认识,也需要我们以超前的意识来仔细规划大学的未来。自省使人聪明,批评使人进步。如果我们对大学的现状进行仔细的观察和透彻的反思,就会发现种种不合时宜之处。它们既表现在外在的制度方面,也表现在内在的精神方面。

关于外在的制度方面,我们可以说,在今日的大学中教学与研究严重脱节,教育者本身没有不断受教育的机会,师生比例严重失调,图书资料十分缺乏,非教研人员数目过大,专业设置不够合理,交叉学科和跨学科的教研活动不受重视。一方面是教育资源的严重不足,另一方面是教育资源的极度浪费。

关于内在的精神方面,我们可以说,今日的大学正汲汲于谋生之事,营营于应对之策,那种让人卓然独立的学术品格和精神气质虽然不是荡然无存但也所剩无几,而最让人难过的,恐怕是大学的“产品”即学生的非专业素质明显不高,以致我们可以说我国教育的危机主要是学生的非专业素质的危机,这种危机部分表现为学生们普遍缺乏动手能力,缺乏想象力,缺乏规则意识、秩序意识、信用意识和认真精神。

学生是教育制度的镜子。学生的质量决定了一个国家科学和文化的前途,也在很大程度上决定了一个国家的经济组织、政治组织乃至其他社会组织的自我批判和自我完善的能力。如果我们依然相信爱尔维修所说的“人是环境和教育的产物”,那么,人的心灵改革就要寄希望于教育改革。由于大学教育是幼儿教育、小学教育和中学教育的自然延续,没有各阶段教育的配套改革大学改革就不会成功。因此,我们不难理解下述并非假设的假设:

如果我们的学生从小就学习布置房间、栽花种草、制作家具、油漆器物、打扫卫生,一句话,懂得真正意义上的劳动,懂得如何使用工具,他们就会大大提高自己的动手能力。

如果我们的学生从小就被鼓励"异想天开",如果家庭、学校和社会尽可能少地给他们想象的翅膀挂上重物,如果我们能以科普启迪他们的心智,以文学陶冶他们的性情,以艺术培养他们的敏感,以神话促进他们的畅想,他们的想象力非但不会被扼杀,反而会在学习中与时俱进。

如果我们让学生从小多做些愉悦身心、开启心智的游戏而不是把他们仅仅视为接受书本知识的容器,他们就可以从小体会到游戏规则的重要性。规则是游戏的灵魂,游戏是遵守和运用规则的自由活动。社会生活则是发展了的集体游戏。儿童正是通过游戏为进入社会生活做准备,而一个社会也只有注重培养民众尊重规则的意识,真正的法治才能实现。

如果我们像不少德国老师那样要求学生从小养成办事一丝不苟的习惯,他们走上社会之后就更容易成为合格的劳动者。培养认真精神是干好一切工作的先决条件。作为福利国家,德国似乎比"社会主义"还要"社会主义",尽管官僚主义和懒汉作风随处可见,但社会生产仍然保持较高效率,这主要靠的是通过教育制度而培养起来的国民的认真精神。培养认真精神恰恰是素质教育的宗旨之一,它应该并且只能通过对细节一丝不苟的处理来实现。塑造认真的品格比学习某种技能还要重要,因为一个具备认真品格的人不仅更容易掌握某种技能而且在掌握某种技能之后还能把事情做得更加完善。现在不少人抱怨社会管理混乱,一些产品质量低劣,我以为其原因不在于人们能力不够,而恰恰在于人们缺乏认真的精神。

如果我们的家庭和学校重视培养人的信用意识,如果诚实守信成为社会成员普遍尊重的基本准则,实事求是的风气就能逐渐形成,社会上就会少些坑蒙拐骗者,少些轻诺寡信者,少些谎话连篇者,人们就能生活在一个真实可信的世界中,人们就可以把更多的精力用于物质财富和精神财富的创造。

面对太多的"如果"人们也许感到沉重,但现在该是我们直面现实、承担起自己对教育改革的道德责任的时候了。

为什么要高度重视语文教育？

　　语文教育、数学教育和培养动手能力是基础教育的三大支柱。这样说并不意味着否认其他教育的重要性，而是意味着我们在对教育的制度化安排中应当赋予它们以优先地位。遗憾的是，这些年来语文教育遭到了不应有的忽视，以致到了大学阶段我们还不得不为此大伤脑筋。其突出表现是，我们这些大学教师在大学的课堂里还不得不教育学生如何准确用词，如何使用标点符号，如何将句子写得稍稍通顺一些，如何以不同文体写作。事实证明，忽视学生的语文教育对他们的成长具有长期的消极影响，并且不利于社会的健康发展。我这样说有何根据呢？

　　首先，良好的语文教育是培养学生的表达能力和人际沟通能力的必要途径。我这里所说的表达能力既包括口头表达能力，也包括文字表达能力。这种能力的强弱固然与天赋有一定关系，但学校的语文教育对提高学生的这种能力具有至关重要的作用。良好的语文教育既可以帮助学生学会准确地表达自己的情感与思想，又可以帮助学生丰富自己的内心世界，也可以帮助学生正确地理解别人的感受和想法，还可以帮助学生发展和展示自己的才能。相反，一个词汇贫乏、不善于表达的学生容易招致别人的误解并因此心生苦恼或造成人际沟通障碍，甚至影响自己的心理健康和职业前途。一个学生毕业之后不管做什么工作，都不得不与人打交道，而良好的语言能力无疑是与别人进行良好沟通的重要条件。常言道，一个想得清楚的人未必讲得清楚，但一个讲得清楚的人必定想得清楚。让学生学会如何以口头和文字的方式把自己的感受和想法讲清楚是目前语文教育的紧迫任务。我以为,我们的语文教育可以通过朗诵、讲演、问答、辩论、讨论、写作和演戏等形式来实现这一目标。

其次,良好的语文教育是提高学生的思维能力的重要途径。众所周知,语言是思想的载体,语言能力与思维能力是互相促进的。德国哲学家海德格尔甚至说:"语言是存在之家。"这句话无非是强调语言对于人的存在的重要性。每种语言文字都是一种独特的符号系统,都代表一种独特的思维方式。一种语言的词汇和句法的丰富性也反映了观念的丰富性和思维方式的丰富性。如果说数学训练可以提高人的逻辑思维能力,那么,语文教育则可以提高人的形象思维能力。如果这种教育与哲学教育相结合就可以提高人们运用概念进行思辨的能力。如果说一个民族要通过哲学来培养洞察力,通过史学和科学来培养求真的意志和求真的理想,那么,它还要通过文学艺术来培养人的想象力。英国近代哲学家培根说过:"读史使人明智,读诗使人灵秀,数学使人精密,格物之学使人深沉,道德哲学使人庄重,逻辑与修辞使人善辩。"良好的语文修养难道不是促进这里所说的明智、灵秀和善辩的基本要素吗?

再次,良好的语文教育有助于现代公民社会的形成。按通常的说法,现代公民社会是比以往更重视个人权利的社会,也是比以往更重视普遍规则的社会。对他人权利的尊重和理解,对社会共同体的规则的尊重和理解,是形成良好公民社会的必要条件。心理学家科尔伯格的研究也表明,懂得别人的感受和普遍要求,理解别人的内心世界与理解和尊重社会普遍规则的能力是密切相关的。而现代公民社会的普遍规则,尤其是法律规则和公共政策首先是通过语言文字来表达和传播的。良好的语文修养是理解那些规则的先决条件。现代社会关系的契约性质也离不开这一条件。我们只需看看每个法治国家的完善法规体系,看看每个法治国家的保险单和其他合同的复杂条款,就不难明白,一个完善的法治社会为何离不开公民的基本语文能力的提高,一个充满文盲的社会为何难以实现真正的法治。即便它能够实现法治,那也是以少数精英人士对大多数无文化者的社会强制为特征的。而这样的社会恰恰与我们追求社会公正的理想背道而驰。

此外,良好的语文教育有助于对我国优秀文化传统的继承和发扬,也有利于培养学生对自身文化的认同感。我们知道,语言文字是文化的重要载体,也是体现民族特性的重要因素。在历史上,一些国家在侵占别的国家时要同时改变被占国家人民的语言,就是为了从根本上清除这个国家的民族精神以及相应的思维方式赖以存在的基础,从某种意义上讲,这也是从根本上抽掉了一个民族的灵魂。汉语是非常美丽的语言,是富有高度乐感和诗意化的语言,我国的灿烂文化、伟大传统、民族品格和精神气质无不与美妙的汉字相关。在世界几大文明古国使用的语言中,只有汉语依然活着并且通过这门语言保持着中华文化的连续性。这本身就是中华文化具有活力的证明。现代汉语使汉语具有更大的开放性和包容性,也使汉语更加具有逻辑上的严格性,因而更有利于学术思想的逻辑表达和文化的普及。词汇大量增加,句法变得丰富多样,词汇之间、句子之间的逻辑关系变得更为明晰,这些是现代汉语变革所取得的重要成就,因为它为现代学术的产生奠定了语言基础。虽然这一成就的取得在一定程度上是以牺牲汉语的诗意性为代价的,但在今天,我们依然可以通过学习我国古代经典和阅读诗词歌赋,体会古人的思想与感情,分享古人的智识与慧见,欣赏古典文化的优雅与瑰丽。

最后,良好的语文教育还有助于增进人的身心健康。语言表达是正常人的基本需要,也是智力发展的辅助工具。每种语言的乐感常常通过诗文和经文最充分地体现出来。它们所表现的韵律常常与音乐的节奏是一致的并且与我们的生命韵律相一致。有意识地大声朗读诗文,如果得法的话,就可以起到练声、练气、练神的作用。日本有一些老人就把读诗作为锻炼身体和意识的方式,并且取得了相当大的成功。英国有些心理医生则通过让患者阅读中文来治疗失读症。原因是,他们发现,中国和日本失读症患者很少,因为汉字的书写与发音是分离的,学会汉语的过程可以训练大脑两半球的协同能力,而学习拼音文字的过程无法很好做到这一点。语文教育自然意味着培养人们运用语言文字的能力,但它还能通过潜移默化的方式提高人的精神境界,塑造人的审美理想,提高人的审美趣味,陶冶人的道德情操。实际上,学好语文有许多人忽视的一种功用,即修身养性和净化灵魂的作用。在一个人们普遍热爱阅读文学作品的社会里,人的物质欲望更容易得到升华,人的贪欲更容易得到淡化,人的邪念更容易得到遏制,人的过剩精力更容易被引导到高尚的事情上去。如果我们的学生从小培养对优美的语言文字的敏感和热爱,他们将一辈子受益。

当然,我们还可以为重视语文教育找出许许多多理由和根据。由于语文教育是一个综合性的工作,它需要来自许多方面的努力。但搞好语文教材的编写、提高语文教师的素养、改进语文教学的方式,始终是不可缺少的。吸纳来自不同领域的专家(比如,儿童心理学家、历史学家、科普作家、社会学家、哲学家和艺术家,等等)参加语文教材的编写,将有助于以令人愉悦的方式把复杂的价值观念、审美情趣、想象力的培养、社会规则意识和环保意识的培养与语言能力的提高完美地结合起来。

语　言

"汉字微调"四问

　　前不久,教育部公布了由一些语言文字专家经过 8 年辛劳拟定的"汉字微调"方案,征求意见的时间虽然不长,打算"微调"的汉字也只有 44 个,但在社会上引起的强烈反响和激烈争论远远超出许多人的预料。其实,引起广泛的争议本身就是一件好事,它反映了中国社会近几十年来取得的进步,尤其反映了公民的自主意识和文化自觉的增强。

　　制定方案的学者们已做了他们能够做和应当做的事情,对他们的劳动我们理应予以尊重。但是,如果要把少数学者的成果变成社会公共政策,我们就不能不三思而后行。我们不仅要问这样做是否合理,而且要问这样做是否合法、是否必要、是否可行。以我之见,现在我们连"汉字微调"方案是否合理的问题都未解决,草率行事只会徒增混乱。那么,对汉字怎样调整才算合理呢? 我以为,一要看它是否更便于书写、表达和交流;二要看它是否有利于文化的传承;三要看它是否显示出汉字特有的美感(例如,结构是否和谐、匀称,形意是否统一,等等);四要看它的推行所花的成本能否被我们的社会所承受。

　　关于第二点和第三点,专家们容易做出判断。这里暂且不谈。关于第一点,则要集思广益进行讨论,语言文字学家的意见当然应当得到尊重。但我们不得不考虑两个因素。就像所有人在本质上都喜欢走近路一样(恕我直言,许多城市设计人行横道时并未考虑这一点),人们普遍都有避繁就简的习性。文字的产生和演变一直受到基于这一习性的经济法则的推动。我们在制定公共政策时要尽可能符合人性的要求。因此,在汉字微调时采取避简就繁的做法是很不明智的。

比如,在汉字微调方案中对"唇"字的改动就没有必要。此其一。其二,汉字的意义像其他文字的意义一样并非单独存在,它离不开句子、语法和语境。著名语言学家索绪尔说,"语言是一个差异系统",这一判断也适用于汉字。我以为,文字的活力在于应用。哲人维特根斯坦甚至说:"意义即用法。"在实际运用中,单字出现的机会是不多的。孤立地看待汉字,并非实事求是的态度,也不是科学的态度。只要在实际使用时某个汉字不会造成太多的歧义和误解就没有必要去改动它,因为可能引起误解的单字在特定语境中是可以避免误解的。比如列入方案的"琴"字就是如此。况且,在对待文字方面,人们每每表现出"得意"而"忘形","得意"而"忘象"的倾向。

在市场经济的时代,上面提到的最后一点也是我们不能不考虑的重要因素。因为文字的改动即便只涉及一个笔画,也会造成"牵一发而动全身"的效果,很多人名、地名、路名、校名、公司和产品的名称、商标等等都会受到影响,所有电脑字库乃至软件都要改变。这就意味着所有依靠电脑的行业和部门都不得不投入一定的人力、物力与财力去适应汉字的微调。户政、教育、新闻、出版、金融、保险、海关、医疗、工商管理、司法等行业和部门受到的消极影响最大。IT 行业所受的影响可能好坏参半。问题在于,这一成本由谁承担? 如果人们为了节省成本而不愿购置相应的软件或改变店名、品名和商标的文字笔画,你又如何处理? 由此产生的法律纠纷该怎样解决? 当我们的社会还有大量更紧迫的事情要做的时候,将大量人力、物力与财力花在这个方面是否值得?这是语言文字学家们无法回答也不应由他们回答的问题。

其实,许多国家都对文字做过调整或改革。但通常要进行反复的讨论和辩论,然后交议会进行审议和表决。比如,为适应"键盘时代"和全球化的趋势,德语的拼写也在经历微调,尽管只涉及若干字母(如,将 ü 和 ö 上面的两点用 e 代替,即分别写成 ue 和 oe),但经过几十年的讨论和辩论后还在采取双轨制。再如,法国在大革命之后为维护国家语言文字的统一,不合理地取消了许多少数民族的语言(在这方面,中国的做法要好得多),当有些人试图提出恢复凯尔特语的合法地位的议案时，引起的争议简直到了白热化的程度，至今余波未息。最近，韩国有学者主张将韩文推广到世界上尚无自己文字的民族。这虽然有文化扩张的嫌疑，但目前还只能作为一厢情愿的戏言。

语言文字不仅是思想的载体和交流的手段，而且是我们的文化得以安身立命的根本。在这个日益重视个人权利的社会里，以国家名义进行的文字调整绝不只是少数学者的事情，它涉及需要得到法律保护的所有人的基本文化权利。为体现对这种权利的基本尊重，国家语言文字委员会需要对"汉字微调"方案仔细评估，反复论证，再交全国人大进行讨论。一旦方案得到通过，就以法律的形式固定下来，并交国家技术监督局予以监督执行。这样做不仅有利于将政策的制定与执行分开，从而有利于避免错误和纠正错误，而且在遇到因文字调整而产生的法律纠纷时做到有法可依。

在这个知识经济的时代里，文字的调整还涉及千千万万的个人和公司的经济利益。在计划经济时代，汉字简化方案曾借行政力量予以推行，其经验与教训值得记取。但在市场经济时代传统方式已不适用。在我国由计划经济转向市场经济之后，由于教育的普及，普通民众对自己天天使用的文字保持高度的敏感是十分正常的，更何况文字的调整直接涉及他们的利益并且很有可能给他们带来法律纠纷。单是换公司的招牌一项很可能要花不少时间与金钱。由于现代社会是契约化的社会，文字调整涉及契约和其他法律文书的严肃性和有效性。如何保证合同条款和个人签名的效力不因文字调整而改变是我们必须严肃对待的问题。假定一个人要经常出入境，而他（她）的名字恰恰因汉字微调而受到影响（我们假定一个人姓名为"朱唇"，被列入调整方案的"唇"字的写法有不小的差异）。他会被拒绝入境吗？他的签名还有效吗？由于很多国家已采取电子签名系统，原有的证件已被扫描并储存在电脑中，笔画的变化很有可能被视为造假（我本人在国外就常常用汉字签名）。如何解决这类问题呢？此外，由于汉语是联合国的5种工作语言之一，文字调整还涉及大量的国际文书以及与此相关的国际事务。对此，我们研究对策了吗？

捍卫语言的多样性

    语言是最宝贵的遗产。当某个少教民族的语言随着某个老人的去世而消失时，它也许不会给你带来什么震撼，至少它不会像一座宫殿被大火焚毁那样给你造成直接的冲击。但对懂得珍视文化遗产的人来说，这种语言的消失仿佛是一个时代的终结，是一种活生生的文化在令人伤感的气氛中与我们无奈地诀别。毫无疑问，这是一件远比某座宫殿的焚毁还要让人心酸的事件。不幸的是，我们几乎年年月月都要面对这样的事件。

    在全世界仅存的6000多种语言中，有些语言只有几十个人能讲，有些只有几个老人能讲，有些甚至只有一个人能讲。在我国，能讲满语的人也已为数不多了。不少语言专家担心，半个世纪之后，全世界可能只剩下五百种左右的语言了。那些语言的消失意味着什么呢？意味着这种语言所承载的思维方式的消失，意味着这种语言所包含的文化基因的消失，意味着通过这种语言而表达的特殊体验和感受的消失，意味着这种语言向未来敞开的文化视域的消失，当然也意味着与这种语言相关的世界经验和人际经验的消失。

    基于上述原因，我们就不难理解为何维特根斯坦说"语言的界限就是文化的界限"，也不难理解为何海德格尔说"语言是存在之家"，更不难理解为何杜威说语言是思想的逻辑。也正是基于上述原因，我们不难理解为何在殖民时代一些国家在占领另一个国家时纷纷将自己的语言强加给另一个国家的人民，因为他们了解，改变一个民族的语言就等于抽掉一个民族的灵魂。一年多以前法国议会一些议员试图通过立法恢复凯尔特语的合法地位，法兰西学院的一些院士千方百计加以阻止，他们的理由是语言的多样性会威胁国家的统一性。我们很难想象，这件事发生在尊重差异性和多样性的后现代思想正大行其道的国度。但是，它是真切的，尽管这不免让人遗憾和伤感。

我们不要忘记，语言的多样性是文化多样性的重要条件。我们是否想过，当世界上只剩下五种乃至一种语言，我们的世界会是什么样子呢？语言多样性的减少在殖民化时期曾达到了顶峰，最近的三十年中，一些少数民族语言消失的速度又大大加快了。许多方言也处于危险之中。它们与一些物种的消失几乎是同时发生的。这不是偶然的，因为它们遵循同样的逻辑：求同灭异的倾向正借市场化的力量而不断扩展自身，它的背后则是人性的贪婪。当拯救濒危物种正成为人们的共识时，拯救濒危语言是否也该列入议事日程呢？

前不久，当我访问纽约的一些机构时，我似乎获得了某种启示。一个曾为政府部门工作的计算机专家自豪地告诉我，纽约有一百五十多种语言，政府部门已将它们统统纳入计算机网络系统并提供翻译服务。语言的多样性使翻译成为必要，翻译反过来保护着这种多样性。因此，当一个人到医院看病，或到药店买药，或希望得到公司和政府机构的服务时，即便他（她）不懂英语也没关系。

如果说尊重一个民族首先要尊重它的语言，那么，尊重它的语言最终要落实到尊重它的生活方式上。因为，只有活生生的生活才能真正守护我们的语言。今天，当我们面对一些即将消失的少数民族语言，唯一积极的方式是加以保护，实在无法保护时就有必要请讲这种语言的人留下他们的音像资料。也许，几百年以后，我们的子孙还能从中吸取教训。

文化的传承与文字的断裂

弘扬传统文化已成为呼喊多年的陈旧口号。当我们从文化传统的抽象继承和具体排斥状态走出时,我们才猛然发现自己不得不面对文化的传承与文字的断裂之间的矛盾。一方面,中国的现代化包含了文化的现代化,而文化的现代化又离不开对我国文化传统的深入了解,因为文化传统是使我们的思想与生活得以生根的东西,是现代价值观念的活生生的源泉。另一方面,弘扬文化传统又不应是演几场京戏或建几座寺庙,而应成为人们的生活态度和深入细致的学术阐释,然而,我们都生活在用简体字描述的世界上,"四书五经"和其他典籍作为中国人的道德观念和价值体系的源泉,如今反不被广大青少年所理解。事实上,我们早已成为"垮了的一代"——对现代人来说,古汉语与现代汉语之间似有难以弥合的裂缝,这便是我所说的文字的断裂。

中国文字的断裂主要表观为古汉语与观代汉语的距离不断被人为地扩大,其结果是,年轻一代越来越缺乏对古汉语的了解,甚至丧失了对繁体字的认知能力。不断出现的汉字简化方案以人为的方式而不是按语言自身发展的规律将中国语言文字的断裂肯定下来,并依靠行政的力量在全国范围内广泛推广从而将这种断裂合理化。诚然,汉字简化方案不无合理的一面,因为其制定者的初衷本是为了方便知识的普及和文化的大众化,从而在一定程度上防止书面汉语与汉语口语的严重分离,防止将前者变成官员及学者的专利品和私有物,因而也防止它像拉丁文一样走上衰微的道路。

　　然而,汉语之所以没有像拉丁文那样变成死语言,不仅是因为它没有像拉丁文那样仅仅成为学者的语言,而且是因为它既有诗意语言的美感,又有生活语言的朴实,有对我们生活的难以抗拒的规范力,并始终维持着我们这个民族的想象力。很多汉字的简化是以牺牲汉字的美感为代价的,因为不少被简化后的汉字打破了结构的平衡,损害了偏旁部首之间的匀称与和谐,经常练习书法者一定对此有深切的体会。平心而论,大规模地简化汉字并不能提高人的文化水准,相反常常会降低人的文化品位,因为它在客观上造成了让高文化的人向低文化的人看齐,让低文化的人向无文化的人看齐。以第三批汉字简化方案为例,其中的不少简化字是从街头巷尾搜罗而来的,而这些字多半出自文盲之手。譬如,"菜"字在简化方案中被简化为"艹",后者就不免给人以头重脚轻之感。将这些不规范的汉字列入简化方案,在客观上肯定了文盲随意造字的合理性,并且助长了不规范用字的风气。其结果是,不规范的东西反以规范的面目登堂入室,并且普及社会,深入人心,进入历史。这无异于使规范的东西让位于不规范的东西,它实质上是对文盲的鼓励和对规范用字的打击。今天的不规范用字几乎遍布生活的一切领域,其原因多半在此。当文盲们发现自己的不规范字居然进入了汉字改革方案,进入了报纸、书刊,而不是受到人们耻笑时,其随意造字的热情也就愈加高涨了。

　　海德格尔有言:"语言乃存在之家。"但这个存在之家并非空洞的外壳,而是思想的凭依和生活的内涵,因为它蕴藏着我们祖祖辈辈的辛苦与智慧,潜存着生命的根基和热情。它不仅使我们得以栖身,给我们以安全和温暖,而且使我们感到自由自在。对这样的依归之处,每个人都有责任加以精心守护和保养。

　　文字是历史的丰碑,汉字亦不例外。它体现了一个民族的精神气质、审美趣味和思考方式,在历史的长河中,它的每一细微变化都足以反映一个时代的社会生活的剧变。相对于几千年的历史来说,汉字的变化速度十分缓慢,而在近几十年中,我们却以"大跃进"的方式让文字的变革走过了过去需要上千年的时间才能走完的路程。这种"大跃进"对中国文化的传承和发展未必是一种福音,这是因为,大量简化汉字造成了现代人与古典文化的隔膜。现代人与古人的沟通首先是通过文字进行的,文化的传承作为一个自然历史过程离不开文字的连续性,大量简化汉字破坏了这种连续性。从接受学的角度看,当一篇文章出现了五分之一的生字时,读者就必须重新进行文字训练,而繁体字对于许多年轻人来说几乎都是生字。现在,许多年轻人之所以对古书不感兴趣甚至表现出本能的厌恶,正是因为他们在辨认和书写繁体字方面缺乏应有训练。同时,我们的大、中、小学普遍漠视中国古典文化的教育,使好几代人都遭受了不应有的损失。中国的老一辈学者多能对"四书五经"和其他一些中国经典烂熟于胸,至少能领会其中的基本精神,而这些东西恰恰是培养中国人的精神气质的基本要素之一。因此,当我们将"四书五经"和其他学术经典视为无用而不予过问时,我们已在很大程度上丧失了中国人的精神气质,从这种意义上说,我们也就成了不伦不类的中国人。如今,中国社会虽有要求弘扬传统文化的呼声,但这种呼声非常微弱并且流于空洞的外在形式,以致发扬传统变成了唱几句京戏或象征性地开两次会议,对传统经典的学术诠释成了五花八门的古书今译或只供消遣的漫画。以重构中国学术经典为内容的各种漫画大畅其道,在我看来恰恰反映了中国文化的不幸,因为它反映了现代读者由于语言方面的障碍而丧失了阅读和欣赏各种典籍的能力。照此下去,总有一天,我们中国人只能到日本和韩国去领略中国文化的遗风。

文字是文化的载体,它的断裂必然造成文化的断裂。要防止这种断裂,文字的变革就必须是循序渐进和不露痕迹的自然进程,破坏这一进程是我们自绝于传统的第一步。大规模地简化汉字所造成的文字的断裂削弱了现代中国人特别是年轻一代对中国悠久文化传统的认同感,同时也削弱了现代人的文化意识和民族精神气质得以生长的历史根基。

从表面上看,大规模地简化汉字可以使我们的辨认和书写变得更加省时省力,但它在文字审美和文化传承方面造成的损失难以弥补。

况且,靠简化汉字来普及文化知识几乎是一个舍本逐末之举,因为文盲的多少取决于社会成员的受教育水平,而与汉字笔画的多少没有直接的关系。从长远讲,随着计算机视觉技术和语言输入技术的突破,汉字的输入有可能比西方拼音文字的输入更加简便,这就使大规模地简化汉字失去了意义。如果我们早就将简化汉字的人力、物力和财力用于提高社会成员的文化水平或投入计算机技术的研究,成效也许要大得多。

近年来,繁体字不断在各种场合出现,这决不是单纯的经济因素造成的,它从一个侧面反映了人们重新接续中国文化传统的愿望与要求,因为在一部分人眼里,能写繁体字本身是有文化修养的表现。瞩目将来,港、澳、台终归要与中国大陆统一,经济的统一无疑是国家统一的基础,但这种统一离不开语言文字的统一,并且这种统一不会有碍文化的多元化趋势。为此,大陆及港澳台地区需要建立一个综合的语言文字委员会来协调汉字的统一工作。让港澳台地区的人民全盘接受简体字并不可取,让大陆人全都使用繁体字亦不现实。唯一合理的选择是,通过深入的研究将部分过繁的字简化,将所有被草率简化的字恢复原状。不管文字统一工作如何进行,我个人认为我们必须遵循三条原则:第一,尽量不破坏文字的审美功能;第二,有利于中国古代文化的传承;第三,必须考虑计算机视觉技术和语言输入技术的突破给汉字输入带来的影响。

总之,中国文字的断裂已是一个不言而喻的事实,这既是中国文化传统断裂的表征,又有碍现代人与古代人的沟通,有碍中国古典文化的传承与发展。中国的现代化既是工业、农业、国防和科学技术的现代化,又是人们的思维方式和行为方式的现代化,同时也是文化学术的现代化。但是,要使现代化成为可能,我们既要与国际接轨,也要与自身的文化传统接轨,脱离了后者,我们将失去现代社会的制衡力量,失去维系现代生活的价值源泉,失去心灵生活的依持与归属,这几乎是所有现代化国家的教训,也是所有深入研究现代化问题的专家得出的结论。

科
技

人造生命与人的未来

由美国生物学家文特尔(C. Venter)领导的小组向世界宣布,他们已经通过将人工合成的基因组植入被掏空的山羊支原体,合成了具备自行复制能力的新细胞,并将它取名为辛西娅(Synthia)。尽管这还不是百分之百的人造生命,但由于作为决定其生命特征的核心"部件"的基因组是按人的意图设计和"组装"而成,它的诞生已经预示着一个大规模设计和合成生命的时代即人造生命的时代将要到来。它不仅标志着生命科学由发现向创造的真正过渡并将由此改变人们的自然观与生命观,而且将在医学、能源、环境、粮食和公共安全领域产生长远而深刻的影响,并相应地对我们的伦理体系、法律体系、宗教观念、政治运作和国际合作提出新的问题。鉴于这项成果可能在许多方面产生持久影响,美国总统奥巴马(美国和法国均由最高领导人出任国家生命伦理委员会主席)已下令对这一成果的短期和长期效应进行全面评估,美国议会也于 2009 年 5 月 27 日罕见地就这项成果举行了听证会。

正如转基因作物的出现、胚胎干细胞研究特别是克隆技术研究的开展、基因药物的开发和基因治疗方法的初步运用,一直引起广泛的讨论和激烈的争议一样,人造生命的产生也将会引起越来越多的关注和争论。重要的是,我们既不能盲目乐观也不能太过恐惧,而要以前瞻的眼光、科学的态度和伦理的关怀对这项人类历史上未曾有过的创造进行仔细的负责任的风险评估,并通过给这项新技术注入人性的因素来做好兴利去弊的工作。通常说来,对应用前景的看好,对经济利益的追逐,对技术优势的渴望会诱使许多生物技术先进的公司、组织和国家渐渐放松对基因技术研究及其应用的伦理限制。但如果不能客观地认识和全面地评估人造生命技术的利弊,我们就无法将它引向合理的发展方向并预防潜在的风险。

那么,人造生命技术将给人类带来哪些前所未有的好处和潜在风险呢? 粗略地讲,人造生命技术可以带来以下的好处。

1. 人造生命的出现将在能源和环境方面解决不少问题。如,将来通过克隆人体器官为每个人制造备用器官以供移植,从而挽救千千万万人的生命;开发转基因作物,大大提高单位面积的粮食产量,从而为解决粮食危机找到一条切实可行的途径;通过开发抵抗病虫害的作物大大减少农药的使用从而降低生产成本和环境污染;通过彩色棉花的大规模种植减少对化学印染的需要从而减少环境污染和能源消耗;使用微生物作为能源(如,美国已成功试验用大肠杆菌来生产汽油和柴油)并通过开发高产量的油料作物来部分满足能源需求,减少对化石原料的需求从而减轻环境污染;部分弥补因一些物种灭绝而造成的生态损失,特别是对生物多样性造成的损失,修复已经遭到破坏的生态环境。

2. 人造生命的出现将对人们的世界观,特别是生命观带来革命性影响。它将打破自然物与人造物的界限。自然界的漫长生命演化过程将在试验室里再现出来。人造生命将作为自然生命的替补并在很大程度上丰富"生命"的内容和含义;自然生命的完整性、独特性将被打破。物种之间的界限、植物与动物之间的界线可拆分和可组合将成为生命的新标志。由于大规模地根据人的意图设计生命将成为现实,生命的特性可以人为改变,人的目的与意志将被"注入"其他生命之中并规定某些生命存在的形态与方式。人造生命技术的成熟也将使自然生命和人自身的改造成为可能。在生命领域,"我愿"与"我能"的矛盾将得到一定的克服。

3. 人造生命的出现将大大改变医学的图景。首先,科学家有可能通过人造生命试验和开发各种有效药物(如疫苗)或把人造细胞作为药物的有效载体并大大缩短新药开发的时间,提高药物的安全性、可靠性和有效性。其次,科学家将能通过对基因组的合理设计再造人的第二免疫系统。我这里所说的第二免疫系统是指通过给人体引入对人体无害同时又能消灭对人体有害的细菌和病毒的人造微生物来实现防病和治病的目的。其原理类似于生物灭虫法。再次,它可以大大推动人体组织工程学的发展。比如,可以通过设计和制造功能完善的人工器官和组织来置换每个病人的病变器官和组织,到那时,目前采用的器官移植将被真正意义上的器官置换所代替。"器官银行"的设立将变成现实,在那里,每个人都有为自己量身定做的备用器官供适当的时候移植。人的健康将得到更好的保障,人的寿命将大大延长。目前器官移植中存在的那种器官短缺和排异反应问题将得到很好解决,它的绝大部分伦理障碍也将不复存在。

4. 人造生命的出现将有可能大大增加生物多样性,从而为改善现有的人类生存环境和再造新的生态环境提供可能性。尽管从制造单细胞生物到制造植物和动物还有相当长的距离和许多技术障碍,但这些技术障碍在不太遥远的将来是可以得到克服的。从理论上讲,既然人类能制造单细胞生命,就完全可能通过基因工程方法培育出自然界所没有的动植物,从而使农、牧、渔业生产全面实现工厂化和自动化,这样就可以从根本上解决粮食不足和土地不足的问题并为改善人们的营养结构、提高食品质量提供可能;制造适合于在沙漠和高寒地区生长的植物并最终使那些地方披上绿装,这样一来,欧亚大陆、非洲、美洲和大洋洲将有更多的地方适合人类居住;制造出能在不同近海海水中生长的树木,从而大大增加各沿海国家的森林面积,从而为减轻海洋自然灾害(例如,海啸、海洋风暴、海浪对海岸的侵蚀,近海土地的盐碱化)和增加人类的自然资源找到新的途径。

5. 人造生命的出现将促进载人航天事业的发展并最终为实现人类向其他星球移民提供可能性。如果人造生命技术的发展足以使航天员在太空中实现食品自给,人就可以不必过度依赖地面支持系统而在太空生活更长时间,从而使人能做更远的星际旅行。由于太阳和地球已经步入"中年",人类要想继续生存,就必须在地球变得不适合人类生存之前向其他星球移民。要实现这一目标,必须具备三个基本条件:第一,人类能找到一个基本适合生存的星球,然后在那里建立一个合适的生态系统;第二,人类必须发明足够快和足够多的星际载人系统;第三,人类必须具备在运载工具里保持长期生存和繁衍的能力。不具备制造生命的技术,人类将无法创造第一个和第三个条件。从现有条件看,这似乎是痴人说梦,但如果人类连这种梦想都不具有,他们将丧失自己长远生存和发展的可能性。

但人造生命也会引起各种担忧。不管那些担忧是否合理,它们都体现了人们对人类前途和命运的殷殷关切。我以为,对这些担忧本身非但不必担忧,相反,我们要承认这些担忧的存在价值并予以足够的重视。这是因为,维持适当的担忧对于保持发展中的张力和前进中的平衡是必不可少的,这些担忧不仅可以让我们保持清醒的头脑,而且能制衡一些过分狂妄的企图。此外,这些担忧是人类总体免疫机制的一部分,也是人类预警机制的一部分。它们不仅可以防止人们在不了解一种新技术的长远后果的情况下贸然行事,而且能促使人们在研究的自由与研究者和应用者的道德责任之间实现动态的平衡。人造生命如果不能被合理运用,有可能带来一些值得警惕的负面影响,这些影响至少包括以下这些方面。

1. 人造生命有可能被用作生物武器或因人为失误而导致难以预料的消极后果。就像核能可以用来为人类谋福利,也可以用于制造杀人的核武器一样,人造生命自然也可以服务于双重目的。一个能够制造超级病菌和病毒等病源微生物的个人和组织一旦出于邪恶的目的制造和使用害人的人造生物,许多人的健康和公共安全将陷入危险之中。没有人能绝对保证不会出现这种情况。鉴于人类不乏使用化学武器(比如,日军在侵华战争期间就使用过毒气弹,美国在"越南战争"期间就使用过枯叶剂)、生物武器(二战期间日军和纳粹都尝试性使用细菌武器)和核武器(美国在长崎和广岛使用原子弹)的先例,我们无法排除极端组织和罪犯乃至某些国家使用人造生命作为武器的可能性。为了彰显人造生命的好处而试图掩盖这种危险是极不负责的。唯一合理的做法是通过全球合作尽一切可能兴利去弊，防止危害人的可能性变为现实并找到应付上述危险的可行办法。提倡研究者的道德自律固然重要，但没有切实可行的全球监管体系将无法实现合理利用生命制造技术来为人类兴利避害的目标。

2. 对人造生命的不恰当运用可能破坏现有的生态平衡。就像转基因作物曾经引起担忧一样，人造生命的出现理所当然地引起人们对生态平衡的担忧。尽管有些担忧未必是合理的，但是有担忧比没有担忧要好，因为它促使人们思考如何合理地运用生命科学的成果。生物圈是一个相对平衡的动态系统，不同生物构成了相互联系和相生相克的链条。外来物种的入侵会破坏原有的生态平衡，这已成无可争议的事实。比如，一枝黄花原生北美，但被带入中国之后因失去原有生态环境的制约而疯长，以致它所到之处许多其他植物难以存活（我本人通过对比发现北美的一枝黄花又矮又瘦，而上海的一枝黄花却很粗壮）。水葫芦原来被作为观赏植物带入中国，现在在许多水域疯长并因此影响渔业生产和饮用水的安全。由于它枯死后污染水体，为保证黄浦江饮用水源的安全，上海每年要投入不少人力、物力和财力来治理。再如，亚洲鲤鱼被带到北美后在许多河流和湖泊疯狂繁殖以致严重影响不少水生动植物的生存。亚洲螃蟹被带到英国和欧洲大陆后因大量繁殖而威胁到河湖堤坝的安全和其他水生物的生存。此类例子举不胜举。

3. 造成新的技术垄断以及少数人对绝大多数人的全面控制。就像种子公司将从根源处控制粮食生产并可能最终控制农民的利益和影响粮食安全一样，掌握生命制造技术的公司可以通过控制基因开关来左右"生命制品"市场，从而影响每个人的生活。当然，这并非必然出现的现象。一方面，我们需要保护生命技术专利，从而保护和鼓励技术创造；另一方面，我们又需要打破技术垄断，维护公众的利益。如果我们无法在这两方面取得平衡，就会出现少数技术公司控制绝大多数人命运的局面。不具备生命技术专利的国家将受制于拥有该技术的国家。

4. 减少人们对濒危物种的保护热情。当人们意识到生命可以制造时，很有可能像扔掉一件旧的物品一样随意处置一种生命，甚至错误地以为，濒危物种消失了没有什么了不起，因为人工生命可以弥补已有损失，与其花很多金钱、时间和精力去保护那些物种，还不如制造新的物种。尽管现在离那一步还很远，但需要防止这一现象发生。每个物种都有其独特性，复制消失了的物种即便不能说不可能，至少是非常困难的。

5. 减少人们对生命价值的尊重并侵蚀人自身的生命尊严。生物界是一个相互联系的系统，根据生命体的感知能力，我们可以像莱布尼兹一样把这个系统看作一个阶梯。每种生命都因其内在价值和相对于其他生命的外在价值而构成环环相扣或相互依赖的复杂价值系统。高级生命与低级生命的差异也反映在它们的内在价值的差异上。在基因层面上看，既然它们都带有特定的遗传信息并具备自行复制的能力，它们的价值差异自然也表现在基因的复杂程度的差异上。但是，如果我们可以容易制造生命，我们很可能随意毁掉生命，尽管这两者之间没有必然联系。由于人与其他生命形态在价值上有连续性以及作为生命的共同性，人只要损害其他生命的价值也就会间接地、或多或少地损害人自身的生命价值，人刻意贬低其他生命的价值也就是在间接贬低自身的生命价值。当人在损害其他生命的尊严时，他也在通过损害人的尊严的生命基础而侵蚀自身的生命尊严。

基于上述可能的利弊以及因篇幅所限未能列举的其他利弊，我们需要在加强国际合作的基础上为生物工程技术的发展专门制定并实施一项长远的国家战略，以便整合有限的人力、物力与财力进行富有前瞻性的研究，而不只是进行所谓的跟踪研究。以兴利去弊的方式去实施这样的战略不仅事关中国的长远发展和全球竞争力，而且事关人类的前途与命运。

把大脑联网？

　　网络正把我们召唤起来。它是电脑的联结，更是人脑的"串通"，把大脑联网即将成为我们这个时代的象征。网上通讯、网上求医、网上贸易、网上上班、网上游戏早已预示着网络时代的开始。在这个时代中，我们将会感受到一系列喜忧参半的变革，网络正在加速人脑与电脑的分工。在荧屏与大脑的共生中，网络仿佛是人的第二感官。人把本该由自己记忆的东西存入电脑，把本该自己承担的思考指派给了网络，于是一部分人需要另一部分人替自己进行思考，因而也需要另一部分人为自己做出决定。

　　由于知识越来越以电子信息的形式出现，人对电子信息依赖的与日俱增意味着自己掌握的知识日趋减少。当对信息专家的依赖使一部分人失去思考能力时他们也许会变得更加愚蠢。因此，社会成员将分成两类：信息专家和信息消费者，后者听从前者的摆布，有如文盲服从文牍。

　　网络的普及已使知识与意见难以区分，真假难辨的信息占据着我们的思维空间，驾驭着我们的感觉经验。随着人在网络中逐渐以图景世界代替世界图景，我们本想通过图画来控制世界，现在图画反而在控制我们。通过网络而呈现的艺术成了没有艺术家和艺术作品的艺术，知识分子成了没有理解力的知识分子，思想成了没有头脑的思想，心灵成了无主体的心灵——人怎样选择，虚拟的世界就怎样向人呈现。也许，网络时代的到来使我们自己的观念无处不在。当我们能从世界各地发出并接收信息时，分身之术终于成了现实。它正在抹去读者与作者的差别，能上网者似乎都能上网写作，不管他是在涂鸦还是在创造。文学艺术随着网络的发展而改变自己的样式，尽管现在人们尚没有为网络文学和网络艺术时代的来临做好准备。只要电子信息世界"允诺毋需经过漫长学习过程的天堂般的知识王国，我们就被迫从知识的侏儒变成信息巨人"。

好坏参半的消息是，网络也部分地改变了情感世界甚至改变了谈情说爱的方式。情人的幽会变成了网上的交谈，它表明人似乎可以生活在柏拉图式的爱恋中，生活在女人可以装扮成男人、男人可以装扮成女人的世界中，总之，生活在性角色的错位中。在当今世界里，上网成了谈情说爱的节日，它不仅使人明白"千里姻缘一线牵"的真义，而且使单相思者在那里找到了心灵的安慰。当情感与灵魂被系在键盘之上时，电子情书便成为带来生活意义的一种方式，不管情书的内容如何富有色彩，也不管它是否出于广告公司的制作，它仅仅意味着发送者对广告语言的选择，意味着接受者那魂牵梦萦的期待，甚至可以说它仅仅是这种期待本身。

然而，今天的网络远远没有合理化。它虽是人发明的工具，但像许多新生事物一样一开始总是成为人们普遍追求的目的。它使遥远的人接近，使接近的人遥远——那个在网上与他闲聊的人很可能远在地球的另一边，那个在网上跟他（她）谈情说爱的人很可能就是他（她）的邻居。使人舍近求远乃是网络的后果，也是它的本质。它使孤独的人不再孤独，使不孤独的人反倒孤独。不少人成为真正的网虫，沉迷于虚拟的世界，他们也许会失去对现实的兴趣。除了生理需要，身边的事物仿佛成了毫无意义的空壳。于是精神病医生的手册上将新增一个病名：网络综合征。其实这并非我的假设，而是活生生的现实。君不见，一些网虫深更半夜还带着充满血丝的眼睛与网上来客娓娓交谈——他们像目语着的蚂蚁奔走于通向蚁穴的路途，他们忘身于字符与图画的变奏，听不见伴侣的甜甜私语，看不见婴儿的灿烂笑靥。他们不理会父母那近乎哀求的关爱，而只求在电子世界中等候雄鸡报晓的啼鸣。

的确,网络对于教育永远是一种福音。网络将使那些渴望上大学而又无法上大学的青年实现上大学的梦想。在我们这个教育资源严重短缺的国家,网络教育将是一种非常经济的选择,因为它不需要宿舍、教室和图书馆,也不需要那么多教职员工。由于通过网络能实现教育资源的共享,我们将因网络的普及而告别全日制大学,学生将因此超越时间、地点和年龄的限制,而像点菜一样进行跨学校、跨地区乃至跨国界的选课,职业教育与非职业教育的差别将大大缩小,学生学习的自主性将进一步增强。当网络为我们的自我教育提供无数机会时,终身教育就不再是一种神话,而是生活中的直接现实。随着网络教育的兴起,我们将实现由函授大学、广播电视大学向网络大学的转变,尽管在可以预见的将来,它们仍将长期并存。与前面两种形式相比,网络大学将使老师隐退成幕后设计师,学生将不再是被动的倾听者、受考者,而是发问者、对话者,尝试的答疑者、解惑者。因此,网络大学将促进学生心灵的自我塑造,促进师生间的双向交流和相互开放。这是苏格拉底式教育——对话式教育——在更高阶段,朝更符合人性的方向的真正复归。有朝一日,知识将以信息的形式储存于芯片并被预装在人脑之中或通过特殊的感应装置从网上下载到人脑之中。这样,学习就不再是接受知识而是懂得如何创造和利用知识,人们将不再满足于通过学习掌握某种技能,而是要培养一种适合自身的生活方式。

但网络对政治生态的改变恐怕是人们始料不及的。尽管现在谈论网络民主还为时过早,因为民主并不是一个技术问题,但通过网络来进行小范围的选举是可以设想的。网络正在使政府权威受到考验,也使言论自由不得不寻找新的法律基础。政府作为社会的大脑对民众的影响力已相对弱化。近来美日的一些政府机构因网站不断遭到黑客的入侵而不得不关闭以求安全,这一政治史上的罕见现象已将政治引上新的逻辑进程。官员将越来越依赖专家去争夺对信息的支配权。网络霸权使一些人认识到,信息问题越来越成为统治问题。一些政府对信息所做的过滤恰恰应验了谢尔斯基(H. Schelsky)的预言:

243

国家的最高权力将表现为把最有效的技术手段留给自己,强迫别人接受这些技术手段的应用,自己则几乎不受限制。在政治生活中网络的使用使民众意识到政府像自己一样只是一个用户,民众表达政治意愿毋需得到恩准。与此同时,网络的管理者对信息作何选择却直接影响一个政府的政治决断。如果政府官员无法验证网上信息的准确性,这种政治决断很可能偏离现实的目标,政府将成为官员与信息专家组成的联合政府。对网络工程师的仰仗不仅使技术官僚合法化,而且增强了国际化官僚的地位。官僚主义也许据此欢庆网络给自己带来的解放。既然网络已经允诺为社会经济生活和个人的一般交流提供快捷的手段,那么,深入社会、体察民情在一些官僚的心目中无异于浪费时间。但愿各国政治生活的进程不会让网络成为滋生官僚主义的温床,而只将它视为行政管理的助手。

　　"织"网者常常为网所困。科学地"织"网,合理地运用,这应当成为网络时代的箴言。

基因伦理的警钟

自 1972 年美国斯坦福大学的保罗·伯格（Paul Berg）实现病毒和细菌的 DNA 重组以来，人类在生命科学领域取得的成就远远超过了过去成就的总和。如今人类基因组测序工作基本完成，人在基因层次上的自我认识、自我调控、自我设计和自我完善已从抽象的理念转向了具体实施的阶段。随着科学的凯歌行进，一部分人正陶醉在呈几何级数增长的生命科学的知识向我们展示出来的美好愿景中，他们正变得狂妄自大，以为自己无所不能，甚至以为自己能扮演上帝的角色而不愿受任何东西的约束。

广大公众对生命科学的巨大发展衍生出来的社会问题缺乏应有的心理准备和道德准备。只有像古希腊的医学家希波克拉底和现代的爱因斯坦那样在从事科学研究的同时认真考虑自己的道德责任，科学活动才能走向合理的方向。事实上，由于科学越来越具有意识形态性质并且受经济利益驱使的倾向越来越强烈，社会公众尤其是科学家，必须比以往任何时候更多地考虑科研成果对自然、社会和人本身的深刻影响。生命科学告诉我们，所有生命都是以基因语言写成的书本。21 世纪的生命科学的重要任务之一是编一部生命全书，绘制所有生物的基因图谱。从理论上讲，如果基因可以剪接和重组，所有物种的界限都是可以打破的。不仅植物与植物之间、动物与动物之间的界限可以打破，而且植物与动物之间、动植物与人之间的界限都可以打破，其结果必然是自然界的原有统一被打破，生态系统的原有统一被打破。对自然进程的每一次大规模人为干预都需要我们付出沉重的代价。

我们在短短的几年中改变了自然界千万年进化的成果，这常被视为人类引以自豪的伟大成就。但我们对这一成就背后可能潜藏的危机还缺乏基本的了解。我们在制定和实施科学政策时没有投入专门的人力、物力与财力去研究和评估基因工程产品的安全性和长远影响。尽管到目前为止人们尚未发现已经培养出来的一百多种转基因农作物对人体有毒副作用，但有迹象表明某些转基因作物对别的生物因而对整个生态系统已产生负面影响。

譬如，法国一个科学家小组曾发现，一种蝴蝶在吃了一种转基因玉米的花粉后纷纷死去。虽然还没有确切证据证明，这些蝴蝶的死亡与转基因玉米有直接因果关系，但它给我们提出了非常严肃的问题。当我们不能确切得知一种转基因作物对人的安全性的时候就盲目推广是否恰当？迄今，世界上种植最多的转基因作物是大豆、玉米、棉花和油菜，但这些与人的生活息息相关的农作物对人体和环境的影响尚未得到全面而深入的研究。

正因如此，尽管早在1978年德国科学家就采用基因工程方式培育出了上面结西红柿、下面长土豆的新植物，后来还培育了能散发咖啡香味的"咖啡猪"，但欧洲人一直对转基因食品的安全性心存疑虑并要求政府对来自美国的转基因食品加以控制。有人要求对输入欧盟国家的转基因食品贴上特别标签。这导致了大西洋两岸的贸易摩擦，这一摩擦至今仍没有解决。

此外，美国一个种子公司给农作物置入"自杀基因"为人们敲响了新的警钟。一些农场主发现用这家公司的种子培育的农作物不再有"繁衍"能力，他们要想继续经营农场就不得不每年向种子公司购买种子。这样一来，种子公司就可以对农民实行无形操控并迫使他们满足自己的经济要求。

更让人心忧的是，法国一些生态学家发现，某些转基因农作物会引起变态反应，而转基因作物的新特性是否会转移给附近的野生植物从而引起连锁反应，仍需要仔细观察。譬如一种玉米被加入了能抵抗抗生素的基因,如果这种基因在自然界全面扩散后果会如何呢?

中国是世界上人口最多的国家,地少人多的矛盾日益突出。由于一些转基因农作物具有抗虫害、抗霜冻和耐旱的特点,而且它们的质量和产量可以大幅度提高,培育转基因农作物对我国具有不可遏止的吸引力。这自然意味着中国将成为基因工程技术的最大受益者。但如果其中存在我们尚不明了的隐患,那就意味着中国也将是最大的受害者。惟其如此,我们就需要在开发转基因作物的同时比别的国家更多地关心它对人的健康和环境的长远影响,并投入更多的人力、物力和财力去加强监测工作。

我们需要吸取我们过去在人口控制和环境保护方面的教训,既不能因噎废食地阻碍新技术的使用,也不能等到事态严重时才去苦思应对之策,相反,我们要未雨绸缪,理性地对待新的基因技术,使之朝合理的、更符合人性的方向发展。这一方面需要科学家勇敢地承担起对社会、对子孙后代的道德责任,另一方面需要广大社会成员对转基因技术的可能影响有更多的理性识见。当我们把基因技术应用到自己身上时更要如此。

众所周知,随着人类基因组计划的完成,医学和优生学将大大受益。首先人类将逐步揭示一些遗传疾病(如血友病、舞蹈病)的致病机理,并且在基因层次上对这些疾病进行诊断与治疗;其次,人类将可能在找出各种致病基因(如容易导致癌症的基因)后对它们进行修正,从而使疾病的监测和预防更加有效;再次,医院将有可能为每个人建立基因档案,为一些人消除有缺陷的基因甚至根据人的意愿改变人的体格、性格、外貌和智力并最终改良人种,使人类不断实现自我完善的理想。的确,基因工程技术给人类带来的益处数不胜数。它不仅可以从根本上改变人的生活,改变人与自然的关系,而且可以改变人本身。

然而,正因为它的益处很多,人们往往难以觉察它背后的隐患和危险。我们将面临的第一个直接危险是基因歧视的出现,一旦医疗和人寿保险公司了解了某些人的缺陷,他们很可能不接受这些人投保,因为接受这些人投保可能意味着巨额的费用支出。一旦雇主们了解到某些人有基因缺陷,这些有基因缺陷的人很可能不被雇用,他们在社会上很可能被视为隐性残疾人而遭到歧视。此外,一些死灰复燃的种族主义将因此获得新的动力。但是更可怕的事还在后头,根据历史的经验,凡是人人都想到的事总是有人在具备条件之后千方百计加以实现。即便法律加以禁止,仍会有少数人加以尝试。克隆羊"多利"产生之后各国政府纷纷发表声明表示反对克隆人的研究。可是不到两年英国议会就在最近通过法律允许用人的早期胚胎细胞进行克隆器官的研究,但这些胚胎细胞以后可以采用适当的技术培养成人。

更为关键的是,由于动植物与人的界限因基因重组技术的产生而打破,人将能综合"优势基因"造出"超人"。人的自我同一性和完整将被彻底破坏。人的传统定义将被完全改变。从逻辑上讲,在人身上可以植入植物和其他动物的基因,这样我们便不难设想以下的情形:为了让人们散发香味可以给人植入花的基因,这可以使人省去香水钱。科学家们可以让人有狗的嗅觉、鹰的视觉,让人有虎背熊腰等等。对人甚至可以随意设计和改造。到那时,人体工程师将是最吃香的职业。古希腊曾有哲学家给人下过这样的定义:"人是两脚扁平的、没有羽毛的动物",柏拉图抓出一只拔掉羽毛的鸡说,"这就是你所说的人"。在 21 世纪,柏拉图的反驳在理论上可能毫无意义,科学家完全可以让人长出翅膀来,但当人具备上述特征时,人还是人吗?

人本质上是不确定的生物,是能自我设计、自我改良的生物。当人能设计出远远优于自己的超人时,传统意义上的人也便走向了死亡。与传统意义上的人相关联的一整套政治法律制度和社会伦理观念也将消亡。我们是否愿意看到这样的局面呢? 如果我们愿意看到这一点,我们现在就要为此做好准备。如果我们不愿看到这一点,我们就需要深入研究如何对科学活动进行合理的定向。不仅科学活动本身需要想象,对科学活动的合理规范同样需要想象。愿我们的社会多一点危机意识,多一点对未来生命的伦理关怀。用"杞人忧天"来指责这样的关怀,将把我们置于面对危难而毫无防备的地步。对人来说,任何事物都有两面性。一把刀可以用来切菜也可以用来杀人,人们之所以极少用刀去杀人，是因为人受道德意识的支配。同样，基因工程技术也有可能被滥用于直接威胁人类尊严的不合理目的，只有当我们运用人类的道德智慧，充分估计对人类基因技术的不合理使用带来的危险并采取合理而有效的手段防止这种危险时，人类的自我完善、整体和谐和尊严才能得到保障。

生命的相依性

近十年来，生命科学的最重要成就之一是由美国科学家文特尔（G. Venter）领导的科研小组宣布的"人造细胞"的诞生，这个名为辛西娅（Synthia）的人造细胞是通过将人工合成的基因组植入被掏空的山羊支原体而合成的具有自行复制能力的新细胞。虽然这还不是完全意义上的人造生命，但预示着一个全面设计和制造生命的时代即将到来。它不仅会对医学、能源、粮食、环境、公共安全及相关国际合作带来深远影响，而且会改变我们的宗教观、自然观和生命观。撇开其他方面不谈，它对传统生命观的影响将表现在许多方面。它使我们不得不启用"自然生命"和"人工生命"的概念，并且使我们不得不追问这样的问题：人工生命高于自然生命吗？人工生命能否以及怎样构成一个和谐的生态系统？如何处理人工生命与自然生命的关系？所有这些问题都会涉及一个更为根本性的问题：生命的相依性是否会随着基因组的可拆分和可组合而发生实质性的改变？

我在此所说的生命的相依性需从三个方面去理解：一是从人与其他生命形态在"演化树"的连续性的意义上去理解；二是从它们在价值链的连续性的意义上去理解；三是从它们在空间上的共在性和"互为性"的意义上去理解。

从"演化树"的连续性的意义上讲，无论是早期的生物阶梯说还是后来的进化论都肯定人是各种生命形态发展和演化的高级阶段的产物。"人是万物之灵"的观念进一步强化了人的优越地位，人的智能和对环境的适应能力也的确印证了人的这种优越性。但长期以来，人们

250

为了凸显人的优越性与独特性而刻意淡化乃至忽略人的动物性的一面,以致人与其他动物的差异性和分离性被片面夸大,人们仿佛在自己与其他动物之间设置了一道难以逾越的鸿沟。奇怪的是,这种倾向恰恰是在进化论得到普遍认可的时候达到了顶峰。在日常语言中,将"人"与"动物"并列使用就在很大程度上掩盖了"人首先是动物然后才是理性的动物或社会化的动物"这样的事实。其后果必然是,人的动物性需要和人的体能(如,人的视力和听力、人的耐热和耐寒能力等)的退化长期遭到不应有的忽视。"人"的概念的开放性表明,人的本质并非固定不变的,人本身是可以不断自我改进和自我完善的。人的自我改造只要维持着生命的延续性和人格的统一性,就不会导致人的自我毁灭的结局。人造生命的出现为人的自我改造开辟了看得见的前景。比如,它很可能被一些人用来改进人的体能,提高人的智能,或防止出现过去那种智能的提高以体能的退化为代价的现象。

很长时间以来,进化论被狭隘地理解为线性进化观。按照这种进化观,生命有统一的起源和中心,人类及其文明有统一的起源和中心。比如,不少人假定,不同人种都从一个地方(如非洲)发源,然后迁移到其他地方,所有文明只有一个源头、一个中心。这种线性进化观还力图从基因决定论中寻找支持并且的确得到了一定程度的支持。然而,我们不能不说,这种线性进化观遮蔽了问题的实质,限制了我们的视野,压制了对生命起源和人类起源的开放性认识,它旨在将复杂的可能性归结为单一的可能性。对此,我们不能不反问,为什么生命不能有多个起源?为什么人类不能有多个起源?美洲与亚洲有同样的草木,难道这些草木都来自同一个地方?假如在其他星球发现了生命,难道就可以说其他星球的生命源于地球,抑或相反?人造生命的出现表明生命可以有不同的起源,有不同的中心。一旦人类能在实验室里再现自然生命的演化,一旦人类能根据自己的需要改变基因组,从而改变生命的形态,生命的多样性将可以具有无限的丰富性,单一的生命起源理论和线性进化观将不攻自破,因为不同的实验室可以大批量地设计和制造相同的生命或按不同的要求制造无限多样的具有个性的生命。

人与其他生命形态在价值上的连续性体现了生命的差异性中的统一性，而不意味着在时间上的进化的单一性。每种生命的完整性、独特性并不妨碍它与其他生命形态的统一性和连续性（比如，人与老鼠有百分之九十九的基因是相同的）。每种生命都因其内在价值和相对于其他生命的外在价值而构成环环相扣或相互依赖的复杂价值系统。高级生命与低级生命的差异也反映在它们的内在价值的差异上。在基因层面上看，既然它们都带有特定的遗传信息并具备自行复制的能力，它们的价值差异自然也表现在基因的复杂程度的差异上。人与其他生命形态在价值上的连续性以及作为生命的共同性表明，人只要损害其他生命的价值也就是间接损害人自身的生命价值，人刻意贬低其他生命的价值也就是在间接贬低自身的生命价值。当人在损害其他生命的尊严时，他也在通过损害人的尊严的生命基础而侵蚀自身的生命尊严。人与其他生命形态在价值上的这种相依性决定了人必须小心呵护其他生物，爱护其他生物。残忍地对待其他动物是残忍地对待人的开始。残害其他生命包含着残害人的生命的可能性。尽管人不可能不食用其他生物，但人可以通过减少食用的物种，特别是不杀害高级生命形态来维护对生命尊严的尊重。

人造生命的出现很可能改变人们对待生命价值和尊严的态度。在自然生命领域，外来物种往往会打破原有生态平衡。在一个相对平衡的生物圈中，生命的相依性，即它们的共在性和互为性是显而易见的。不同生物共同营造了一个它们共享的环境，一种生物往往依赖其他生物而存在，甚至可以说它们互为存在条件。在人造生命出现之后，它很可能打破自然界的生态平衡。当自然生命与人工生命发生冲突时，我们该保护哪种生命呢？我们的依据何在呢？假如有一天，人能造出高级的生物，人可以像对待一件物品那样去对待它吗？控制基因开关也许可以控制生命的自行复制，但人真的能控制人造生命的活动？假如我们不能控制人造生命，我们怎能确保我们的生存环境是安全的？这些问题也许是很久以后人类才会面对的问题，但我们从现在起就不得不认真思考。

技术文明时代的人与自然

今天的人仿佛生活在一种无起源无根据的时代,因而也生活在一种只讲索取不知感恩的时代。人能以技术的方式介入自然并参与自然的物质循环,人也就能以技术的方式医治自然的创伤。人缺少的仅仅是对自然的责任感、虔敬心和感恩情。

眼下①正在滋蔓的 SARS 病(非典型肺炎)剥夺了许许多多被我们视为最高价值的生命,给许多病人带来了深深的痛苦,给我们的社会生活造成了无法弥补的损失。我们几乎不需要特别的洞察力就能发现 SARS 病对我国社会生活的负面影响。为防止合理的恐惧演变成不合理的恐慌,我们要理性地看待这些已经产生以及还有可能产生的负面影响,并在采取一切可能的措施消除这种影响的同时深入思考更为深层的社会问题。这样,并且只有这样,我们才能提高自己的危机意识和应对能力;这样,并且只有这样,我们才能提高对灾难性事件的预警能力,并预研对策,防患于未然之际,消灾于未成之时。

以祸福相依的观点看,这次巨大的灾难也间接地给我们带来了一些可资利用的因素:它暴露了我们这个社会被掩盖的许多问题,唤醒了广大社会成员的危机意识,激发了社会成员之间互助和同舟共济的精神,改善了我们这个社会因种种原因而紧张的医患关系,迫使我们广大社会成员改变普遍存在的不良卫生习惯和有损公共道德的不高尚行为,间接推动了"电子政府"和一些城市的公共电子教育网络、医

---

① 本文写于 2003 年 5 月 7 日。——编者注

疗信息网络的形成,提出了国家卫生资源的合理共享和合理分配的正当要求,强化了某些人群中早已淡化的亲情、友情和家庭的归属感,帮助人们重新认识了中医的独特地位以及预防医学的重要性,激起了广大科研人员和相关国家对科研交流与合作的热情。

凡此种种,足以让我们从危机中看到机会。认识这种机会,有效地利用各种积极因素,既可以使我们在面对灾难时多一点冷静、从容与乐观,又可以使我们多一份信心与勇气,也可以使我们敏感地发现和深入地认识社会的普遍心态和时代的精神状况,还可以使我们化消极的东西为积极的东西,更可以使我们从教训中学习,从危机中找到克服危机的办法,并防止新的危险再次出现。

一

SARS病的出现给我们重新提出了许多生态伦理问题,其中有两个问题值得我们特别关注,第一个问题就是人该以何种方式与动物共处? 现在许多病毒学家正在追踪 SARS 病毒的来源,在没有找到确切答案之前,我们自然不能妄下断言。但是,一种合乎逻辑的解释是,SARS 病毒要么是一种已知病毒的变异,要么是野生动物直接传染给人的。前一种说法已经得到了两岸三地的科学家以及加拿大的科学家刚刚公布的结果的支持。他们分别发现引起四个地方的 SARS 病的病毒并不完全一致,说明 SARS 病会发生变异,但是这种说法仍然没有回答 SARS 病毒的最终来源问题。后一种说法可能来自对最早发病病人的行为的调查,因为有人发现该病人有接触野生动物的经历,因而怀疑该病人有可能从动物那里感染了 SARS 病毒。但这种说法仍是一种猜测,因为有些人可能感染了 SARS 病毒但自身因免疫系统的作用而没有发病。所以,要等到科学家在某种动物身上发现了这类病毒并发现其确切传播方式之后才能证实这种猜测。

然而,根据历史的经验,这的确是一种值得重视的猜测。科学家已经证实在过去的三十年中共有二十多种新病毒出现。其中给全球几千万人带来灾难的艾滋病毒(HIV——人类免疫缺损病毒的英文缩写)已被证明是从灵长类动物那里传染来的,引起埃博拉出血热病并导致百分之八十感染者死亡的埃博拉病毒(Ebola Virus)很可能来自蝙蝠。不管对 SARS 病毒来源的猜测是否正确,我们都需要重新审视和检讨人们对待动物的态度,并逐步确立人与动物(包括微生物)的新型关系。

人是动物的最大天敌,自然界为了维持自身的平衡也在不断制造对付这个天敌的武器,正如德国建构主义科学家密特西特拉斯(Mittelstrass)所说:"人对环境的适应始终是环境适应人的需要与实践的结果。这种发展不仅改变世界,而且,众所周知,它也在自身中包含自我毁灭的萌芽。"人常常因为处于生物链的顶端而随意奴役其他动物,并试图以自己的智慧控制乃至灭绝这些动物。今天人类试图抹平自然界经过几百万年才确立起来的物种差别,他们不仅打破动物物种的差别,而且打破植物物种和动物物种的差别,把不同的动物的基因加以改变导致了转基因动物的出现。随着生命科学的凯歌行进,人类甚至可以创造新的物种并且人类已从既有的科技成就当中得到了莫大的利益。但也有一部分人因此而变得狂傲起来,他们在打倒上帝的同时试图把自己确立为上帝。

人类对其他生物的"恐怖主义"行为远远不止这些。人类残忍地杀死那些对自己无害的野生动物,并且食其肉而寝其皮。原始人曾有各种禁忌来维持人与其他动物的平衡,比如,许多原始部落都有崇拜动物的现象。有趣的是,食草动物很少成为崇拜的对象,只有大象除外。猛兽与猛禽成为原始人崇拜的对象,也许是因为原始人敬畏自然的伟力。与这种现象巧合的是,猛兽与猛禽恰恰掌握着维持生物界平衡的钥匙。对野猪的跟踪研究表明当没有虎豹吃掉野猪时,野猪会大量繁殖,但这时会有周期性的瘟疫来维持野猪的相对适度的数量。一旦野猪有了天敌,它们会变得更加强壮,瘟疫则极少发生。这一点很像鱼塘中有一条黑鱼,其他鱼反倒很少生病一样。

现在,除了环保主义者和真正的佛教徒外,你大概很难见到有人对野生动物有稍稍的仁慈。君不见,捕捉和贩卖野生动物在一些地方大行其道,食用野生动物成了不少人的可怕嗜好。马可·波罗曾说,中国人食谱之杂,天下无双,凡有腿的东西,中国人都吃,只有桌子除外。几百年过去了,国人不但没有改变这种不利于生态环境的习惯,反而有变本加厉之势。殊不知,当我们捕捉、贩卖和食用野生动物时,我们也大大增加了将野生动物身上的有害细菌、致命病毒和寄生虫传染给人类的机会。森林里的细菌、致命病毒和寄生虫进入人体与随意捕捉贩卖和贪吃野生动物的行为有着密切的关联。对自然资源的过多开采和大量植被、森林遭到破坏必然使原本栖息于森林的动物逃向人的生活领域并将它们携带的细菌和病毒扩散到人类生活的领域,这一点已经成为不争的事实。这也是动物界为维持自身平衡对人的非理性行为做出的合乎自然规律的反应。人类虽是社会化的动物,但他毕竟也是动物,他纵然有千般智慧、万般能耐,也无法摆脱生物界的铁的法则。SARS病毒的蔓延应把国人从无视生物界平衡的迷梦中惊醒! 现在该是对捕捉、贩卖和食用违禁野生动物的行为采取严厉的措施和全面教育的时候了。

二

SARS引起我们关注的第二个问题是,我们最应当警惕的恐怕还是对滥用抗生素的危害的无知。另一方面,人类在消灭已有疾病的同时又不断受到新疾病的折磨。人与疾病的斗争在许多方面似乎成了人与细菌和病毒的斗争,人试图将药物和免疫制剂(包括疫苗)作为自己免疫系统的人为延伸,但人的天然免疫系统似乎正在退化。这就像人类发明了眼镜,但人的视力的退化在短短的几十年中很可能超过了过去上千年退化的总和一样。人类开发了一代又一代的抗生素,但细菌也在一代又一代地变异;肝炎病毒、艾滋病毒和埃博拉病毒尚未制服,SARS病毒又冒了出来。人类是否应该换一个思路,不要一味地强调与其他生物(包括微生物)的斗争,而要将主要精力放在维护人与其他生物的和谐共存上呢？人在用广谱抗生素杀死有害细菌时也不分青红皂白地杀死了那些对人体有益的细菌。如果这些有益的细菌也有智慧，它们肯定会把"恐怖主义者"的标签贴在每个人的脸上。

我们应该知道，微生物也维持着某种奇妙的平衡，滥用抗生素则打破了这种微生态平衡。这就使得细菌和病毒不断以变异的方式来适应被破坏了的环境。现在我们可以在大小药店毋需处方随意购买抗生素，一些医生也在那里不负责任地滥开抗生素，许多病人更是出于对滥用抗生素的危害的无知而要求医生给自己开了本不需要服用的抗生素，且越多越好，更有甚者在未获得医生指导的情况下胡乱服用抗生素。其潜在后果是，一些病菌和病毒产生了耐药性，原有药物渐渐不起作用，即便不断开发出新的抗生素，其开发的速度也难以跟上细菌和病毒变异的速度，以致引起疾病的新细菌和新病毒越来越难以对付。在水产养殖和家禽、家畜的饲养过程中滥用抗生素的现象在我国非常普遍，这更造成了我们的微生态环境的进一步恶化，因为大量抗生素的残留物通过食物链重新进入了人体，破坏了人体的微生态平衡，也破坏了整个生活环境的微生态平衡。如果我们还不正视这一问题并采取断然措施制止滥用抗生素的现象，类似于 SARS 病的其他疾病只能越来越多。现在我们有必要吸取一些发达国家的教训，同时也学习它们的成功经验，比如，对抗生素的源头——药店和医院进行严格的管理，请有关专家就抗生素的使用对医生、养殖场和饲料厂主进行培训，向广大民众大力宣传滥用抗生素对自己的长远健康和他人健康的危害。

三

SARS 病在二十八个国家的迅速滋蔓使我们再次看到了健康问题的全球性。在我们这个人与人日益依存的时代，一个国家或地区内出现的传染病会像"多米诺效应"一样迅速影响其他国家人民的健康，也迅速影响其他国家的经济活动、政治活动和文化活动，甚至会影响人们的生活方式和行为方式。二十世纪初导致十余万人死亡的流感曾使西欧国家无一幸免地遭受重大打击。自 1981 年在美国发现第一例艾滋病人以来，艾滋病已蔓延到全球一百多个国家，病毒携带者多达几千万人。自 1976 年 6 月在苏丹埃博拉谷地出现第一个埃博拉出血热病人以来，非洲撒哈拉以南地区已有几百人在发病后死亡。所幸这种急性传染病发生在相对封闭的地区，如果发生在国际化程度高的地区，这种病就会在短期内迅速传播到全世界。

健康问题的全球性降低了以国家为实施主体的生物恐怖主义的危险，但大大增加了国际恐怖组织或地区性恐怖组织采用生物恐怖手段制造全球性灾难的可能性和破坏性。之所以出现前一种情况，不仅是因为发动生物恐怖袭击的任何国家的政府不可能不意识到人员的全球性流动最终将使本国人也成为生物恐怖袭击的牺牲品，而且是因为一旦发动生物恐怖袭击的国家被国际社会确认，就将成为众矢之的，成为全球声讨的对象。这一点增加了对使用生物武器的政府的无形压力。之所以出现后一种情况，是因为几乎所有恐怖活动都以尽量多地伤害平民为目标。美国前总统里根就曾把恐怖主义定为"故意伤害或杀死无辜的平民"，把恐怖主义者描述为"卑鄙的罪犯"[①]。一旦恐怖分子掌握了分离、培养和释放致命细菌与病毒的技术手段，他们就会毫不犹豫地加以使用。由于生物武器与化学武器的使用一开始难以觉察，一旦一些邪恶势力和恐怖组织像日本奥姆真理教在地铁等公共场所使用沙林毒气那样，将致命的细菌或病毒施放于国际人员往来频繁的城市，它所造成的灾难将会很快成为国际性灾难并可能长期影响人类的健康，因为一旦新的细菌和病毒无法用有效药物和疫苗加以清除，它们就将在人群之中长期存在下去。

到目前为止，我们似乎没有根据说 SARS 病毒与生物恐怖主义有关。然而，在没有确定病毒的确切来源之前，我们应当想到任何一种可能性。SARS 病给我们敲响的警钟是，我们应付大规模传染病的物

① 参见 Haig Hatchadourian, "Terrorism and Morality", in: *Applied Ethics*, ed. by Larry May. etc. Prentice-Hall Inc. , 1998，pp. 285－294。

质技术手段还很不完美,在广大农村地区尤其如此;我们的疾病预警能力和快速反应能力还有待加强,我们对新兴传染病的突发还缺乏应有的心理准备和预防知识。美国人口密集的纽约之所以有效制止SARS病的蔓延,不仅是因为那里出现该病的时间较晚,使人们有时间做好准备,而且是因为在"9·11"事件后,美国人有过受炭疽菌袭击的教训,广大民众有防范生物武器袭击的心理准备和相应的知识,社会也建立了比较完善的防范系统。今天,我们需要以开放的胸怀吸取其他国家在防治疫病方面的成功经验和失败教训,包括学习其他国家为应对大规模生物恐怖袭击而采取的防范措施,并根据本国国情制定可能的预案和对策,把防治传染病与防止可能的生物恐怖袭击(尽管这种可能性很小)结合起来. 这样既能节省财力、物力与人力,又能降低一旦出现疫情而造成的损失。我国有居安思危的传统,我们今天仍有必要光大这一传统。我国有"治病不如防病"的古训,我们今天仍有必要牢记这一古训,而不应当错误地以为生物恐怖袭击绝不会发生。

实际上,恐怖主义离我们并不遥远。按照 Leiser 的定义,"恐怖主义是一系列的有组织的暴力行为,这种行为旨在制造绝望和恐怖气氛,动摇公众对政府和议员们的信心,摧毁通常代表安全的行政管理机构"[1]。滥杀无辜是恐怖组织实现目标的惯用手段。我们可以设想,如果类似的恐怖组织掌握了大规模杀伤性武器,特别是生物武器,如作用与 SARS 病毒相似的病毒和致命的细菌,并将它们用于人口密集的地区,其后果多么可怕。但是,如果我们好好总结防治 SARS 病的经验教训,即便我们面对这类恐怖袭击我们也不会束手无策。从理论上讲,恐怖组织如果有足够的财力和技术能力,是可以获得生物武器的。随着生命科学与技术的发展,许多国家由政府资助和私人资助的生物工程公司、专门的研究机构和大学的实验室就可培养细菌和病毒。如果科技人员缺乏道德自律,如果有关部门疏于管理,如果国家和国际社会缺乏有效的防扩散机制,生物与化学武器一旦落到恐怖组

---

①   Burton M. Leiser, *Values in Conflict*, New York, 1981, p. 375.

织手里,其后果是极为严重的。从日本军国主义在侵略中国时使用细菌武器与化学武器到美国军人在越南战争期间使用枯叶剂,从希特勒对犹太人使用毒气到麻原在东京地铁施放沙林毒气,我们都可以看到生化武器所带来的灾难性后果。因此,前瞻性地思考问题并采取预防性的手段是我们这个社会的最佳选择。

四

人类最终会战胜 SARS 病毒,对此我们深信不疑。但是,危机过后,我们是否有必要更深刻地反思人与自然的关系、人在自然中的地位等等问题呢? 在这里,重温一下著名哲学家约纳斯的理论对我们也许不无启发(约纳斯是德国哲学家,他的代表作《责任原理:技术文明时代的伦理学探索》是一本在西方不断再版,至今已销售超过二十多万册的名著)。在约纳斯看来,世界上不仅人有生存的权利,自然(动物、植物及其生态环境)也有生存的权利。人有人的尊严,自然也有自然的尊严。人在弘扬人的意志自由的尊严的时候,不应该抹煞自然的尊严。今天,我们也许没有多少人愿意承认并同意自然也有尊严的看法,但稍加理性地思考,就会赞同约纳斯关于人比其他动物更多地负有对自然的责任的观点。科技的发展与巨大进步使人类在自然界中处于前所未有的优势地位,人不仅具有破坏自然的能力,人甚至具有彻底毁灭自然、毁灭整个生态环境的力量。可是,当整个生态环境被毁灭以后,人类自身还能存在吗? 约纳斯认为,正因为人在自然界中处于优势地位,对生物的存在就负有责任。这不仅仅是为了自然本身的生存,更是为了人本身的生存,为了"人类世世代代生存下去",这是技术文明时代伦理学的主题。

随着技术的进步以及人依靠技术对自然的人化,自然界的变化的确不断增大,这不仅表现在它的质量结构上,而且表现在时间结构上。技术的科学化和科学的技术化正在成为改变我们的文化并内在于这种文化的内在必然性,影响着所有的生活领域。技术既改变着无生命

260

物的本性,也改变着生物的本性,并将最终改变人自身的本性。上帝造人的时代正被人造人的时代所取代。人越来越成为人的作品,但人在成为自身作品的过程中也在不断地打开自然界。当这个打开的自然界失去自我保护、自我更新和自我修复的能力时,它除了成为人的坟墓还能成为什么呢?

著名哲学家、数学家和逻辑学家怀特海早就指出,"科学技术的进步使人类的环境的可变性日益增强,可是人们却用一种只在固定环境论中才能找到根据的思想习惯来解释这种可能性"。实际上,人不仅用原有的固定思想习惯(比如,在农耕时代,人口较少,人捕捉和吃掉野生动物还不会影响自然界的总体平衡)来解释这种可变性,而且用技术的力量来加强这种可变性。比如,因大量使用抗生素而导致的细菌和病毒变异,切尔诺贝利核电站发生核泄漏后老鼠因变异长得像一头猪,等等,所有这些不过是技术不断地增强自然的可变性的小小插曲而已。

人在以技术手段加速自然物变异的同时也加速着自身的变异。人不仅以空前的速度以同性恋来改变异性恋,而且以药物和技术手段改变自己的身心(如改变体形和情绪),甚至以技术手段制造人自身(如试管婴儿和克隆人的尝试)。人以技术手段加速了动植物的生长,人也直接或间接地加速着自身的生长。然而,当我们看到一个个不自觉地从食物链中摄取激素的儿童如良种鸡般长大,我们的心情难道没有一种说不出的沉重? 不仅如此,人还在以技术手段来制造人的器官,并把这些器官移植给病人。这当然能给千千万万人带来福音,但是,当人试图把动物的器官移植给人时,人是否应当考虑一下这些动物器官会将可能携带的致命细菌和病毒在不知不觉的情况下传染给人呢?

显而易见,今天只有过于偏执的人才会反对技术的发展和运用。但我们也应当看到技术在大大改变我们的生活的同时,还以空前的速度加大了人的自我毁灭的可能性。技术本身无所谓好坏,它的价值是人赋予的,人怎样使用技术,人把技术用于合理的目的还是用于不合理的目的,决定着技术的前景和人自身的前景。因此,糟糕的不是技术本身,而是人对技术的不合理使用。技术是并且只应是实现人的合理目标的手段,而不应当成为人的目标本身,更不应当成为人的自我毁灭的潜在工具。

人改变并建造着自己的生活环境,人在与自然隔绝的同时却以为自然真的被隔绝了,人在人化的自然中生活却以为那个自在的自然不再给我们以根据感、家园感。今天的人仿佛生活在一种无起源无根据的时代,因而也生活在一种只讲索取不知感恩的时代。批判"起源"、批判"连续性"是我们这个时代的祸根。

其实,人并不缺少保护自然的手段,也不缺乏保护自身的手段。人能以技术的方式介入自然并参与自然的物质循环,人也就能以技术的方式医治自然的创伤。人缺少的仅仅是对自然的责任感、虔敬心和感恩情。

科学的国界性与无国界性

科学在何种意义上是无国界的？在何种意义上是有国界的？只要想想当今世界无处不在的科技间谍、围绕知识产权而产生的无数国际纠纷，以及经济竞争和国防实力的竞争如何表现为科技竞争，就会明白提出这一问题的意义。

"科学是没有国界的，因为它是属于全人类的财富，是照亮世界的火把，但学者是属于祖国的。"这是法国科学家巴斯德的名言。它无疑体现了一个科学家的崇高理想、全球意识和人类襟怀，并且激励了千千万万的科学家为人类的整体利益而孜孜不倦地探索。直到今天，巴斯德的这一名言仍然没有丧失它的意义和对广大科学工作者的道德感召力。

然而，科学与技术关系的发展、知识性质的变化以及知识经济的勃兴，已经大大丰富并且深刻地改变了这一名言的内容。如果我们看不到这一名言的两面性，看不到这一名言产生和适用的具体条件，看不到这一名言只是对科学家的道德要求而不是对科学活动的现实描述，我们就会陷入自欺欺人的幻觉，并错误地以为科学成果可以在无知识产权的状态下任人享用。

技术从来就是有国界的。古代的统治者甚至杀掉那些有可能泄密的建筑师和工程师。中世纪的行会以及后来的欧美前工业时代的手艺人往往对其学徒及其未来的活动严加限制。在中国历史上，从中医的药方到酒类的酿造，从造纸的工艺到瓷器的烧制，从演戏的道具到烹饪的方法，从兵器到拳谱，从园艺到气功，都有严格的保密措施，以确保自己在本行业的技术优势。这种保护知识产权的原始方式无疑妨碍了技术的交流与进步，但也促使人们意识到技术的价值，培养了人们对技术的敏感与尊重，强化了技术的区域意识与国界意识。

技术的保密与窃密、垄断与反垄断往往同时存在。公元552年，拜占庭帝国曾派两名间谍扮演成僧人，把蚕和桑叶藏在空心的拐杖中带出中国，并派人偷偷了解制造丝绸的全过程。1722年法国耶稣会传教士混入中国瓷都景德镇，窃取了一些知名瓷窑的原料，并把烧制工艺的详细情况告诉了法国人。法国和意大利的瓷器制造业的兴盛，无疑归功于法国传教士在中国的早期窃密活动。如果技术无国界，中国的烧瓷技术恐怕早就传遍了全世界。

那么，科学有没有国界呢？科学是历史的产物。抽象地谈论科学的无国界性本身没有多大意义。

我国原本没有"科学"一词，它源于日文对 science 的翻译，science 的拉丁文词根本来是指"认识"。它一开始是知识的总称。文艺复兴之后它渐渐表示以数学、物理学为样板的无可置疑的知识体系。在近代人的心目中严格意义上的科学仅仅指精密科学或自然科学。尽管到19世纪人们已开始将科学一词运用到人文与社会领域，并由此出现现代意义上的"人文科学""社会科学"这类名称，但人们仍有两套科学标准，即狭义上的精密科学标准和广义上的知识体系标准，以至今天无论是科学家、社会学家还是科学哲学家都难以回答"科学是什么"这类问题。

但有一点是很清楚的，科学越来越与技术结合在一起，以至我们总是将科学和技术并称。在古代，科学与技术是分离的；在近代，两者紧密地联系在一起。这一方面表现为科学的技术化，另一方面表现为技术的科学化。科学的技术化不仅指科学通过技术中介将理论知识和原理变成实用产品，而且是指科学越来越需要技术为它提供研究手段。比如说，天文学离不开探测器、望远镜，基本粒子物理离不开加速器，生物学、化学、医学越来越离不开各种各样的仪器。科学越来越需要技术来发现科学原理，验证科学假设。只有技术大国才能造就科学大国。技术的科学化则表现为高精尖的技术需要理论的支持,尖端技术的发明和采用需要科学理论提供前瞻性的指导和预设,并对这些技术的运用进行长期的评估。

科学与技术的这种相互渗透和相互作用关系,彻底改变了人们对科学的非功利性认识,也改变了科学的传播方式。在古代,学者们可以为科学而科学,而现代,学者们不得不为技术而科学。由于科学越来越成为经济发展的后盾,科学活动越来越成为经济活动的组成部分。正因如此,许多大企业一直是科技投资和科研开发的主体。今天科研活动在许多国家已经影响到人们的政治决断,甚至成了意识形态。科学与实际利益的这种内在关联,不仅促使人们认识到科技人才的重要性,而且使人们无法无条件地享用他人的科技成果。科技成果的无国界转移会因此受到不断的阻碍。

科学不是自行发展的,它需要巨大的人力和资金的投入。无回报的投资必然导致科技活动难以为继。今天的重大科技活动越来越需要不同部门、不同领域、不同国家的人士参与,这既需要科技活动的国际化,也需要不同国家在分享科技成果之前承担科技投资的风险。这一点决定了科技活动一开始就受制于以追求利益为目标的投资安排和产业要求,也决定了科学在一定程度上是有国界的。

只要存在国力竞争、存在国家利益之争,科学就不可能是无国界的。这是因为现代的重大科研活动通常需要国家的组织和投资。即便是那些不能带来直接经济利益的基础研究也是如此。当然这并不排斥愈加重要的国际合作,实际上,像宇宙探测、海洋科学、环境科学等学科脱离了国际合作几乎难以成功。基础科学从表面上看是没有国界的,每天世界各地都在召开各种各样的学术会议,来自不同国家的学者相互交流,彼此分享理论成果和学术思想。但出于不少理论成果有良好的应用前景,不少发达国家的科学家都深知那些学术理论成果的长远价值,他们不仅自己懂得如何保护科技秘密(如发达国家通常把实验室分成不同的保密等级,并制定保护科技数据的严格法律),而且利用一切机会从别国科学家那里获得新的设想与观念,并利用自己的实验条件和技术优势，将别国科学家的设想变成实在的成果。不少海外中国科学家在阅读日本同行的论文时常会发现一个共同的现象：一些日本科学家为防别人直接利用他们的科技成果，往往把某些实验的关键步骤故意隐去。

平心而论，今天的中国是"科学技术无国界"的直接受惠者。虽然中国对世界科学技术作出过重要贡献，但自近代以来中国的社会进步，无不归功于西方技术的引进和科学理论的传入。从电灯、电话到交通工具，我们有多少东西完全属于自己的发明和创造呢？直至今天我们在很多方面仍处于模仿别人的阶段。在国际学术交流中，落后的一方始终是最大的受益者。"科学无国界"的口号也最容易在那里得到认同和响应。然而，科学技术发达的一方通常不允许自己的科学成果和技术秘密无偿为人分享，与人共有，因而也不允许用"科技无国界"的口实来淡化对知识产权的保护。因为如果没有对科技成果的广泛保护，科技发明与发现将缺乏内在的动力，科技投资将陷于萎缩。受害的将不仅是科学自身。今天随着国家间的科技竞争越来越激烈，我国的科技人员既需要具备全球眼光，也需要尊重别人的知识产权，同时也要懂得保护自己的科技成果，在参加国际会议和发表自己的研究成果时应慎重从事。

时　代

为"80 后"一辩

"80 后"常被一些人称为"80 年代后"。严格地讲,后一种提法不够确切,甚至不合逻辑,此处暂且不论。我想指出的是,近年来一些媒体不仅过多地把他们与负面的社会现象联系在一起,而且严重以偏概全。这样做既不利于他们的成长,也不符合实情。即便他们身上有一些缺点,造成这些缺点的责任很大程度上仍在我们这些五六十年代出生的人身上,在他们祖辈的身上,因为他们无法选择自己的出身,无法选择自己成长的社会人文环境,他们所受的教育和成长的社会环境是由上几代人提供的。经过近 20 年的观察,我从"80 后"身上反倒看到了更多积极的方面,看到了更能代表中国社会合理发展方向的可贵品质,这些品质概括起来包括如下方面。

与上几代人相比,"80 后"更有规则意识,也更遵守公共秩序。我记得,在我上中学和大学的时候,许多人上公共汽车和火车时往往一拥而上,在银行取款时会有许多人围在你的身边。除非有警察在场,否则很多人不愿排队。今天,这种现象越来越少了。至少,在"80 后""90 后"那里我们较少看到这种情况。他们从小就学习排队,学习如何遵守交通规则和其他公共生活的规则。我曾借出差的机会统计了一些城市不同年龄段的人遵守交通规则的情况,结果发现年轻人反比年纪大的人更遵守交通规则。小学生和初中生的交通规则意识最好。这实在令大人汗颜。在许多方面,"80 后"的规则意识比上几代都强得多。这种规则意识的形成对我国社会生活将影响深远。中国社会要实现长治久安和持久繁荣,除了发挥文化和道德的力量之外,还取决于我们能否把中国建设成为一个现代化的、成熟的法治国家。而建设成熟的法治国家的一个基本前提是，我们这些公民具备对规则和程序的普遍尊重。

与上几代人相比，"80后"对他人更为宽容，但他们并不比他们的前辈缺少爱心，他们过去只是缺乏展示这种爱心的机会而已。随着他们成为社会生活的主体，这些爱心将逐步展现出来。从汶川大地震和玉树大地震后众多"80后"蜂拥前去救灾的情景中，我们看到了他们这代人深深的同情心、爱心和出色的组织能力以及比上几代人具有更多的专业知识（如心理学知识、技术知识等）。从"80后"组成的各类志愿者身上，我们可以看到他们其实很愿意不计回报地帮助他人，无论是北京奥运会、上海世博会，还是其他各种大型公共活动，到处都有"80后""90后"活跃的身影。更重要的是，做志愿者已经成为不少"80后"和"90后"的社会生活的一部分，而且是习以为常的一部分。这为把中国社会建设成为充满爱心的社会奠定了良好的基础。

与上几代人相比，"80后"更有环保意识。这不仅表现在他们比上几代人懂得更多的环保知识，而且表现在一些日常的行为上。我们这代人可能是对自然环境造成极大破坏的一代，也是在走到极端以后不得不觉醒的一代。"80后"和"90后"正把这种觉醒充分地体现出来。他们不仅比长辈们更热心地参加各种环保组织及其活动，而且许多人在生活细节方面对环保有更多的自觉。如果说残忍地对待动物是残忍地对待人的开始，那么，"80后"和"90后"在对待动物方面比前几代人要仁慈得多。他们不仅对残忍地对待动物表示愤慨，而且在吃野生动物方面更加忌口。我在许多地方旅游时都发现过这种现象。据我在北京、上海和广州所做的观察，那些随地吐痰和在公共场所抽烟的人中，年龄大的人占绝大多数。

与上几代人相比，"80后"更有创造能力。随着教育的普及、信息渠道的增多以及中国的国际联系的广泛增加，"80后"比上几代人具有更加开阔的视野，受过更好的专业训练，具有更强的想象力和批判性思维能力。创造性活动常常是个性化的活动，也是打破既有的思维习惯和权威的束缚的过程,是充分运用人的想象力、逻辑思维能力和审美能力的过程。由于当今社会的开放性和多元性,"80后"比上几代人更重视自身的个性发展,这使他们更容易避免盲从,更容易提出和表达新观念、新思想。如果有一个有利于发挥人的创造性的制度框架和社会人文环境,"80后"与"90后"最有可能给中国提供一个有创造力的未来。

作为一个群体,"80后"还有很多我无法一一列举的、值得长辈们学习的优点。但与上几代人相比,他们中不少人的确比较缺乏耐心、恒心和毅力,缺乏吃苦耐劳的精神。由于他们从小就被畸形的教育和社会环境卷入激烈的竞争中,他们的合作精神尚未得到充分发展。然而,正如马丁·布伯所言,青年始终是社会恒久进步的动力。引导中国社会走向更加合理的方向的重任已经历史地落在了"80后"和"90后"的身上了。

沿用"我国有 56 个民族"的提法有待商榷

"我国有 56 个民族",这似乎是人所共知的常识,它不但进入了中小学的教科书,而且经常出现在各种媒体和国际文化交流场所。在过去的几十年中,这一提法似乎没有引起什么争议,以致许多研究社会科学和人文科学的学者们都不假思索地加以接受。然而,在今天看来,这是一种不够准确和不够严肃的提法,是否应该继续沿用这一提法值得进一步思考和商榷。

首先,这一提法并没有准确反映我国民族的真实数目。根据民族学的一般理论,对民族的定义不仅取决于共同的地域、经济活动和语言等因素,而且取决于宗教习俗等文化特点以及相应的生活方式。民族是"人们在一定历史发展阶段形成的具有共同语言、共同地域、共同经济生活以及表现于共同文化特点上的共同心理素质的稳定的共同体。"(见《中国百科大辞典》,华夏出版社 1990 年,第 123 页)

然而,我国过去在统计民族数目时错误地认定台湾有一个名叫"高山族"的民族。显而易见,这种提法是以共同地域和共同经济活动作为衡量民族的基本依据,而忽视了其他因素的作用。这一点在过去尚可以理解,因为在 1949 年之前我国的民族学研究还很落后,对台湾的民族状况缺乏深入了解。1949 年至 1979 年间,海峡两岸长期隔绝,调查和研究台湾的少数民族更是无从谈起。实际上,台湾方面的调查早就告诉我们,台湾并不存在一个名叫"高山族"的民族。台湾至少有邵族、邹族、布衣族、排湾族、泰雅族、阿美族、达悟族、赛夏族、鲁凯族、卑南族未被我们统计在内。这样，屈指算来，中国大陆的 55 个民族加上台湾的至少 10 个少数民族，我国的民族总数应在 65 个以上。

其次，随着香港和澳门的回归，我国的民族数目肯定还会大大增加。道理很简单，港澳地区现有 700 多万常住居民，这些居民中有不少是英国人、葡萄牙人、越南人、马莱人、印度人等外族人的后裔，据说，其中甚至还有一些犹太人。虽然他们已融入了当地的生活，但一些人还保留着祖辈的生活习俗和文化传统，从广义上讲，他们还保留着自己的民族特性，这种特性恰恰是五方杂处、东西交汇的港澳生活的一部分。因此，尽管我们目前尚没有确切的统计数据（也许港澳地区的官方机构和民间机构已有这方面的数据），但有一点是可以肯定的，港澳地区还有一些过去的"外族"没有被纳入我国的民族数目的统计中。现在，我们的当务之急是通过调查研究掌握那里各个民族的确切情况。既然港澳已经回归中国，把那里的"外族"仍然作为外族看待不仅不合情理，而且有悖海纳百川、有容乃大的精神，这种精神要求我们学会尊重、欣赏、接纳、保护和发扬其他民族的文化传统，正是这些传统与我国固有的文化传统的共存共荣、相互激励、彼此竞长，成为源远流长、多姿多彩的中国文化不断发展的崭新动力。

最后，由于全球化进程的加速，不同民族人民的相互交流日趋频繁，这就要求我们与时俱进地看待我国民族数目的变化。忽略和遗漏一些少数民族不仅会在这些少数民族居民的心中滋长一种被排斥感，而且不利于对这些少数民族文化的欣赏、保护与发展。保护民族的多样性就像保护生态的多样性一样重要，甚至更加重要。承认是保护的前提，只有承认一个民族的语言特性、文化特性和生活方式，才能使这个民族感受到对他的应有尊重。全球化的一个消极后果是，一些少数民族正在分崩离析，其语言和文化正在消亡。世界上大概还剩 6000多种语言，每年都有一些语种从地球上消失，这也意味着这种语言所代表的生活态度和思维方式从地球上消失了。我们要吸取一些国家在少数民族文化问题方面的教训，避免以"文化史的妄想"的心态去对待少数民族及其文化。这里所说的"文化史的妄想"是指听任身边活生生的文化死去,过一段时期又试图把那些死去的东西复活过来。我们可以花巨资去建各种假古董,为何不肯花一些资金去抢救、保护和发展活在身边的少数民族文化呢? 保护少数民族的文化既是一个代际伦理(即上一代人对后代人的道德责任)问题,也是保护当下人的文化生态,丰富当下人的思想、情感与生活的重要方面。就像世界上如果只有人类及其体内的细菌存在,人类也免不了灭亡一样,假如世界上只剩下一种文化,这一种文化将因丧失相互依存和彼此竞长的环境而走向枯萎。

鉴于此,笔者以为,停止使用"我国有 56 个民族"这样的提法既有利于反映客观现实,又有利于尊重和保护一些未被统计在内的少数民族文化,也有利于达到国家统一的根本目标。

找回城市的亲和性

今天我们正生活在急速城市化的进程之中。我国的城市数量越来越多，城市规模越来越大，城市人口日益膨胀正使城市中心区越来越挤，工业污染和汽车尾气污染正使一些城市不适合人们过正常的生活。北方的某些城市（包括北京在内）甚至无视地理环境因素和起码的气象学常识在城市的东北方向大量建设火力发电厂、水泥厂、钢铁厂和化工厂，以致冬天的城市大气污染日甚一日。西部的某些城市不顾生态的承载能力特别是水资源严重缺乏的事实，片面追求城市规模的扩大；东部和南部的某些城市不顾城市建筑与山水的和谐以及城市已有的历史文化底蕴，大量拆除富有历史意义的建筑，而代之以许多没有个性的城市高楼，以致一些原本拥有灵山秀水（那本是可长可久的无穷财富）的城市如今越建越丑陋。随着沿海地区高污染、高耗能的企业向中西部城市梯度转移，考虑到我国地势西高东低的事实，我国的大江大河的全流域污染将有进一步加剧的危险。如果不加以改善，沿江沿河的城市和许多东部沿海城市都将无法幸免，几十年以后我们留给子孙后代的就会是一片污水横流的国土。

再看看城市本身吧！我国有些城市不仅被大量垃圾所围困，而且由于某些城市规划和建设的不合理，给人以阻塞感、压迫感、不便利感的建筑占了太大的比例。此外，在一些城市，大楼越来越密，楼层越来越高，马路越来越宽，但能供人有限走动的街道却少之又少，个人在其中显得越来越渺小，难有悠闲自适的感觉。今天，当你作为行人被挤压到挤满汽车的道路的边沿并面临被撞的危险时，个人是显得微不足道的。当个人试图穿过宽阔的道路,但这些道路充满危险并使你胆战心惊地从人行横道线经过时,个人是没有尊严可言的;当你行走在水泥丛林里除了看到匆匆而过的行人和触目所及的高楼之外再也看不到自然界有生机的事物时,你很可能不会有舒坦的感觉;当你行走在高架道路之下,望不到头顶的天空,却要面对一辆辆在人行道上与你争路并喷着难闻的废气的汽车时,你感受到的不仅仅是压抑,而且是自由的丧失。

千篇一律的大楼,缺乏公共空间、缺乏文化个性、缺乏自然野趣、缺乏对历史传统的尊重、缺乏供人们悠闲散步的街道、缺乏成千上万的普通人能够经常出入的音乐厅和剧院以及其他文化休闲场所,是我国大中城市建设的通病。将高架路引入城市中心是 20 世纪世界城市建设的最大败笔之一,我国的一些大城市也受到这种潮流的伤害,因为它不仅严重影响了高架道路两边居民的生活安宁和身体健康,而且把城市建筑的美感彻底破坏了,同时加剧了城市的局部污染,也使一座城市不再有亲和性。如果说过去建设高架道路对于解决交通堵塞问题具有紧迫性和某种程度的合理性,那么,随着控制污染的任务日趋紧迫、替代方案的日益增多、某些地下建筑技术成本的降低,以及合理的城市规划和科学管理得以可能,用几十年的时间逐步拆除大城市的高架道路(我个人认为,降低地铁建造和运行成本,打破地铁只运人、不运货物的传统思路,在有条件的地方把地上的运能渐渐放到地下去。发展货运地铁或传送带就是一种思路,这样可以有效减轻城市中心区的污染和拥挤状况),限制私人汽车进入城市中心并以便捷的公共交通系统取而代之,这些越来越显得十分必要。保留自行车道和步行街,不仅为行人提供了出行的更多选择,而且可节省能源和减少污染。这是西欧一些城市在付出了大半个世纪的沉重代价后得到的教训。苏黎世和慕尼黑曾采用车牌单双号限行的方式来改善交通状况,但后来反而越限越多,因为人们可以买多辆汽车来摆脱这种限制。对此教训,我们同样需要记取。

最后,我们仍然要问的问题是:在今天的城市里,我们身边的建筑能给我们亲近感吗？或者说，今天的城市建筑具有亲和性吗？对这个问题，我们自然无法笼统地给予回答。但今天的许多建筑缺乏这种亲和性确是我们大家都能看到的现象。相反，给人压迫感、阻塞感、乏味感，乃至疏离感和恐惧感的建筑比比皆是。按理说，建筑对人的适切性和合意性构成了建筑的亲和性。这种亲和性让人对某栋建筑产生稳靠感、亲近感和温馨感，它总是包含自然要素、历史文化要素和人的现实生活要素。它体现在实用性和审美性的统一中。既有实用价值又能作为艺术品存在的建筑自然更能满足人的需要，也更能寄托人的梦想、承载人的理念、安顿人的心灵。庙宇、道观、佛塔、教堂及与之相配套的其他建筑物虽然是为神灵而存在的，但最终仍然是为人安顿心灵而存在的。对一个旅游者而言，它们则是一种审美的对象和文化的承载者。这个承载者本身就是一种灵动的语言，它们以艺术的方式向人们传递着历史和文化的信息，也向我们表明我们的身体和灵魂都在这个城市里得到了适当的关切。

今天，我们是否能体会到这种关切呢？抱怨并非无用，建设性批评确有必要，但最重要的是政府和民间要有实实在在的努力。重建城市建筑与中华文化的联系、重建城市建筑与自然界的深刻联系，每个人从自己做起，扎扎实实搞好环保工作，把城市建设由外延建设转向内涵建设，塑造城市的文化个性，乃是恢复城市亲和性的急务。

天　下

食品安全：核心问题与关键对策

当今中国社会出现的各种各样的食品安全问题已经到了非常严峻的程度。媒体披露的问题只不过是冰山一角。从毒奶粉到地沟油，从用工业盐腌制的毒蘑菇到含有孔雀石绿的鱼类，从残存剧毒农药的蔬菜到用硫磺熏过的银耳，从食后发生肌肉溶解症的小龙虾到添加了敌敌畏的火腿，都从一个侧面说明了我国的食品安全问题已经触目惊心。面对这些问题，每个有良知的人自然会问，我们在为经济的高速发展感到自豪的同时，却不能为自己的儿童提供安全的奶粉，这难道不是我们整整一代人的耻辱吗？由于食品安全问题事关千千万万人的身体健康和生命安全，人们对危害食品安全的行为深恶痛绝自然在情理之中。但任何义愤都无法代替对问题的冷静思考、客观分析和理性解决。虽然食品安全问题在不同国家、不同地域、不同时期都不同程度地存在，并且只要稍加放松管理和监督就会重新出现，但它并非不可解决的问题。在我国，这一问题无疑是工业化和市场化过程所衍生的最突出问题之一，也是要下大力气加以解决的首要问题之一。鉴于这一问题涉及千家万户，牵动每个人的神经，对它的解决不仅有现实的推动力，而且有广泛的群众基础。如果能动员全社会的力量在各个层面建立 种强有力的长效机制，并积极吸取一些发达国家和地区在食品安全管理方面的成功经验和失败教训，我们就有希望为这些问题的有效解决，建立一种制度化框架和健康的社会文化环境。正是从这种意义上讲，解决食品安全问题不仅有高度的紧迫性，而且有现实的可能性。

一

对我国农村居民来说，由于绝大部分食品都是自给的，只要他们有相应的安全知识和自我保护意识，食品安全问题似乎相对容易解决，但他们中不少人恰恰缺乏足够的食品安全知识和自我保护意识。同时，由于客观条件的限制，他们即便怀疑某些食品有安全问题，也无法对它们进行检验和确认。工业污水、废气的排放以及开矿、挖煤和工业废料的存放而导致的水污染、空气污染和土地污染，是部分农村地区食品安全的威胁；农药、除草剂和饲料添加剂的滥用，也给他们的健康带来了他们自己难以察觉的危害。但是，农村地区的食品安全问题常常是在造成比较严重的后果并且每每是在多发的情况下才引起注意。由于广大农村和牧区是我国城镇居民的食品原料的最终来源地，那里出现的食品原料的安全性问题，也是全国乃至进口国的消费者的共同问题。

对我国的城镇居民来说，由于所有食品的原料、半成品或成品都来自市场，市场监管的好坏直接决定着食品安全的水平。但是，由于食品安全问题的高度复杂性，只注意市场监管还不足以解决根本问题。只有从原料来源、加工、存储、流通、销售和使用六个环节入手综合治理，并依靠严格的法治化的长效机制，食品安全问题才可能得到比较有效的解决。那么，在这六个环节上，我国食品安全问题的主要症结何在呢？

其一，从原料来源看，食品安全问题与环境问题息息相关，而环境问题涉及面非常广，因此这个领域的问题最为复杂。现在食品原料方面的主要问题是，工厂生产导致的水源污染、土地污染和空气污染，开矿、冶炼和电子垃圾导致的重金属污染、粉煤灰污染，杀虫剂和除草剂的残留污染及饲料添加剂的滥用，更可怕的是抗生素的滥用，这些正对食品安全带来危害。有些危害是隐性的、长期的，很难被没有专门知识的人发现。即便发现了，由于涉及面广且需要相应的技术和资金来支持问题的调查和处理,加之我国农民的生产和经营非常分散,对那些问题的解决有很大的难度。但是,由于绝大部分食品原料(如家禽、家畜、水产品、蔬菜、水果、谷物,等等)的最终来源地在广大农村地区或牧区,不解决农村地区的食品原料来源的安全性问题,食品安全问题是不可能从根本上得到解决的。近几年,不时发生的因开矿和冶炼而导致的重金属中毒事件敲响了食品原料安全的警钟,因为重金属可以通过食物链进入人体,从而对人的健康带来危害。一些高毒农药和高毒除草剂同样如此。

其二,从加工环节看,食品安全问题主要在于,由于我国食品加工企业众多且绝大多数是小企业,家庭作坊式的生产者和个体散户更是多得无法统计。监管部门难以一一监控食品加工过程,超标使用添加剂、乱用违禁的添加剂、给不需要添加剂的食品放入添加剂的现象比比皆是;加工过程不规范,加工场所、容器和人员消毒不严格而导致病源微生物超标,并导致集体食物中毒事件时有耳闻。加工环节的问题还表现为:不少小企业、小作坊和流动加工点的食品加工过程常常无人监管;在许多大城市的农贸市场和食品加工点"视觉欺骗"(用化学添加剂或其他方式改变食品原料的颜色或使食品看上去显得好看,如用硫磺熏银耳)现象非常严重。餐饮行业的"味觉欺骗"现象(用添加剂代替果汁原汁或汤汁,从而降低成本的做法)也比较严重。

其三,从流通环节看,食品安全问题主要在于,经营者为防食品腐败变质,以有害消费者健康的方式运输食品或食品原料,给食品或食品原料添加违禁的化学消毒剂。比如,卖鱼的人为了延长鱼在运输途中的存活时间故意将煤油放进运鱼的工具里。又如,含有对人体有害的化学材料的食品包装袋、包装盒、纸杯、饭盒、奶瓶和奶嘴的使用,也是急需关注的现象。

其四,从储存环节看,食品安全问题主要在于,为达到保鲜、防霉、防虫和延长保质期的目的以及节省成本,滥用防腐剂、杀虫剂、抗生素和其他违禁化学制品来保存食品或食品原料,也有的经营者使用不合格的容器和有毒包装材料来储存食品。比如,用含有禁用材料的薄膜

283

包装食品,用装过化学原料的铁桶来装食用油,用敌敌畏来防止火腿长蛆,用 666 粉(我国 1983 年禁用)拌豆子防止生虫,如此等等,不一而足。此外,因不恰当保管而产生食品或原料的变质也是比较严重的问题。

其五,从销售环节看,食品安全问题主要在于以次充好、过期销售或销售假冒伪劣食品的现象仍比较严重。比如,销售过期很久的月饼,用鸡肉加一些危害他人健康的化工原料来冒充羊肉,将腐败变质的肉加上一定的化学添加剂和调料后出售,给猪肉和牛肉注水后销售,等等。

其六,从使用环节看,食品安全问题主要在于,我国广大消费者缺乏足够的有关使用方法的准确信息、基本指导和警示;由于有些食品在加了某些添加剂以后可能对特定人群(如儿童和某些病人)造成危害,如果在说明书中不加说明,使用者的健康乃至生命会面临危险。此外,有些食品需要彻底煮熟才能食用,消费者应当得到相应的提示。

二

食品安全问题显然不仅仅是技术问题,它首先是法制问题、管理问题、道德问题、认识问题和教育问题。只有同时采用多种手段,这一问题的解决才有可能。针对食品安全领域存在的问题,我国政府近年来给予了很大的重视。2009 年 2 月全国人大通过了《中华人民共和国食品安全法》,该法及其实施细则已于同年 6 月 1 日生效;最高人民法院、最高人民检察院、公安部和司法部于 2010 年 9 月 15 日联合发布了《关于依法严惩危害食品安全犯罪的通知》;国务院还专门成立了食品安全委员会。应当说,我国食品安全管理已经开始走上正轨。但是,解决食品安全问题绝非一朝一夕之功,也不能指望某项行政措施会立竿见影,没有方方面面的协同努力,食品安全问题就不可能得到长远的解决。笔者以为,现在需要从以下几个方面去做出切实的努力。

第一，改革食品安全管理体制，建立严格而统一的分级监管体系。实行独立于地方利益和行业利益的垂直化、法制化管理。只有当我国的食品安全管理像海关和消防部门那样独立、严格和高效，食品安全状况才有望根本改观。因为食品是每人每天都不可缺少的东西，这就意味着食品安全管理是每天不可缺少的工作。这一点决定了搞突击整治和运动式的检查对食品安全状况的改善不会起太大的作用。坐在办公室里等待消费者投诉和举报也不是解决问题的好办法，预防始终好于事后处理。考虑到我国的现实状况，我们需要采用抓大而不放小的战略。值得庆幸的是，经过几十年的建设，我国已经有了涉及食品安全的基本行政管理构架。随着《食品安全法》的出台，我国食品安全管理也有了基本的法律依据。虽然许多条款还有待细化，有些界定还有待进一步明确，但依据这部法律及其实施细则而确立的食品安全管理框架，标志着我国向食品安全管理的法制化方面迈出了非常重要的一步。然而，与一些发达国家相比，我国的食品安全法至少还需要10部与之配套的法律。比如，我们需要就转基因作物的研究、试验性种植、推广、加工、安全评估、销售等进行立法；需要就涵盖所有食品的安全标准的研究、制定、修订及其程序，修订人员的构成规则、换届规则，对违反规则者的处罚，等等，单独立法；需要就食品安全信息的采集、审查、确认和使用立法；需要就食品添加剂的研究、试验、生产、安全评估、销售、使用以及违规处罚单独立法；需要对食品安全管理人员的资质及其认定、考核和评议、职责以及问责方式单独立法；对食品安全管理部门的架构、职能、责任、工作程序以及与其他职能部门的关系和问责制度单独立法；需要单独就食品安全事故的处置、取证、鉴定人员和鉴定机构的认定、鉴定方法和程序、诉讼程序、食品的召回、销毁和赔偿做出非常严密的法律规定。

然而，只有立法而不注重执法，法律仍然发挥不了作用；只有执法而不强调对执法质量的审查和监督，执法同样不能很好地进行。因此，一方面，我国需要建立对食品安全管理人员实行群众评议制度和问责制度，并严厉打击食品相关行业的腐败现象；另一方面，我国需要充实相关领域的执法人员队伍，提高他们的待遇，激发他们的工作积极性和责任感并对其进行定期培训，依法扩大他们的监管范围和监管权限，维护他们执法的权威性，改进食品安全信息的收集和处理的方式，严密监控食品安全管理人员与地方利益和食品生产企业可能发生的利益联系，成立独立的食品安全监督委员会（成员可由食品安全专家、人大代表、消费者代表、企业代表、记者、司法人员、医疗专家、环境科学家、社会学家和伦理学家等构成），定期对食品安全形势进行评估并公开向社会发表评估报告。食品安全监管部门和媒体尤其要关注食品行业的不公平竞争和腐败现象引发的食品安全问题。

第二，根据科技的进步从生产和销售入手控制高毒农药的生产、进口和使用；控制已被证明给环境和人的健康带来严重影响的除草剂的生产、进口和使用；结合国家对污染源的普查，对受到过严重化学污染和重金属污染的地方，建立涉及污染种类、范围和程度的详细污染档案，制作每年可以更新的污染地图，禁止在遭受重金属污染和严重化学污染的地区建立食品厂和食品原料生产基地。由于大范围重金属污染难以在短期清除，我们有责任在污染地区树立标识和警示，建立详细的污染档案，渐渐清除污染，在我们这代人实在无法治理时，也要将真实情况告诉子孙后代，防止他们受到进一步伤害。在这一领域，我们牢牢树立对子孙后代负责的代际伦理观念是不可缺少的。

第三，鉴于食品安全问题与环境问题息息相关并且涉及公共卫生领域，我国需要用10—20年左右的时间，在现有国家食品安全信息网的基础上，逐步建立与环境信息网络和公共卫生网络相连通、覆盖城乡并且能发布即时信息的强大食品安全信息网络和智能处理系统。建立食品安全智能处理系统可以极大地帮助各级主管部门及时得到综合分析结果和应对建议，在技术层面、法律层面、公共关系层面、管理层面针对具体问题提供指导原则、处理步骤和进一步的预防措施。而建立覆盖全国的食品安全信息网络可以为有关的智能处理系统发挥作用提供重要条件，同时也为食品溯源制度的确立提供技术手段。这可能是人类历史上最庞大、最复杂、最具有挑战性的信息工程，但这一惠及所有人的信息工程对国家的长远发展和民生的改善必不可少。这一庞大网络应通过国家食品药品管理局和各省、市、县级的食品安全监管部门，将每个行政村、农场、牧场、大型农贸市场、超市、大型水产养殖基地、食品企业、物流公司联系起来。随着电子政府的打造和国家电信网延伸到各个角落，经过 20 年左右的努力，这一庞大网络的建立是完全可能的。为节省成本，采用多网合一的模式则是上策。

有人可能会问，费那么大的力气建立这样的网络好处何在？首先，它使食品安全信息的采集、复核、确认和上报更为迅速和准确，避免因层层上报而延误时间，确保主管部门能在第一时间做出反应，从而避免因食品安全问题的扩大而损害更多消费者的身体健康和生命安全。其次，它便于实现信息资源的共享，提供食品安全预警，便于生产同类食品的地域和企业提高警惕并及时发现问题和整改。再次，及时准确地披露与食品安全相关的信息非但不会造成恐慌，相反，可以避免人们因习惯性的联想和主观臆断而失去对某类产品及其行业的信任，也可以避免部分不明真相的人被夸大的传言或故意散布的谣言所惑，还可以避免个别生产者、个别地区造成的个别食品安全问题扩散为整个行业的全局性问题。最后，它有利于体现和落实消费者的知情权，提高政府部门的公信力。

第四，针对我国的食品安全研究和相关教育严重滞后的状况，我国需要投入更多经费，建立更多的食品安全实验室和各类检测机构并保持其工作的独立性和客观公正性；淘汰落后的仪器，研制或引进更先进的检测仪器，特别是适合在农贸市场使用的便携式检测仪器，研制或引入更先进的检测试剂，提高检测的自动化和智能化水平。鉴于食品安全问题是必须常抓不懈的问题，要建立可靠的法律框架和行政管理框架就必须大力培养相关人才并搞好科研工作。这里所说的食品安全教育，不仅指对食品生产者和经营者进行相关法律、法规、行业标准、道德操守以及相关安全知识的教育，也不仅指通过各种媒体、学校和社区普及一般的食品安全知识，而且指建立完善的与食品安全相关的中等教育、高等教育和继续教育体系。只有当我国的大学和职业

287

技术学校培养了一大批拥有先进技术手段、具有良好职业操守和专业知识的食品安全管理人员和司法人员,我国食品安全监管体系才有可靠的人才保证。

第五,不断提高食品安全标准,建立更严格的准入制度。长期以来,我国食品领域有四套安全标准,即国家标准、地方标准、行业标准和企业标准。为维护法律的严肃性和便于监管,我们只能以统一的国家标准作为处理问题的法定依据,鼓励有条件的企业按更高的安全标准生产。为此,我们需要每隔几年就对原有的食品安全标准进行审查,并根据技术的进步和社会的可行性适时地加以修订和扩充。但总的原则应当是越来越严,而非越来越宽。由于孕妇、儿童和老人更容易受到不安全食品的伤害,我国应针对他们制定更加严格的食品安全标准。一般来说,严格按照我国食品安全标准而不超剂量或超范围使用添加剂,食品安全还是有保障的。食源性污染、滥用食品添加剂和饲料添加剂是我国食品安全领域目前存在的两大尖锐问题。后一问题的解决首先要从生产者和销售者入手。从人民的健康出发,食品添加剂的种类应当减少,而非不断增多。"是否危害健康"和"是否必要"应当成为是否采用某种添加剂的唯一标准。据查,我国目前有近2000种官方认可的食品添加剂,现在迫切需要根据科技的进步重新评估其安全性.并参照更高标准和我国的实际重新修订食品添加剂目录,对有害健康的食品添加剂要果断从目录上删去并严格禁止使用,对违禁者依法予以惩处。对谷物及其半成品如面粉,如果没有特别必要,就不加入添加剂。即便实验证明某种添加剂在规定剂量内使用毒性非常低,由于人们每天要在食用时摄入,其长期累积效应给人的潜在危害仍是无法排除的。从理论上讲,食品添加剂越多,消费者面临的安全风险越大,食品安全管理的难度越大。更何况,给大米加香精,给面粉加增白剂有何必要呢? 在西欧国家的食品店里,我们不难发现黑色的燕麦面包最受欢迎,给面粉加增白剂实质上是一种对消费者的视觉欺骗行为。我国的面粉增白剂的化学成分是过氧化苯甲酰,一个化学家曾经告诉我,迄今没有一个实验室有能力对它在规定剂量内的长期使用给人体造成的毒理作用进行长期观察。退一步说，即便要继续添加增白剂，也应让广大消费者知情并确保在市场上也能买到标有"不含增白剂"字样的面粉。因为消费者有权知道自己究竟吃了些什么，并有选择不吃含有增白剂面粉的自由。

第六，切实保障和强化消费者对食品安全问题的知情权、监督权以及选择权，强化各级人大、消费者和媒体对食品安全的监督，依法对故意隐瞒食品污染信息的单位和个人进行严厉处罚，这是落实以人为本的施政理念的重要体现和本质要求，也为食品安全问题的解决提供了重要推动力。落实消费者对食品安全的知情权，不仅包括强制要求在食品包装袋上注明内装的原料、配料、含量、所有添加剂的名称、保质期、生产时间和地点、投诉和联络方式等信息，也包括对某些特定人群（如某些病人、儿童、孕妇不宜食用或不宜过多食用含有某些添加剂的食品）的特别警示，还包括针对源于受污染地区的食品的特别提示。食品安全管理部门一旦发现某个水域有不明原因的大量死鱼，就应及时发布消费警示并采取措施打捞那些死鱼，防止它们流入市场。一旦发现某个地方遭到严重污染，就应立即发布食品安全预警。几年前，我国相关部门要求食用油加工企业在销售用转基因大豆生产的食用油时标明相关信息，就是落实消费者的知情权的好做法。笔者在美国纽约一些饭店吃饭时，发现门边贴着特别告示，提醒儿童和老人不宜食用本地的鱼类，因过去的严重工业污染，纽约哈得逊河出产的鱼可能含有重金属。笔者在德国去莱茵河边钓鱼时，同样发现建议不要食用这一带的鱼类的警示牌，因为那里多年前是一个化工厂的排污口。

第七，大力发展农业科技，减少高毒性化学杀虫剂的生产和使用比例，而更多地采取比较安全的生物治虫方法和其他方法。近两年在一些农村地区推广使用的太阳能吸虫灯就是一个成功的例子。笔者甚至在瑞士的一个农场看到农民用罩在蔬菜上的细网（网上有粘住昆虫的胶状物质）来扑杀害虫。无论如何，维持生物多样性，保持生态平衡仍是最理想的减少杀虫剂使用的方法。在西欧的农场和美国的中部平原，你往往难以看到像我国华北平原那样一望无际的连成一片的农田,相反,总能看到农田多半被森林隔开。道理其实很简单,森林能为农田涵养水分,防风固土,生活在森林中的鸟类和其他生物能大大减少病虫害的威胁;加之,许多农场采取休耕或轮作制度,使用的农药自然可以大大减少,在其他条件相同的情况下,农作物的单位面积产量反而可以提高。

第八,逐步建立食品溯源制度,严格实行对不合格食品的召回制度、销毁制度和赔偿制度(由政府和企业设立食品安全基金和食品安全保险也不失为一种选择)。高额赔偿始终是最好的制约。前面提到的国家食品安全信息网的建设为这些制度的建立提供了重要条件。为此,需要加强对食品原料来源地的生产管理,发展可监控的订单性农业。在这方面我们可以仿效一些发达国家的做法,在有条件的地方对蛋类、瓜果、禽类、畜类实行"生物标签"制度和原产地保护制度,争取用十年左右的时间将这一制度推广到全国(我国部分企业已采用了这一做法)。只有建立了这一已经被一些国家证明行之有效的制度,对不合格食品实行的召回制度和销毁制度才能落到实处。美国在2010年9月召回了5亿枚受沙门氏菌污染的鸡蛋,就是上述制度发挥良好作用的结果。此外,食品安全问题的根本解决最终离不开环境保护,当食品原料来源地的水、空气和土壤遭到严重污染后,那些食品原料的安全性是存在问题的。这是我们以后不得不长期面对并且要花大力气解决的最艰巨的问题之一。常识告诉我们,城市的大型蔬菜和水果基地自然应当尽量建在无水源污染、无土壤污染和无空气污染的地区。按严格的标准,在长三角地区、珠三角地区、环渤海工业区、西北和西南的矿区,特别是那些河流、土壤和地下水遭到严重污染的地方,不适合建立大型食品原料基地,除非那些地方在治理之后经过了客观、公正而严格的环境评估认可。

第九,加强道德教育,建立健康的饮食文化,提倡行业自律和集体监督。再好的制度都需要由有道德水准的人来执行和维护。从总体上说,讲诚信的经济活动是最节省社会管理成本的活动。在一个普遍重视道德自律的社会,人与人的关系会更加和谐,社会成员的安全感会更高,社会管理的成本则会大大降低。在食品安全领域同样如此。造成食品安全事故的原因无非以下几类:缺乏足够的信息和知识,有相应的知识但无意间犯了错误;为了节省成本故意制造不合格的食品。前两者是认识问题,后者则是严重道德问题和违法问题。在生产者和消费者中普及食品安全知识可以解决前两个问题。而为了解决后一个问题,除了大大提高对违法者的处罚外,发挥行业协会的监督作用也必不可少。实际上,一个食品企业出现了严重的食品安全问题对整个行业都有损害。比如,当某个地方出现了小龙虾方面的安全问题时,其他地方的小龙虾也销不出去;某个地方的柑橘有蛆,其他地方的柑橘也随之销量大减,尽管后者可能并无同类问题。因此,副食品企业之间的相互监督符合每个企业的最终利益。

"无赖国家"与政治修辞

近几十年来,"无赖国家"一词一直充斥着美国外交话语和地缘政治话语。它是英文 rogue state 一词的翻译。此词最初出现于 20 世纪 60 年代的美国,但在 80 年代之前人们很少使用。这个比喻性的术语本是美国少数学者和政治人物用来指称某些在他们看来缺乏民主并且不尊重法治的国家。"苏东剧变"之后,美国一强独大,克林顿政府试图强化美国在国际事务中的话语权并出于打击国际恐怖主义的需要,将"无赖国家"一词从内部政治的范围扩大到国际关系领域,它专指那些在美国政府看来不够民主、不尊重国际法、行为难测并违拗其意志的国家。

据法国哲学家德里达在《无赖》一书中的说法,1997 年到 2000 年的克林顿政府时期,克林顿本人和美国国务卿奥尔布赖特的谈话不断提到所谓的无赖国家。这段时期,此词的含义越来越明确并且使用次数很多。美国政府官员还经常使用与"无赖国家"一词意义相近的三个词,即"被遗弃的国家"(outcast)、"无法无天的国家"(outlaw nation)和"恶棍国家"(pariah state)。美国前总统里根喜欢用"无法无天的国家"这个词,乔治·布什则喜欢用"叛徒"(renegade)这个词(见德里达《无赖》,汪堂家、李之喆译,上海译文出版社 2011 年版,第 128 页)。巴拿马的诺列加政府被美国政府列入了"无赖"的标签,后来,利比亚、伊朗、伊拉克、苏丹等国都曾被美国政府列入了所谓的无赖国家的名单。在克林顿的第二任期内,"无赖国家"一词在媒体出现的频率大大减少。2000 年 6 月 19 日,美国国务卿奥尔布赖特发表声明,宣布美国国务院不再使用"无赖国家"一词,而改用比较中性的词语"令人忧虑的国家"(States of Concern)。但在奥巴马上台以后,美国政府重新捡起了"无赖国家"一词。无论是国务卿希拉里·克林顿,还是白宫其他一些官员,乃至一些学者、媒体,都还在不断使用这个在国际政治中常常引起争议的词语。

在此,我们感兴趣的问题是,美国政府为何如此偏爱"无赖国家"这个语词呢? 使用这个语词收到了什么政治效果呢? 使用这个语词又会产生哪些对他们不利的后果呢? 克林顿执政的后期为什么要放弃使用这个词,而奥巴马政府为什么要重新使用这个词呢?

众所周知,在中文里"无赖"一词通常是用来形容人的,而在英语中"无赖",即 rogue,自 16 世纪中叶以来既可指乞丐、流浪汉,也可指流氓和目无法纪的罪犯,在达尔文和莎士比亚那里它甚至可以指动植物。桀骜不驯的畜生也被认为是 rogue。但与中文"无赖"相当的法文词 voyou、西班牙文的 canalia 和德文词 Schurke 都只能用来形容人,而不能用来形容动物。英文中的 rogue 的独特含义恰恰被美国某些政治人物和学者用来贬低他们所憎恶的国家,并把这些国家的某些当权者贬低到动物的水平,比如,布什政府常骂萨达姆是"巴格达的畜生"。一些秉承古希腊以来的非友即敌的二元政治观念的西方政治家常常受到这种思维的诱惑。英国前首相布莱尔在多次讲话中积极应和美国政府的主张并正式采用了"无赖国家"这一提法。虽然法国人在 1830 年就发明了"无赖"(voyou)一词,福楼拜甚至在 1865 年创造过"无赖统治"或"流氓统治"(voyoucratie)这样的术语,但法国政府直到"9·11"事件之后才正式采用"无赖国家"这种提法。之所以如此,很可能是因为法国政府发现"无赖国家"这一标签可以作为他们发展核武器的借口。比如,爱丽舍宫在一次内阁会议之后发表的声明中说,所有内阁成员都同意发展核武器,以便打击或遏制"无赖国家"。

然而,作为一种政治修辞策略,"无赖国家"这样的语词对于美国政治运作的有效性是随着时势的变化而变化的。尽管美国著名语言学家、思想家乔姆斯基在 2000 年出版的《无赖国家:世界事务中的武力规则》中批评发明"无赖国家"一词的美国恰恰是世界上最大的无赖国家,尽管法国哲学家德里达也说过,"首要的和最粗暴的无赖国家,就是那些无视和持续违反国际法的国家,这类国家恰恰以国际法的捍卫者自居,以国际法的名义讲话,每当它们受利益驱使,它们就以国际法的名义对所谓的无赖国家发动战争。这样的国家就是美国"(前引书,第 128—129 页),但美国需要不断制造敌人的政治文化根本不可能认真对待乔姆斯基和德里达这类学者的批评。

2000 年,当过美国政府高级官员的李特维克(Robert S. Litwak)出版《无赖国家与美国的外交政策》,声称美国拥有定义"无赖国家"的权利,他甚至说,"无赖国家就是美国说它是无赖国家的那类国家"。言下之意是,美国说哪个国家是无赖国家,哪个国家就是无赖国家。李特维克在这里似乎显得十分蛮横,但其中隐含着美国现实政治的需要。当过美国政府官员的布鲁姆(William Blum)道出了这种需要。他在 2000 年出版《无赖国家:给世界唯一超级大国的指南》,主张为防备"无赖国家"的攻击,美国有必要发展全球导弹防御系统。所以,我们看到这样一种看似矛盾的现象:一方面,美国国务卿奥尔布赖特宣布放弃"无赖国家"这个提法;另一方面,一些官员和学者仍然觉得,对付所谓的"无赖国家"是美国发展导弹防御系统的最好理由。但明眼人都知道,这种修辞策略中还隐含美国的另一个全球战略目的,即美国发展全球导弹防御系统主要是为抵消或削弱俄罗斯和中国这类大国的战略进攻能力,但美国又试图以不太刺眼的方式来发展这一系统并且试图避免被说成挑起军备竞赛(至少不必承担挑起军备竞赛的责任),于是寻找需要对付的"无赖国家"并以此为借口发展导弹防御系统也就成了美国的战略选择。这一点也可以解释美国政府为何偏爱"无赖国家"这个语词。

更为重要的是,使用"无赖国家"的标签还可以为美国对中东和北非地区实行的分化政策和能源控制服务。道理很简单,被美国指控为"无赖国家"的大部分国家都在能源丰富的地区,将某些违拗美国意愿的国家列为"无赖国家"可以将它们孤立起来并促使其他国家对它们进行指责和制裁,以最终瓦解这些国家,或在必要时干脆以武力占领这些国家。虽然近十年的反恐战争使美国深陷泥潭,但反恐和能源控制对美国并不矛盾。美国不愿放弃"无赖国家"这个标签还有一个原因：通过制造"无赖国家"，美国为在这类国家的周边国家推销武器提供了最有说服力的理由。只要存在庞大的军工企业以及与这类企业密切相关的媒体和其他利益集团，美国就不会停止制造地区热点，因为制造这样的热点可以为他们扩大武器市场提供条件，进而防止他们的武器生产线停止运转，而无休止地追求巨额利润正是那些军工企业的本性。一些美国媒体不断煽动"中国威胁论"，遵循的也是这一逻辑。当然，美国政府不放弃"无赖国家"这个词语还有国内政治的原因。"不是朋友就是敌人"的思维在美国政治文化中一直根深蒂固。为凝聚人心、激发斗志，美国发现自己需要不断制造敌人，但把俄罗斯、中国、印度和巴西这样的大国作为敌人对美国来说代价太过沉重，于是，选择一些他们认为违拗其意志并可以敲打的中小国家就自然成了他们的理想选择。

可是，事与愿违的是，除了一些西方国家的政府采用"无赖国家"这一语词之外，其他国家的政府很少采用这个语词。原因是多方面的。其中一个重要原因是，"无赖国家"这种说法带有侮辱性质和指控性质，它不仅试图将一个国家的政府置于万人唾弃的境地，而且将一个国家的人民也置于这样的境地，因而也给一个国家的人民带来了集体的羞耻感。通常说来，一个国家的人民对这个国家的认同感越强，这种耻辱感也越强。在大部分情况下，这种耻辱感会成为团结国民的强大力量，因为它强化了人民的集体意志，尤其是战斗意志。所以，当美国政府用"无赖国家"去称呼一个敌对国家时，反倒帮助这个国家的政府来形成同仇敌忾的氛围并使这个国家的人民团结在政府的周围。同时，给一个国家贴上"无赖国家"的标签不仅伤害一个国家人民的感情，而且等于给外交接触和斡旋关上了大门。况且，"无赖国家"这个说法带有太多的情绪因素，以理性精神自居的人本应尽量避免以情绪化的方式说话，在国际关系中尤其应当如此。所以，我认为，现在①该是奥巴马政府放弃"无赖国家"这一标签的时候了。

---

① 本文写于 2011 年。——编者注

我们该如何利用道义的力量解决日本造成的问题

眼下，钓鱼岛问题正牵动着国人的神经，也牵动着东亚乃至世界许多国家的人民的神经。但钓鱼岛问题决不是一个孤立的问题，而是事关战后的国际秩序、事关世界反法西斯战争胜利成果的认定、事关人类的基本正义的大问题。要解决这一问题，除了已经采取的措施之外，我们还需要历史眼光和全球视野，需要耐心、恒心与毅力，需要发挥道义的力量。接下去，我国该如何有效地利用这一力量呢？

第一，除了有效地利用全球媒体之外，我们需要借用一切可能的国际场合宣扬中国的正当主张，在各个层面发起与日本的辩论，并且不应仅仅把它限于单纯的领土之争，也不应仅仅限于谈论国民感情，而且要把它上升到人类道义的高度。为此，我国需要通过政府和民间力量，广制说帖，翻译成至少 50 种语言，印刷数百万份，分别赠送给各个国际组织、各国政府和议员，赠送给包括日本在内的世界上至少 2 万所的大学、科研机构、公共图书馆和大型国际企业。

第二，我们需要把钓鱼岛问题看作与世界反法西斯战争相关的众多问题中的一个。2015 年，我们将迎来世界反法西斯战争胜利七十周年。我国需要积极筹备各种活动高调纪念，需要与安理会另外四个常任理事国和其他国家一起把日本极右势力放在全球道德法庭上进行审判。联合相关国家积极支持在二战期间遭受苦难的日军性奴（"慰安妇"）及其亲属向世界各人权组织，尤其是女权组织、各界女领袖控诉日军在二战时期践踏妇女生命价值和人格尊严的罪行，并在不同国家采取法律手段。联合相关国家积极支持二战期间被掳劳工和战俘及其家属向各劳工组织和人权组织控诉日本军国主义的罪行并在日本之外采取法律手段。中国可以采取国内立法方式追究日本在中国遗留化学武器并造成人员伤害的责任，并在国际社会持续控诉日军在二战期间使用化学和生物武器的罪行。

第三，我们需要向犹太人学习那种在追究纳粹战犯的罪责过程中表现出来的不屈不挠的精神，团结全球华人华侨并发挥他们在所在国的影响力，团结全球一切正义之士，以坚忍不拔的意志持续清算日军在二战时的战争罪行，为受害者声张正义。尽快就钓鱼岛问题在海峡两岸进行不拘形式的合作（比如，就那里的环境保护、资源的共享与合理利用、渔船的遇险救护、公务船的轮流巡航进行商谈）。如果台湾方面不愿合作，大陆方面要单独承担起保护台湾渔民利益的职责。

最后，我们需要以各种手段不断宣扬自己的正当主张，团结一切可以团结的日本人民，在全球打击和遏制日本的极右势力，保护和尊重所有在华日本公民的人身安全、人格尊严和正当利益，深耕与日本民间的友好关系。

邻居可以选择，邻国是不可选择的。发展以史为鉴、面向未来的中日关系符合两国人民的长远利益，但中国只有以不怕中日关系破裂的决心并诉诸道义的力量方能挽救中日关系。

本世纪末的回眸与前瞻^①

　　李：不是每个人都能跨世纪的，没意外的话，我们就能。固然，90年代乃至 21 世纪的到来也是平常的日月星辰，但时间的意义毕竟是人赋予的。生活被五年、十年地分割安排，辞旧迎新，我们不能太免俗而一点不兴奋吧？所以我以为这题目值得一谈。

　　汪：兴奋也好，期待也好，我觉得首要的问题是要深沉严肃地回眸审视这即将过去的 20 世纪。美国有位人类学家曾把 16—19 世纪称为小世纪，把 20 世纪称为大世纪。为什么？不外是说欧洲人走出中世纪后，直到 20 世纪才发生了如此剧烈的社会动荡和观念嬗变。对人类来说，20 世纪既是多灾多难的世纪，又是开始和平共处的世纪。两次大战加上无数次局部战争的炮火夺去了数以亿计的无辜生命。人类在长期的隔膜、摩擦、仇视（李：是冷战）之后，终于认识到和平发展的重要性。20 世纪下半叶就开始涌动的社会思潮，在 80 年代被中华民族所认识。我们开始了又一轮的现代化补课，在一种完全不同于 19 世纪中叶的历史条件下迎接挑战。80 年代，我们争取进入了和平稳定的环境，开始了共和国历史上最富成效的十年建设。这历程坎坷，但弥足珍贵。

　　李：你认为 19 世纪到 20 世纪之间，中国面临的国际环境发生了很大变化，这我同意，但我以为中国自身在摆脱贫穷落后，致富致强这一点上，仍与 19 世纪的使命存在某种相似之处，别的更不说了。记得

---

① 本对话发表于《当代青年研究》1990 年第 1 期，署名"李天纲、汪堂家"。——编者注

在 1899 年 12 月的上海《万国公报》上我读到一文(《十九周季年预迎二十周旺气说》),转述了英国《泰晤士报》评论员的观点,说英国的大国地位将衰落,美国、俄国和中国将成为 20 世纪的三大强国。当时,美国已初露海上强国之相,自不待言。俄国虽在动乱,但人们却以为它在向民主发展,并最终将取代法国、德国成为欧洲盟主。到了今天,20 世纪只剩下最后 10 年,美、苏都已成为"超级大国",亚洲经济崛起的是日本和东亚小龙,而中国仍在较低阶段努力,并把希望寄托在下一世纪。90 年过去了,往事如烟,问题依旧,我们又在讲怎样迎接 21 世纪的太平洋时代,这不能不使人产生无限感慨。

汪:听你说,好像是中国的 21 世纪仍与古老的地缘政治学说联系在一起。

李:是这样,这是无可奈何的。中国人的忧患仍是以民族为单位的,是局限的而不是人类的。这不是 20 世纪的最新精神,因为绿色和平运动等已经以地球为单位思考人类困境。这是由我们背负的独特传统,面临的独特问题,以及刚刚恢复开放等等独特条件决定的。我们可以把一个古老特殊的问题转换为新颖普遍的问题,但首先要承认这一事实,即所谓承认国情。比如,你与其向一个断炊的砍树的农民宣传生态平衡理论,不如先设法解决他的柴米油盐问题。

汪:中国是个东方大国,曾经是乡土气和神秘味的混合。可能至今仍有不少外国旅游者来寻找这种混合。但中国毕竟已是世界的一部分,"西方"也不再是一个纯粹的地理概念,而是一个经济、政治概念,日本加入西方七国会议就是证明(李:在南非,日本人算白人,中国人划入有色人种)。中国固然不必去加入现有的东西方集团,因为她毕竟是一支独立的政治经济力量,但是,她必须更多地参与国际政治经济活动,进行多方面的合作与竞争,这才能真正树立一个文明的大国形象。80 年代的改革开放,其意义中亦包含着这内容。中国改变了封闭自锁状况,进入了国际社会,人们已初步感到中国的现实存在,而不再只是东方的一个遥远概念。

李:我欣赏你的既开放又独立的说法,因为这与目前世界既合作又竞争的趋势一致,21 世纪恐怕仍然如此。21 世纪中弱肉强食的强权理论怕将过时,但各民族的生存竞争将会以另外方式存在。本世纪中,有些统治者信奉麦金德的地缘政治理论,以为"谁据有东欧就控制世界岛(指欧、亚、非三洲),进而统治全世界"。现在人们已不再像沙皇、希特勒那样把国土的大小位置看得第一重要了,但东欧在各种竞争中的重要性仍是确凿的。本世纪 70—80 年代,西方推崇尼克松、基辛格的五极世界理论,把美苏西欧日本和中国列为五支基本力量,修正战后的东西两极的战略估计。东欧的动荡以及日后的重建重组是否会形成第六极,这尚属未知,但 21 世纪将会在这样的格局中竞争下去恐怕已是事实。事实上,竞争已经展开。近几个月,大量资金从北美、日本乃至南朝鲜、台湾地区流向东欧就是一个迹象。你看,原先的"21 世纪将是太平洋世纪"的估计是否会因此而修改呢?

汪:到目前为止,我们的大国地位是因为人口、地理和高度组织化来实现的,缺的是经济实力,你估计 21 世纪会有所改观吗? 1989 年流行悲观意见,人们估计 21 世纪的中国将更加艰难……

李:不知怎的,我对将要过去的 20 世纪失望,但对将要到来的 21 世纪却充满希望。我觉得我们的民族的百年经历,我们这一代及下一代都可以信任。具体的指标不好说,但中国在下世纪会有个发展,这是肯定的。我不信,同是黄种汉字儒家体系的日本及东亚小龙能发展,大陆便不能。80 年代中,沿海一带的开放结果,已使这里的经济与东亚经济结合起来,只要这种趋势发展下去,中国便会发展。其实,本世纪以来,东亚经济便一直呈一体发展之势。过去上海商人把日本叫东洋,东南亚叫南洋,东北、朝鲜叫北洋,这是市场的一体化。到 30 年代以后,上海的金融、纺织、交通等行业甚至超越东京,成为东亚中心。这种自然趋势被日本军部的"大东亚共荣"侵略理论打断了,但我相信,只要不再有类似的大战那样的人为干扰,这种自然趋势、发展规律仍会起作用,使我们有可能重续 1930 年代的繁华富强旧梦。

汪:我钦佩你在目前的社会经济挫折中敢于坚持这种历史理性,如此乐观;我也同意你说沿海地区、城市地区会在你假定的条件下获得发展。但我要提醒你,中国的经济关键地区在农村。我们的工业已勉强赶上了电子时代、太空时代,但在农业地区,生产方式与上一世纪没有什么差别。沿海地区多用了一些化肥农药,而不少地区则停留在人拉肩扛阶段,有的地方还在刀耕火种。此外,森林被砍伐,植被受破坏,耕地大量减少,水土流失,风沙南侵东渐,地下水位下降,地表水源枯竭。我真担心,21世纪中,黄河流域会由目前的干旱地区变成沙漠地区,而千百年来从黄河流域南迁长江流域的农民会进一步地南迁,去追逐水源和可耕地。中国农村问题还在于人。中国农业人口占80%以上,现有的2.2亿文盲大都集中在农村。计划生育也只是在城市里才得到有效的推行,而农村的"越穷越生,越生越穷"的状况仍很严重。长年在"靠山吃山,靠水吃水"的自然状态下生活,他们都处于闭塞愚昧之中,地少人多,劳动力不能转移,随时可能成为失控的流民。另外,农村人口中还有数以千万计的智障人士,几乎是一个中等国家的人口。我说这一切并非危言耸听,而是提醒你说,中国人要跨入21世纪,他们的自身素质不容乐观,人口的社会素质暂且不论,就是这最基础的生理和心理素质尚且如此。中国人口的平均素质令人担忧,要知道,一个民族的命运最终取决于每一个具体的人。

李:你的提醒我只能接受,特别是关于人口素质的陈述。这实际上也是中国本世纪中的老问题。康有为以来,为中国寻求出路的知识分子身上大多有两重主题在交替:一是寻求民主,一是谋得富强。他们积极进取的时候便时而调和两者,时而偏执一端。但当他们在现实中遭逢挫折时,便冷静沉潜起来,发现了中国的第三个问题,这就是中国人的素质问题。鲁迅就感叹中国的阿Q太多,假洋鬼子太多,赵老太爷太多。整个20世纪,不停地讲国民性、民族心理、国民素质、移风易俗、新国民、新文化、新生活——很可惜的是人部分知识分子在认识了这个问题后却大多消极起来,缺乏在前两个问题上表现出的耐心、毅力和勇气。像鲁迅、晏阳初、陶行知、黄炎培这样长期致力于改变国民素质实践的知识分子太少了。

汪:借着你已说出的话,我要提出一个新问题,或者说也是老问题。我想,21世纪的中国之命运取决于新一轮的文化变革。这场变革须把中国彻底地从农业社会中解放出来,把人从近代停滞封闭的农业文明中拯救出来。

李:文化变革确实是个老问题,不过怎样去变革却是本世纪中国人时时探索的新问题。"重要的问题在于教育农民"(毛泽东语),但怎样教育,到了80年代末还有分歧。有人赞颂改革开放大潮的实践教育,使农民成为了工业人、现代人,而有人则指责商品化导致辍学、文盲,冲击学校教育,道德水准和艺术修养下降。排除了这个问题上的一切附加议题,仅就提高人的素质来讲,这两者的标准都有价值。中国古代哲人讲内与外的结合,身与心的统一。西方基督教也讲灵与肉的共救,心与物的平衡。但是在中国目前生存与发展压倒一切的情况下,我觉得我们知识分子,这些天生的道德论者、伦理学家要知趣些。农民们现在不再是满脑袋的高粱花子,而是知道了钢材多少钱一吨,木材多少钱一方。他们固然会因为能量的释放而做出些身心失衡的事来,但因此便寻一个道德旧容器把这能量回收,重新禁锢,这不仅是一种危险的游戏,而且最终对人的素质是一种摧残。20世纪的竞争太残酷了!古典的风度优雅、礼节周全、雍容揖让都被改造了,一代新人需要一种全新的伦理而代之。他们将在新的道德氛围中成长,而不是回到父辈祖辈那里去。19世纪中,英语的新教世界经济高速发展,英美等国出现了类似我们80年代的"道德沦丧"现象。牛津、耶鲁、普林斯顿等大学的师生因此掀起一次次"灵性复兴"运动,最著名的是"牛津运动"和"学生志愿传教运动"。其结果不但是劝化了人心,而且还改造了旧道德,更新了基督教。我提议大家读读这段历史。

汪:没想到我提出的文化变革的议题被你接去,这样激昂地谈了一大段,可见我们是有共识的。我要在这"文化变革"的嚣嚣声中表示另一种忧虑,不知能否再得到你的同情。这忧虑就是我对"文化断裂"的忧虑。

李:太好了,我肯定同情你。我想每一个严肃的知识分子,都是把"文化变革"和"文化继承"作为一对问题同时考虑的。

汪：何谓"文化断裂"？据我看，文化的断裂意味着传统的丧失，意味着历史与现实的分离，意味着人成为精神上的流浪儿、乞丐。我敢说，现在有 95％以上的人并不真正了解中国历史和中国文化的真精神。从"知己知彼"的角度讲，他们谈不上对传统文化进行卓有成效的改造。从"安身立命"的角度讲，他们不能成为有血有肉的有机整体。虽主观上力图摆脱传统，投向彼岸，但实际更多地承袭了传统中根深蒂固的行为习惯和思维定势，成了"假洋鬼子"。

李：我的直觉是：最好的传统文化在博物馆里，极坏的传统文化却在大街上。

汪：对。包括我本人在内的许多当代青年，无论是青年学者还是青年作家，其国学基础非常差。有的连文字都不通，词不达意，成语错用。听说有的学者不读基本书目，捧着一部"新学科辞典"读，还到处写文章，以此"新学"去迎接"新世纪"，岂不笑话？新名词泛滥到没人看得懂，这就是"断裂"。文化诚然是多重因素的综合体，但就传播和继承功能讲，它首先是一种文字和语言，即象征系统，包括了音乐语言、建筑语言、绘画语言等等，从这意义上讲，语言的贫乏，不可能有文化的繁荣，也不可能有建设性的文化创造。

李：据我看来，这种导致文化断裂的心理每每在大变革的时代都会出现。本世纪就出现过好几次，而每次反传统之后，又都伴随着一种同样过分的民族主义运动。这种互相攻讦的态势对文化发展不利，希望 21 世纪中不要重演。可以采取的预防措施便是：既不泥古不化，又不急功近利。平和沉着地对待一切传统问题，扎扎实实地艰苦工作，创造出一种能弥合古今的文化体系来。

汪：我不想做预言家，但我有根据认为，21 世纪的中国将是一个更加开放的社会，也将是一个更加注重发掘传统文化的社会。80 年代中恢复活力的美食文化传统是一例，近年来的儒学重估是另一个迹象，还有时下流行的气功、麻将、相术等。在我看来，传统并不是绝对死寂的，它也有一种开放的精神，会随现实的改变而改变。它是积极的还是消极的，要看现实状态来决定。所以，今人的无能不要归责于古人，现实的失误不能由历史来负责。

李：你提醒我，为什么有的学者把传统作为现代化的资源，而有的则视为负担；西方人把中国文化视为文明资源，中国人则欲弃之而惟恐不速。我想 90 年代、21 世纪，我们也要学会不用大一统的传统观念去看传统。不要一说到中国的传统就是专制封闭，而应看到宋明的社会一度很开放，本来蛮自由；即使在 19 世纪末，知识分子的言路也较宽，社会监督还比较齐全；而 20 世纪的动荡、贫困、停滞是由传统以外的原因所致的。解决了这些认识后，我们或许能把传统分解开来，再来谈批判与继承。

汪：在这个问题上，我们能否超越民族和国界，看看中国传统对现代文明整体的作用呢？

李：世界上像中国这样的整体文明体系并不多见，因为它是一个整体，所以它曾应付了各种局面。儒学协调人与社会，道家讲求人与自然，佛教注重人的内心。三家合一的体系今天用来治人心、应世事已不行了，但许多基本信念却与现代文明下的人类渴求一致。我常常钦佩鲁迅和周作人对中国文化的估计，中国文化的底蕴是道家。我欣赏道家的飘逸、清新、亲近自然和轻视现存文明的深刻的怀疑精神。这种精神是要把卢梭与歌德相加才堪比较的。当然，我也知道，道家的许多秽言秽行是不堪入今人耳目的。我举此一例，只是说传统确实也可以正当地成为 21 世纪生活的文化资源。

汪：21 世纪，人们可能会改变过去过分地关注外在生活的做法，更注重自我，注重人本身。道家讲"人法地，地法天，天法道，道法自然"，这种天人相通、以人为本的思维方式会被更多的人采纳。人们为了保护自己的生存而去关心环境自然，因此有了欧洲第三政治力量"绿党"的兴起；人们为了发掘自己的潜能，认识自己在宇宙中的处境，而热衷于人体科学、UFO、特异功能，这又流行起东方神秘主义。现代人已把道家、佛教视作智慧的源泉，21 世纪可能更加流行。我想，21世纪将是东方智慧溶入现代理性的时代。

李：谈到 21 世纪，一切都不免让人觉得是遐想。还是让我们回到现实,给一句当务之急的箴言,以结束这次谈话。

汪:我说,在这 90 年代的十年里,当务之急是建立一个真正开放有效的信息系统。我最近参观四川自贡恐龙博物馆,感触良多。恐龙的绝迹是因为它体积过于庞大,信息从尾部传到脑部费时太长,以致不能对环境作迅即的反应,最终被淘汰。中国要把其庞大的身躯挪进21 世纪,一定要使自己手脚灵便起来。每个人都努力地走,并且朝着一个总方向。

李:我同意。

编后记

  汪堂家先生是一位卓有建树的学者,同时也是一位出色的随笔散文作家。

  从早年开始,先生就体现出对于文字的异乎寻常的敏感。先生的一些早期作品,如《死与思》,许多章节本身就是出色的散文作品。在三十年学术生涯中,先生在撰写大量学术文章之余,也创作了不少散文。这些散文大多发表在不同的杂志和报刊中,如《中国社会科学报》和《文汇读书周报》。

  先生喜爱散文这种文体,在与他的朋友同时也是他的博士后张生教授的聊天中,先生甚至说,与学术论文相比,他更乐于写散文、随笔。在散文中,我们能看到先生的情操和境界,更能看到先生的气韵和性灵。

  先生的散文是典型的思想随笔,因而与一般散文家的文字迥然不同。这不仅是指这些随笔富含哲思,更是指这些文章的写作本身就是与先生的学术研究紧密相随的。一篇短短的随笔,往往折射出先生某一时期的理论思考。先生坚信,哲学能"以道证物"和"以道观物",也即探寻世间"大道",并由此出发理解世界万物。在尽可能避免使用抽象概念、进行繁杂论证的思想随笔中,先生更加清晰而丰富地呈现了在各个思想时期对"道""物"关系的理解。

  这些随笔不仅体现了深刻的思想,而且创造了悠远的意境。在这些文字中,我们首先感觉到的当然是字里行间跃动的思想,不过在这里,思想不再令人敬而远之,而是意味隽永地现于笔端,如秋日山间的泠泠清泉，又如微风中层层荡漾的涟漪。海德格尔、德里达这些名字间或出现，却绝不突兀，倒是安静地在那儿，成为风景的一部分。在先生的散文世界里，一切都是如此富有诗意，都是那么静谧、匀称和从容。这是一个心造的世界。

"心造的世界"本是先生为德里达的《书写与区别》撰写的书评的标题，先生显然珍爱此语，并将之视为自己散文创作的要旨，因此之故，在去世前的一次谈话中，先生表示，他手头有三项尚未完成的工作，其中一项就是出一本散文集，而书名就叫《心造的世界》。

事实上，先生生前曾出版过一卷散文集，即上海人民出版社出版的《思路心语》，这本书收录了先生 2011 年之前的 46 篇散文。因此先生的想法，其实就应该是将 2011 年之后的散文汇为一集。不过问题是，先生晚年工作繁重，并且在 2013 年就已患病，故而先生的设想最终未能实现。

先生去世之后，我们着手编纂先生的文集，而其中一项任务，就是将先生的全部散文收入文集中。我们将先生设计的《心造的世界》这一书名拿来，虽不尽符合先生的原意，但也并不完全违背先生的遗愿。我们愿以此缅怀先生的诗意人生。

此外，还需说明的是，除先生的散文外，先生的社会评论文章也收入本书之中。这主要是考虑到：从文集整体的角度看，本书实际上应将先生的纯学术作品之外的文章全部收入其中；而从受众角度看，先生的社会评论和思想随笔都不是只写给学界同行看的文章，而是写给整个社会大众的；另外，先生的社会评论与思想随笔有时并不是泾渭分明，而是彼此交织甚至交融的。因此，将先生的散文和社会评论放在一起似乎也说得通。这样，本书实际上就不是一本单纯的散文集，而是一本"散论集"。

先生的社会评论是先生留下的文字中数量不多但分量不轻的一部分。这些社会评论生动体现了先生作为知识分子的责任意识和家国情怀。以先生之睿智，当然洞悉理性与现实的冲突不可避免之理，但先生仍坚持在他认为需要发声处发声。或许有人会认为这都是些迂阔之论,但在我看来,先生的这些论说,与其说是希望做他人师,还不如说是在行知识分子之责,也即捍卫理性之尊严和人自身的尊严。在这种典型的知识分子气质已逐渐成为珍奇之物、哲学越来越技术化和"学院化"的今天,先生的这些社会评论怎能不令人掩卷叹息呢!

在本书的编纂过程中,王卓娅师妹在内容和形式方面付出了许多辛劳,石永泽、张奇峰二位师弟协助搜集了相关资料,张润坤、袁珠、毛成玥和牛小雪等同学帮忙输入了文字,我的夫人和新风校对了清样,在此一并致谢!

吴　猛

2018 年 1 月 12 日